자물쇠가
잠긴

방

Kagi no Kakatta Heya
ⓒYusuke Kishi 2011
First published in Japan in 2011 by KADOKAWA CORPORATION. Tokyo
Korean translation rights arranged with KADOKAWA CORPORATION. Tokyo

이 책의 한국어판 저작권은 일본 KADOKAWA CORPORATION과의 독점계약으로 (주)학산문화사에 있습
니다. 저작권법에 의해 한국 내에서 보호를 받는 저작물이므로 불법 복제와 스캔 등을 이용한 무단 전재 및 유포
시 법적 제재를 받게 됨을 알려 드립니다.

鍵のかかった部屋

자물쇠가
잠긴

기시 유스케
밀실 사건집

김은모 옮김

방

貴志祐介

BOOK
HOLIC

鍵のかかった部屋

貴志祐介

차례

서 있는 남자
7

자물쇠가 잠긴 방
107

비뚤어진 상자
219

밀실극장
299

역자 후기
372

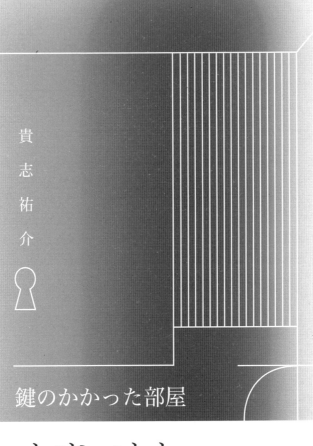

貴志祐介

鍵のかかった部屋

서 있는 남자

1

쿠사카베 마사토모는 '신일본 장례사'의 파란색 로고가 그려진 유리문을 난폭하게 밀어젖혔다. 로비와 사무실 사이의 칸막이 앞에 '용건이 있으신 분은 눌러주십시오.'라는 글이 적힌 푯말과 탁상벨이 있었지만 아랑곳없이 안으로 쭉쭉 들어갔다.

"어머, 선생님?"

복도 맞은편에서 서류로 가득 찬 박스를 끌어안고 나타난 타시로 후미코가 빨간 안경테 안쪽의 눈을 동그랗게 뜨며 멈춰 섰다. 키가 작고 통통한 몸집에 애교 있는 너구리상의 얼굴만 봐서는 도저히 사장비서 겸 총무과장 자리를 꿰찬 수완가로는 느껴지지 않는다.

"사흘쯤 전부터 갑자기 사장님과 연락이 안 돼서요. 지금 어디 계신지 아십니까?"

"……글쎄요, 그건 좀."

타시로 후미코는 대답하기를 망설였다. 벌써 30년 가까이 사장을 모셔온 연륜 있는 사원으로, 평소라면 거리낌 없이 농담을 주고받는 사이인데.

"아주 급한 용건입니다. 꼭 사장님과 이야기를 해야겠어요."

실은 그렇게 급한 볼일은 없지만 휴대전화가 연결되지 않고부터 묘하게 가슴이 두근거려 견딜 수가 없었다.

"당분간 누가 와도 연락하지 말라고 엄명을 내리셔서요."

"그럼 회사에는 계신 건가요?"

쿠사카베는 조금 안심하며 물었다.

"아니요, 지금 회사에 안 계세요."

"어디 계신데요?"

"그건 좀……, 말씀 못 드려요."

타시로 후미코는 변함없이 어금니에 뭔가 낀 것처럼 찜찜한 대답을 했다.

"타시로 씨, 사장님이 어디 계신지는 아시죠?"

쿠사카베는 초조함을 억누르며 웃는 얼굴로 물었다.

"예. 하지만 죄송합니다. 설령 선생님이라도 알려 드릴 수는……."

"그건 알겠어요. 그래도 사장님이 무사하신지는 확인하고 있죠?"

"무사……하신지요?"

이야기의 박자가 딱딱 맞아떨어지지 않는 탓에 무심코 타고난 다혈질이 고개를 쳐들었으나, 쿠사카베는 심호흡을 하며 애써 마음을 다스렸다.

"사장님의 몸 상태가 그다지 좋지 않다는 건 타시로 씨도 아시죠? 지난 사흘 동안 사장님과 연락한 적 있으세요?"

"그게, 무슨 용건이 있어도 절대 성가시게 하지 말라고 말씀하셔서요."

"지금 사장님과 함께 있는 사람은 있습니까?"

"아니요. 아마 없을 거예요."

타시로 후미코는 어쩐지 겸연쩍은 듯 고개를 숙이며 들고 있던 박스를 추슬렀다.

쿠사카베는 큰일 났다 싶었다. 사원에게는 비밀로 하고 있지만 오이시 마스오 사장은 말기 췌장암으로 여생이 반년밖에 남지 않았다는 선고를 받았다. 언제 무슨 일이 일어나도 전혀 이상하지 않은 상태다.

"그런가요. 그렇다면 좀 걱정이군요. 하여튼 사장님의 안부만이라도 확인할 수 없겠습니까?"

"저기 그게……. 아무리 그래도."

타시로 후미코는 곤혹스러운 표정을 지으며 박스를 바닥에 내려놓았다.

"저 혼자 판단해서 결정하기에는……."

"생각해보세요. 사장님은 혼자 계시죠? 만약 쓰러지기라도 하셨으면 어쩌려고요?"

쿠사카베의 말을 듣고 있자니 타시로 후미코도 갑자기 걱정되기 시작한 모양이었다. 사장의 건강을 걱정하는 마음과 상사의 분부를 어겨 질책 당하지 않을까 염려하는 보신의 감정이 잠시 싸움을 벌였다.

"알겠어요. ……하지만 일단 전무님의 허락을 받고 나서요."

쿠사카베는 눈살을 찌푸렸다. 사장이 자리에 없을 때 전권을 장악하는 이는 사장의 먼 친척이자 뭇사람이 인정하는 후계자, 이케하타 세이치 전무다. 틀림없이 유능한 사람이고 회사의 발전에 기여했다는 것도 인정하지만, 쿠사카베는 아무래도 이케하타가 믿음직스럽지 않았다. 애당초 오이시 사장이 병을 무릅쓰고 어딘가에 틀어박힌 것도 후계자 선택에 일말의 불안을 느꼈기 때문이 아닐까.

하지만 지금은 부딪쳐보는 수밖에 없다.

"전무님은 방에 계신가요?"

"예. 하지만 지금 손님이 와 계셔서……."

쿠사카베는 만류하는 타시로 후미코를 뿌리치고 전무실을

향해 성큼성큼 걸어가 문을 두드리려다 잠시 망설였다. 중요한 손님이라면 잠깐 기다리는 편이 나을지도 모른다.

안에서 담소하는 목소리가 들려왔다.

"……역시 요즘 같은 계절에는 감성돔이죠."

"밤낚시 좋죠. 손맛 본 지 오래됐는데 좀이 쑤시는군요."

"이번에 히로시마에 갈 생각인데, 어떠십니까? 같이 가시죠."

들은 기억이 있는 목소리다. 분명 주거래 은행인 후타바 은행의 부지점장 타나카일 것이다. 잡담 중이라면 지금 들어가도 상관없으리라.

쿠사카베가 문을 두드리자, 한순간 침묵이 흘렀다가 이케하타 전무가 거만한 목소리로 "뭐야?" 하고 대답했다.

"실례합니다."

쿠사카베는 문을 열었다.

"……쿠사카베 선생님 아닙니까?"

이케하타 전무가 옅은 눈썹을 치켰다. 무테안경 안쪽에서 실처럼 가느다란 눈이 이쪽을 응시했다. 쿠사카베와 동년배이니 아직 40대 중반일 테지만, 머리가 이미 하얗게 세어서 풍모만 두고 따지면 정재계의 막후 인물이라는 이미지가 어울렸다.

"아아. 이쪽은 저희 회사의 고문을 맡고 계시는 법무사 쿠사카베 선생님이십니다."

이케하타 전무가 타나카 부지점장에게 쿠사카베를 소개했다.

"예예. 일전에 한 번 뵈었습니다. 후타바 은행 하치오지 지점의 타나카라고 합니다. 오랜만에 뵙는군요."

"이야기 나누시는데 죄송합니다. ⋯⋯전무님. 지금 당장 오이시 사장님께 연락을 드렸으면 하는데요."

쿠사카베는 타나카 부지점장에게 가볍게 고개를 숙이고 나서 단도직입적으로 본론을 꺼냈다.

"그거, 일각을 다툴 정도로 급한 일입니까?"

이케하타 전무의 말투에서 비아냥거리는 느낌이 묻어났지만 쿠사카베는 꿈쩍도 하지 않았다.

"사흘 전부터 갑자기 사장님과 연락이 안 됩니다. 휴대전화도 내내 전원이 꺼져 있는 것 같고요."

"외부의 방해를 받기 싫어서 일부러 꺼두신 것 아닐까요? 사장님은 뭔가 큰 결단을 내리실 때는 늘 잡음을 차단하고는 하셨으니까요."

이케하타 전무는 어이가 없다는 듯이 입을 삐죽거리며 소파에 몸을 기댔다.

"그럴지도 모르죠. 하지만 현재 사장님의 건강 상태를 고려하면⋯⋯."

이케하타 전무는 눈을 부릅뜨더니 입가에 주먹을 대고 크게 헛기침을 했다.

"……그럼 저는 이만 물러가겠습니다."

미묘한 분위기를 알아차렸는지 타나카 부지점장이 냉큼 자리에서 일어섰다.

"가시려고요? 죄송합니다. 일부러 여기까지 오셨는데 실속 있는 이야기도 못했군요."

이케하타 전무는 얼굴을 잔뜩 찌푸렸다.

"아니요, 아니요. 마음에 두지 마십시오. 히로시마 건에 대해서는 나중에 다시 연락드리겠습니다. 그럼 이만 실례합니다."

타나카 부지점장은 별일 아니라는 듯이 손사래를 치면서 방에서 물러났다. 잠시 기다린 후에 이케하타 전무는 쿠사카베를 매서운 눈으로 노려봤다.

"선생님, 도대체 무슨 생각입니까? 사장님의 건강 문제는 아직 대외적으로 일체 공표하지 않았어요. 가볍게 입에 담으면 곤란합니다. 그것도 은행 관계자가 있는 자리에서 그러시다니."

"죄송합니다. 하지만 정말로 일각을 다툴지도 모르는 일이라서요. 만약 사장님이 쓰러지셨다면 큰일입니다. 하여튼 지금 당장 안부만이라도 확인할 수 없겠습니까?"

말투는 정중했지만 쿠사카베는 덮어놓고 떼를 쓰다시피 다
그쳤다. 눈싸움이 잠시 이어지다가 이케하타 전무는 결국 졌
다는 듯이 휴대전화를 꺼내 버튼을 눌렀다.

"······안 받는데."

얼마 후에 이케하타 전무가 불쑥 중얼거렸다.

"휴대전화는 계속 연결이 안 됐습니다."

"예. 하지만 유선 전화로 걸어도 안 받으시는데요."

이케하타 전무는 처음으로 미간에 깊은 주름을 잡았다.

"어디 계셔도 벨소리는 들릴 테고, 수화기도 집을 수 있도
록 되어 있을 텐데."

"오이시 사장님은 도대체 어디 계신 겁니까?"

쿠사카베의 물음에 이케하타 전무는 당혹스러운 듯한 표
정을 지었다.

"산장입니다."

"산장요?"

"쿠사카베 선생님은 모르십니까? 경영상 중대한 결단을 내
리실 때는 옛날부터 자주 틀어박혀 계셨는데."

"어디에 있습니까?"

"오쿠타마. 나카소네 총리가 레이건을 초대한 히노데 산장
근처인데······. 그렇지, 잠깐 살피러 가는 편이 좋을지도 모르
겠습니다."

이케하타 전무는 뜻밖에도 주저 없이 자리를 박차고 일어섰다.

"바로 경찰에 신고하는 편이 낫지 않을까요?"

"하지만 만약 아무 일도 없으면 제가 사장님께 혼쭐이 날걸요. 우리 회사의 경우, 사장님의 건강에 관련된 이야기가 주가에 직결되니까 지금 이상한 소문이 돌면 난감합니다. 하여튼 차로 가봐야겠습니다."

쿠사카베는 시계를 쳐다봤다. 이곳 하치오지에서 출발하면 아마도 30분 정도 걸리리라.

"알겠습니다. 그럼 저도 같이 가겠습니다."

쿠사카베는 이번에도 고집을 부려 이케하타 전무의 입에서 싫다는 소리가 쏙 들어가게 만들었다.

회사차는 검정색 크라운이었다. 겉모습은 위장 경찰차나 영구차가 연상될 만큼 위압적이지만, 시트는 100퍼센트 가죽이고 자동차 내부도 호화롭게 꾸며놓았다. 키미즈카라는 젊은 사원이 운전을 맡는 바람에 마음이 맞지 않는 이케하타 전무와 뒷좌석에 나란히 앉아 있으려니 몹시 거북했다.

"……뭐, 말기 암 선고를 받았으니 분명 충격이 크셨겠지만 사장님은 지금까지와 다름없이 경영권을 쥐고 진두지휘하셨잖습니까. 오늘내일 용태가 급변할 조짐은 없었어요."

이케하타 전무도 마음이 제법 불편했는지 변명하듯이 침묵을 깨뜨렸다.

"하지만 통증이 꽤 심하다고 들었는데요."

"등과 위 언저리가 이따금 쿡쿡 쑤신다고 하신 것 같더군요."

그렇게 쉽게 표현할 만한 통증이 아닐 텐데.

"그럴 때는 진통제로 다스렸습니까?"

"그게 말입니다. 처음에는 모르핀 알약을 복용했는데 구역질이 심해서 그런지 요즘은 오로지 정맥주사에 의존하시는 모양이에요."

"주사? 그건 누가 놔주는 건데요?"

이케하타 전무는 너무 깊이 파고드는 것 아니냐는 듯한 눈으로 쿠사카베를 쳐다보다가 마지못해 질문에 대답했다.

"회사에 계실 때는 빌딩 안의 클리닉에 가셨던 것 같고, 회사밖에 계실 때는 알아서 놓으셨습니다."

"회장님 스스로요?"

쿠사카베는 깜짝 놀랐다. 당뇨병 환자라면 인슐린을 스스로 주사해도 상관없겠지만, 누가 뭐라 해도 모르핀은 마약이다.

"실은 그러면 안 될지도 모르지만 옛날부터 알고 지내던 의사한테 정맥주사용 모르핀을 받으셨나 봐요."

"주사 놓는 법까지 배우셨단 말입니까?"

"사장님은 미국에서 엠바머 강습을 받은 장례 업계의 선구자 중 한 분이시잖아요. 주사기를 다루는 게 처음은 아닙니다."

엠바머란 장례식을 위해 시신을 소독하고 방부 처리하는 전문가를 가리킨다. 분명 시신의 일부를 절개하고 봉합하거나 정맥에서 혈액을 뽑고 동맥 속에 방부제를 주입하는 등 의료 행위와 비슷한 일도 해야 한다고는 들었다. 그렇다고는 하나 자기 멋대로 정맥주사를 놔도 되는 걸까?

문득 최악의 가능성이 떠올라서 쿠사카베는 눈을 깜빡였다.

"잠깐만요. 그렇다면 병세가 악화됐을 가능성 말고도, 예를 들어 실수로 모르핀을 너무 많이 주사해서 혼수상태에 빠졌을 가능성은 없겠습니까?"

"그건……"

좁은 차 안에서 키 185센티미터인 쿠사카베가 다가붙어 다그치듯이 묻자 이케하타 전무도 기가 눌린 모양이었다.

"한 번에 놓을 용량은 딱 정해져 있으니까 깜빡하고 실수할 일은 없을 텐데요."

"그건 그렇고, 여러분 모두 사장님의 건강에 무관심하신 것 같군요. 조금 더 신경 써주실 줄 알았는데요."

자신도 모르게 힐난하듯이 말투가 날카로워졌다.

"그게……, 그야 물론 걱정스럽죠. 다만 사장님의 성격 아시잖습니까. 말을 해도 듣질 않으시니 누가 뭐라고 한 말씀 드리기도 참 어려워요."

쿠사카베는 문득 전에 없이 저자세로 나오는 이케하타 전무에게 위화감을 느꼈다. 평소 같으면 다른 사람의 비난을 가만히 듣고 있을 리가 없는데.

그러자 마치 쿠사카베의 마음을 읽기라도 한 듯이 이케하타 전무가 입을 열었다.

"그런데 쿠사카베 선생님은 무슨 일로 그렇게 급히 사장님을 만나시려는 겁니까?"

"그건 오이시 사장님의 허락이 없으면 말씀드릴 수 없습니다."

"흠, 그렇다면 사장님의 개인적인 문제겠군요. 회사에 관련된 일이라면 저한테도 말씀해주셔야 합니다."

오이시 사장이 세상을 떠나고 이 남자가 사장에 취임한다면 자신의 사무소는 분명 고문 계약을 해지당하고 버려질 것이다. 쿠사카베는 속내를 영 알 수 없는 이케하타 전무의 가느다란 눈을 쳐다보면서 생각했다. 결국 모든 것은 사장의 유언장에 달린 셈이지만.

"최근에 사장님이 유언장을 다시 써야겠다는 말씀을 하시지 않았나요?"

마치 독심술사 같은 이케하타 전무의 말에 쿠사카베는 엉겁결에 움찔했다.

"……그건 오이시 사장님의 사생활에 속하는 사항이라 말씀드릴 수 없습니다."

"하지만 동시에 우리 회사의 흥망에도 영향을 줄지 모르는 문제입니다."

이케하타 전무는 시트에 몸을 묻고 묘하게 조심스러운 말투로 물었다.

"제 기억으로는 전에 사장님이 공정증서 유언을 한 번 작성하시지 않았나 싶은데요."

"그것도 답변 못 드립니다."

오이시 사장은 쿠사카베 법무사 사무소에서 지난번 유언장을 작성했는데, 신일본 장례사 주식의 과반수를 포함한 유산 전부를 유일한 친족인 처조카 이케하타 세이치에게 상속한다는 내용이었다.

어떤 형태로든 오이시 사장이 유언장을 다시 쓴다면 이케하타 전무가 환영할 리 만무했다.

크라운은 차 한 대가 겨우 지나갈 만한 좁은 산길을 올라갔다. 오이시 사장의 산장은 제법 외진 곳에 있는 모양이다.

다른 건물은 아주 가끔 눈에 들어올 뿐이었다. 조용히 사색하기에는 적당할지도 모르지만, 식재료 구입 하나만 놓고 봐도 몹시 불편하기 짝이 없으리라.

매미가 큰 소리로 합창하는 수풀 사이를 빠져나가자 드디어 목적지인 산장이 눈앞에 모습을 드러냈다. 30평 정도 되는 수수한 단층집이다. 삼나무 판자를 댄 외벽은 색을 칠하지 않았지만 오랜 세월 비바람에 시달린 탓인지 완전히 회색으로 변해버렸다.

정면 현관 앞에는 오이시 사장이 손수 운전해 온 듯한 고풍스러운 메르세데스 쿠페가 세워져 있었다. 크라운이 그 바로 옆에 멈추자 쿠사카베는 문을 열고 차에서 내렸다. 이케하타 전무도 반대쪽 문으로 나왔다.

산장 정면 현관에 자리한 중후한 나무문은 잠겨 있었다. 쿠사카베가 인터폰 버튼을 두세 번 눌렀지만 대답이 없었다.

"이상한데. 차를 놓고 어디 가셨을 리도 없고."

등 뒤에서 이케하타 전무가 중얼거렸다. 손목시계를 들여다보니 이미 오후 3시 30분이 지나 있었다. 산 위라고는 하나 한여름 햇살이 살을 뜨끈뜨끈하게 달구었다. 도저히 산책을 나갈 만한 시간은 아니다.

"열쇠는 안 가지고 계십니까?"

쿠사카베가 뒤를 돌아보고 묻자 이케하타 전무는 고개를

저었다.

"열쇠는 사장님만 가지고 계십니다. 여벌 열쇠는 총무부에 딱 하나 보관되어 있을 텐데……. 이럴 줄 알았으면 가져올 걸 그랬네요."

열쇠 수리점 사람을 불러도 이런 곳까지 와줄지 의문이고, 그렇다고 해서 현관문을 비집어 열기도 쉽지는 않아 보였다.

"뒤로 돌아가보죠."

무성한 덤불이 건물 바로 옆을 뒤덮고 있어서 왼쪽으로는 돌아갈 수 없었다. 이케하타 전무는 오른쪽으로 성큼성큼 걸어 건물을 빙 돌아갔다. 쿠사카베와 키미즈카도 뒤를 쫓았다.

"잠깐만요. 여기를 깨면 안으로 들어갈 수 있을 것 같습니다."

쿠사카베는 도중에 뒷문 옆의 작은 창문을 발견하고 말했다. 유리를 깨고 손을 집어넣으면 쉽사리 뒷문을 열 수 있을 것 같았다.

"아니요. 이 맞은편이 서재 창문이거든요. 일단 그쪽에서 안을 들여다봅시다."

이케하타 전무는 힐끔 돌아보았을 뿐 걸음을 멈추려고 하지 않았다. 쿠사카베도 어쩔 수 없이 따라갔다.

"……커튼이 쳐져 있잖아."

이케하타 전무는 멈춰 서서 나란히 늘어선 창문 네 개를 바라보며 말했다. 여기가 서재인 모양이다. 쿠사카베는 걸리적거리는 나뭇가지를 밀어내며 창문을 차례대로 만져보았지만 전부 안쪽에서 단단히 잠가놓은 것 같았다. 창문 아래에는 에어컨 실외기도 있었지만 작동되는 기색 없이 잠잠했다.

역시 집을 비운 걸까.

"앗!"

커튼 틈새로 실내를 들여다보려고 애쓰던 이케하타 전무가 느닷없이 괴상한 소리를 질렀다.

"왜 그러세요?"

쿠사카베는 그쪽으로 달려갔다.

"사람이 있어요……."

이케하타 전무는 쉰 목소리로 말하더니 자리를 양보했다. 쿠사카베는 양손으로 눈 위를 가려 빛을 막고 커튼 사이에 살짝 생긴 틈으로 방 안을 들여다보았다.

좌우로 기다란, 약 열 평 정도 됨직한 넓은 방이었다. 어둑어둑해서 안쪽 상황이 어떤지는 분명치 않았다.

"오른편 안쪽입니다……. 문이 있는 곳이에요. 그건 그렇고, 도대체 이게 어찌된 일이야?"

이케하타 전무의 말대로 시선을 오른편 안쪽으로 옮겼다. 순간 흠칫 놀라 몸이 뻣뻣하게 굳었다. 응접세트의 소파 건

너편에 분명 사람의 모습이 보였다. 뒤로 몸을 기대고 바닥에 주저앉아 있는 듯했다. 등 뒤에는 백막白幕이 쳐져 있고, 그 옆에 족자가 걸려 있었다.

쿠사카베는 눈이 튀어나올 정도로 시선을 집중했다. 확실하지는 않지만 오이시 사장처럼 보였다. 온 힘을 다해 창문을 흔들어봤지만 꿈쩍도 하지 않았다.

"키미즈카!"

이케하타 전무가 날카로운 목소리로 명령했다.

"창문을 깨버려."

"예."

키미즈카는 당황한 듯이 주위를 둘러보다가 주먹만 한 돌을 집어 들더니 투포환 선수 같은 자세로 창문을 향해 내던졌다.

요란한 소리와 함께 유리가 사방으로 흩어졌다.

키미즈카는 깨진 창문 틈으로 손을 집어넣으려다 어디를 베였는지 고통스러운 소리를 내며 손을 거두었다.

"멍청아! 지금 뭐 하는 거냐!"

이케하타 전무가 키미즈카에게 고함을 질렀다. 쿠사카베는 키미즈카를 밀어내고 앞으로 나서서 벗은 신발 뒤꿈치 부분으로 유리를 때려 창문에 난 구멍을 넓혔다. 고약한 냄새가 코를 찔렀다. 손을 넣어 반달 모양의 크레센트 자물쇠를 열려고 했지만 움직이지 않았다. 자물쇠에 달린 원통형 손잡이를 돌리자 잠금장치가 풀려 크레센트 자물쇠가 움직였다. 단숨에 창문을 당겨서 열었다.

바람이 불어 커튼이 펄럭였다. 쿠사카베는 등골이 오싹했다. 무언가 썩는 지독한 냄새가 독기처럼 방 안에 가득 차 있었다.

쿠사카베는 신발을 신고 창문을 통해 방 안으로 들어갔다.

손수건으로 코와 입을 가리고 사람 형체 쪽으로 다가갔다.

그 사람은 가운을 입고 낙낙하게 쳐진 백막에 등을 기댄 채 앉아 있었다. 양옆에는 바구니에 든 하얀 생화가 놓여 있었고, 백막 곁에는 '나무아미타불'이라고 쓰인 족자가 걸려 있었다.

도대체 이건 뭐란 말인가. 쿠사카베는 다시 앉아 있는 사람에게 눈길을 떨어뜨렸다. 바로 앞에 높이 40~50센티미터의 유리 테이블이 놓여 있는 탓에 부자연스럽게 두 무릎을 세워서 바짝 움츠린 자세를 취하고 있었다. 문에서 유리 테이블까지는 약 70센티미터밖에 되지 않아서 스스로 좁은 틈에 들어간 것 같은 모양새다. 게다가 그 유리 테이블 반대편은 3인용 소파가 버팀목처럼 가로막고 있다.

어느 틈에 시체가 썩는 냄새를 맡았는지 방금 연 창문으로 파리가 들어와서 시끄럽게 윙윙 날아다녔다.

쿠사카베는 시신 앞에 쪼그리고 앉아 푹 떨군 얼굴을 확인했다.

부패가 진행돼 빵빵하게 부풀어 올라 인상이 변했지만 틀림없는 오이시 사장의 얼굴이었다.

늦었구나. 쿠사카베는 눈을 감았다. 연락이 되지 않고부터 내내 불길한 예감에 시달렸는데 설마 그 예감이 이런 최악의 형태로 적중할 줄이야.

오이시 사장의 시퍼런 입술 사이에서 꿈틀거리는 무언가를 보고 쿠사카베는 눈을 돌렸다. 구더기였다. 치밀어 오르는 구역질을 필사적으로 참았다.

"……경찰입니까? 빨리 좀 와주세요. 사람이 죽었습니다. 예. 그렇습니다. 저는 이케하타 세이치라고 합니다. 돌아가신 분의 성함은 오이시 마스오. 장소는……."

등 뒤에서 이케하타 전무가 휴대전화에 대고 이야기하는 목소리가 들렸다. 방에 들어찬 이 냄새를 맡고서 사장이 세상을 떠났음을 바로 알아차렸다고 해도 이상할 것은 없다. 하지만 그렇다고 해도 시신에 다가올 생각조차 않다니, 상당히 기이하다는 느낌이 들었다.

아니, 그뿐만이 아니다. 오늘 여기까지 오게 된 경위는 또 어떠한가. 시신을 발견하기까지 일어났던 모든 일에서 위화감이 지워지지 않았다.

쿠사카베는 시신 앞의 유리 테이블을 쳐다봤다. 주사기 하나와 빈 앰플 같은 것 몇 개가 방치되어 있었다. 그 옆에는 오이시 사장이 애용하던 펠리컨 만년필과 하얀 봉투 한 통이 놓여 있었다. 가까이에서 살펴보자 손이 몹시 떨렸는지 비뚤어진 글자로 '유언장'이라고 적혀 있었다.

말도 안 돼. 왜 굳이 이런 짓을…….

쿠사카베는 정신이 멍해졌다.

이상하다. 계획적인 자살인 것처럼 보이지만 정작 한 짓은 이치에 맞지 않는다.

하지만 다시금 방 안을 둘러봐도 자살 말고 다른 가능성은 떠오르지 않았다. 현관과 뒷문은 단단히 잠겨 있었고 서재의 모든 창문은 잠금장치가 달린 크레센트 자물쇠로 잠겨 있었다.

눈을 돌려 이 방에서 밖으로 나갈 수 있는 문을 찾았다. 얼핏 보기에 아무 데도 없는 듯했지만, 손잡이 같은 것이 쑥 튀어나와 있어서 백막 뒤에 문이 있음을 알아차렸다. 시신은 문에 기대어 앉아 있었다. 문은 안쪽으로 열리는 듯하지만, 이 상태라면 시신뿐만 아니라 유리 테이블과 소파도 걸리적거려서 거의 열리지 않으리라. 누가 오이시 사장을 살해한 뒤에 문을 열고 밖으로 나갔다면 이런 식으로 시신을 문 안쪽, 즉 백막에 기대어놓고 유리 테이블로 앞을 막기는 불가능할

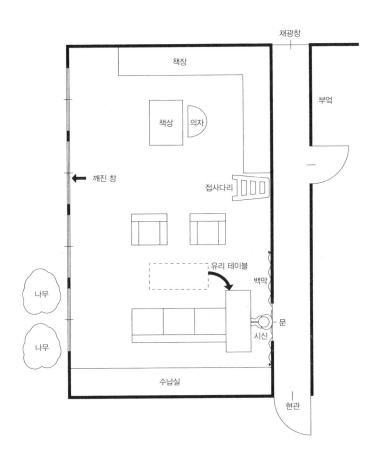

채광창

책장

부엌

책상 의자

깨진 창

접사다리

유리 테이블

백막

문

시신

나무

나무

수납실

현관

것이다.

요컨대 이 방은 완전한 밀실이었다.

그때 한 가지 생각이 번갯불처럼 머릿속을 가로질렀다.

불가능할 것 같지만 가령 이번 일을 살인이라고 가정해보자. 어떻게 했는지는 짐작도 가지 않지만 밀실을 만들어야 할 동기는 알 듯했다.

살인 현장을 밀실로 위장하는 제일 큰 목적은 피해자의 죽음을 자살로 꾸며 혐의에서 벗어나는 것이다. 하지만 이번에는 또 다른 이유가 있지 않았을까?

그리고 만약 그 이유가 자신의 상상대로라면 범인의 이름은 이 '유언장' 속에 똑똑히 적혀 있을 것이다.

2

"장례 산업은 사실 숨겨진 성장 분야입니다. 일본 국내의 연간 사망자 수는 약 110만 명인데, 해마다 2퍼센트 정도씩 그 수가 증가할 전망입니다. 그래서 장례 산업에 새로이 뛰어드는 기업도 끊이질 않죠."

쿠사카베는 건조한 목소리로 말했다.

"그렇군요. 저출산 문제로 쇠퇴하는 산업은 많지만 장례 업계만은 노인 인구의 증가가 순풍으로 작용하는 셈이네요."

아오토 준코 변호사는 마음을 졸이며 맞장구를 쳤다.

"맞습니다. 신일본 장례사도 한때는 경영위기설이 나돌았지만, 요 몇 년간은 매상과 순이익이 증가 추세고 장래에는 상장도 노리고 있습니다. 발행 주식의 90퍼센트는 창업자인 오이시 마스오 사장님이 소유하고 계셨지만 돌아가신 까닭에 처조카 이케하타 세이치 전무가 전부 상속할 예정이에요. 문제는 단 하나, 유언이죠."

"아까 전에 그게 현장을 밀실로 만든 이유라고 말씀하셨는데요."

준코는 광대뼈와 턱이 튀어나온 쿠사카베의 옆얼굴을 주시했다.

'싸우는 법무사'를 표방하는 만큼 안 그래도 평소부터 걸핏하면 싸우고 보자는 분위기를 풍겼는데, 오늘은 눈이 충혈된 탓인지 인상이 더더욱 흉악했다.

"그렇습니다. 범인의 목적은 그 '유언장'에 정당성을 부여하는 거였어요. 저는 그렇다는 생각밖에 안 듭니다."

쿠사카베는 난폭하게 운전대를 꺾으면서 말했다. 운전이 얼마나 거친지 이대로 계속 조수석에 앉아 있다가는 반쯤 죽을 것 같았다. 이미 골동품에 가까운 연식의 블루버드에는 여기저기 부딪치거나 쓸린 자국이 있는데 대부분은 눈 가리고 아옹하는 식으로 검 테이프만 붙여두었다.

"하지만 애당초 살인이라는 근거가 모자라는 것 같은데요……."

준코는 사고가 났을 때 다치거나 죽을 확률이 가장 높은 조수석에 괜히 앉았다고 다시금 후회했다. 뒷좌석에 앉은 에노모토 케이와 타시로 후미코는 기분이 어떨까.

"그러니까 자살이라고 여기면 이해가 안 가는 점이 너무 많다고요. 그중에서도 제일 의심이 가는 게 바로 그 '유언장'입니다."

쿠사카베는 준코를 가만히 노려봤다. 준코는 부탁이니까 앞 좀 보고 운전하라고 소리를 지르고 싶었다.

"알겠습니까? 저는 오이시 사장님께 유언장을 새로 만들고 싶다는 의뢰를 받고 모든 준비를 마친 상태였습니다."

다행히도 쿠사카베는 매처럼 날카로운 시선을 앞으로 돌렸다.

"저번에도 우리 사무소에서 공정증서 유언을 작성하셨으니 오이시 사장님도 절차는 잘 알고 계셨을 겁니다. 이번에도 누구한테 유산을 남길지 숙고하려고 산장에 틀어박히셨겠죠. 그런데 웬걸, 시신 옆에 남아 있던 건 자필증서 유언이었어요."

"잠깐 질문을 드려도 될까요?"

뒷좌석에서 에노모토의 목소리가 들려왔다.

"저는 열쇠장이라 법률 지식에는 문외한입니다만, 현장이 밀실이었다는 사실에 어느 정도 근거가 있는지 알아두고 싶네요. 그리고 그 두 가지 유언은 어떻게 다릅니까?"

에노모토는 일단 방범 전문 컨설턴트다. 준코는 지금까지 똑같은 종류의 사건, 즉 밀실에 맞닥뜨릴 때마다 그의 의견을 들어왔다. 상담을 하면 할수록 에노모토의 진짜 전문 분야는 범죄를 막는 게 아니라 실행하는 것 아닐까 하는 의심만 농후해져 갔지만.

"유언에는 공정증서 유언과 그 변형인 비밀증서 유언, 자필증서 유언의 세 종류가 있습니다. 우리들 법무사가 추천하는 건 뭐니 뭐니 해도 공정증서 유언이죠. 증인 두 명이 입회할 필요가 있지만 유언자는 내용을 구술하기만 하면 됩니다. 작성한 유언장은 공증인 사무소에 안전하게 보관하니 무효가 될 우려도 없고요."

"공정증서 유언이 무효가 된 판례도 있지만요."

변호사라는 직업의식에서 준코는 그만 쓸데없는 말을 입에 담고 말았다.

"그건 유언자가 실제로 구술하지 않았던 경우죠? 우리는 그런 엉터리 같은 짓은 안 합니다!"

쿠사카베는 벌컥 성질을 부리며 말했다. 말뿐이면 괜찮은데 화가 나니 예전의 양아치 기질이 나오는지 준코를 무서운 눈으로 째려보았다.

"위험하니까 앞 좀 보고 운전하세요!"

결국 참다 참다 못해 준코가 소리를 빽 지르자 쿠사카베는 군소리 없이 앞을 보았다.

"한편으로 자필증서 유언은 말 그대로 유언자가 자필로 쓴 유언입니다. 워드프로세서 따위로 쓴 글은 일절 인정되지 않아 전부 자기 손으로 써야 할 뿐더러 날짜가 빠져도 무효로 처리되는 등 위험성이 많죠. 모든 요건을 만족시켜도 정말로 자필인지 아닌지 증명하려면 필적 감정에 의존해야 하니 나중에 분쟁의 씨앗이 되는 경우도 많습니다."

"흠. 쿠사카베 선생님이 애써서 공정증서 유언을 작성할 준비를 마쳤는데 굳이 불확실한 자필증서 유언을 남길 필요는 없었다는 말씀이군요."

"그렇습니다."

쿠사카베는 자기 뜻을 알아줘 만족스럽다는 듯이 고개를 주억였다.

"오이시 사장님은 병환 때문에 손을 심하게 떨었습니다. 그런 상태로 무리를 하면서까지 전부 손수 써야 하는 자필증서 유언을 남기실 이유는 없겠죠."

"하지만 이렇게 볼 수는 없을까요? 오이시 사장님은 산장에 머무신 후로 통증이 악화되어 자살하기로 결심했다. 유산과 회사의 후계자 문제가 마음에 걸렸지만 통증은 잠시도 참기가 힘들어졌고, 때문에 하산해서 공정증서 유언을 작성하러 갈 기운이 없었다. 그래서 마지막 힘을 쥐어짜내 자필로 유언장을 남기기로 했다."

준코가 그렇게 반론하자 쿠사카베는 한쪽 뺨을 일그러뜨리며 피식 웃었다.

"말도 안 되죠. 그렇게 해서 남긴 유언장이 이번 유언장이라면 처음부터 아무것도 쓸 필요가 없었어요."

"무슨 뜻인가요?"

"남아 있던 자필증서 유언의 내용은 오이시 사장님이 예전에 남기신 공정증서 유언과 거의 차이가 없었습니다. 양쪽 다 전 재산을 이케하타 세이치 씨한테 포괄유증한다는 내용뿐이었거든요. ……예전에 오이시 사장님은 이케하타 전무의 수완을 높이 평가하셨고, 회사의 존속을 위해서는 보유 주식을 가능한 한 분산하지 않는 편이 낫다고 말씀하셨어요."

준코는 침묵했다. 그렇다면 확실히 오이시 사장의 행동에는 이해가 안 가는 점이 너무 많다. 만약 그 자필증서 유언이 위조되었다고 치면 납득이 간다. 새로운 유언을 날조한 인물은 예전 유언의 내용에 확신이 없었던 것이다. 만약 유언의 내용이 똑같이 겹친다고 해도 상속에 지장은 없을 테니까 밑져야 본전이다.

"오이시 사장님은 전혀 다른 내용의 유언을 새로이 쓰실 생각이었을까요?"

"실은 사장님이 비밀리에 그럴 작정이라고 일러주셨습니다. 최근에 이케하타 전무의 인간성에 대해 중대한 의문을 품게 되셨다더군요. 확실한 증거가 있는 이야기는 아니지만, 이케하타 전무가 회사 공금을 횡령했다는 의혹까지 떠오른 모양입니다. 그래서 새로 작성할 유언장에서는 이케하타 전무에 대한 전 재산 포괄유증을 취소하고, 임원 몇 명과 우리사주조합 |기업의 종업원이 자기 회사의 주식을 취득, 관리하기 위해 조직한 조합 – 옮긴이|에 분산해서 유증하고 싶으시다고……."

"……발견된 유언장 말인데요. 필적은 어땠습니까?"

에노모토가 또 질문을 했다. 쿠사카베는 한숨을 쉬었다.

"그게 상당히 미묘합니다. 얼핏 보기에 분명 사장님의 필적 같기는 해요. 하지만 오랜 세월 오이시 사장님을 가까이서 모신 사람이라면 흉내 내어 쓸 수도 있겠죠. 게다가 아까도 말했다시피 병환 때문에 사장님은 손을 부들부들 떨었습니다. 현재 필적감정 중입니다만, 글씨가 그래서야 의심스럽다고 해도 100퍼센트 위조한 필적이라고 단정하기는 어려울 겁니다."

쿠사카베는 운전 중인데도 고개를 돌려 에노모토의 눈을

응시했다. 준코는 비명을 지를 뻔했다.

"범인은 그래서 현장을 밀실로 만들고 싶었던 겁니다. 밀실에서 자살한 시체와 함께 발견된 유서—유언이라면 본인이 남겼다는 쪽으로 의견이 많이 기울 테니까요."

쿠사카베는 앞으로 다시 고개를 돌리더니 야수 같은 목소리로 으르렁거렸다.

"그 자식한테 감쪽같이 속아서 이용당하다니 저 자신을 도저히 용서할 수 없습니다. 놈은 제가 사장님의 시신과 유언을 발견하도록 했어요. 증인으로 삼은 겁니다. 정말이지 이런 멍청이가 또 어디 있나……. 이 빚은 반드시 갚아줄 겁니다."

쿠사카베는 본래의 법무사 업무인 등기와 공탁 따위의 서류 작성에 그치지 않고 변호사에게만 허용되는, 분쟁의 소지가 있는 법률 사무와 교섭까지 행하는 것으로 악명이 높았다. 그건 엄연한 변호사법 위반이다. 하지만 쿠사카베의 행동이 순수한 정의감에서 비롯되었음을 잘 알기에 그와 접촉한 변호사 가운데 그를 고발하려는 사람은 아무도 없었다. 악랄한 불법 사채업자와 소비자금융업자를 상대로 다중채무자를 구제하려고 몸을 내던져 맞서는 자세에는 준코도 크게 공감했다.

"하지만 솔직히 말해 두 손 다 들었습니다. 놈이 어떤 수단을 썼는지 짐작도 안 가요. 그래서 아오토 선생님께 상의한 겁니다. 꼭 놈의 범죄를 입증해서 형사 고발하고 싶습니다."

사건의 직접적인 이해관계자가 아니라 고문으로 일하는 법무사한테 개인적으로 의뢰를 받다니 상당히 이례적인 일이기는 하다. 하지만 범죄자 고발은 정의 실현으로 이어지는 일인데다 보수만 제대로 나온다면야 불평할 이유는 없다.

"하지만 어째서 저였나요? 알고 지내는 변호사라면 얼마든지 계실 텐데요."

쿠사카베와는 특별히 친한 사이가 아니다. 그렇다기보다 한때는 어떤 사건에서 상대측을 옹호하는 쿠사카베의 묵과할 수 없는 변호사법 위반 행위를 둘러싸고 제법 험악한 분위기를 연출하기까지 했었다.

"밀실 사건만 수없이 다루는 형사 변호사는 아오토 선생님 말고 아는 분이 없어서요."

스스로 수수께끼를 푼 적은 한 번도 없어서 준코는 내심 창피했지만 그런 내색은 하지 않았다.

"……일단 현장을 보지 않으면 아무 말씀도 못 드리겠네요."

모든 것은 뒷좌석에 앉은 에노모토에게 달려 있다. 도둑의 눈이 살인자의 책략을 꿰뚫어 볼 수 있느냐 없느냐에.

블루버드가 산장 앞에 멈췄다. 다른 차는 없었다.

"그럼 현관문을 열어주실래요?"

쿠사카베가 타시로 후미코에게 부탁했다.

"예……. 하지만 정말로 괜찮을까요?"

타시로 후미코는 불안한 듯이 되물었다.

"타시로 씨. 이케하타가 사장이 되는 날에는 당신도 모가 집니다. 지금 놈이 저지른 짓을 밝혀내지 않으면 반드시 그렇게 된다고요."

잠깐만. 준코의 마음속에서 경종이 시끄럽게 울렸다.

"쿠사카베 씨, 당신 정말로 이 산장의 출입 허가를 받았어요?"

"물론이죠."

쿠사카베가 이쪽을 보지 않고 대답했다.

"정말요? 여기까지 와서 이런 소리 하기는 싫지만 가령 이게 불법침입이라면 우리는 공범으로 오해받을 만한 짓은 못해요."

준코는 팔짱을 끼고 말했다.

"그런 걱정할 필요 없습니다. 이 산장은 신일본 장례사가 소유한 물건이고, 타시로 씨는 총무과장이니 언제든지 회사 시설에 드나들 권한이 있어요. 그런 일이 일어난 이상 여기도 처분할 필요가 있으니 오늘은 내부를 점검하러 온 겁니다. 우리는 타시로 씨의 허가를 받고 안으로 들어가는 거라고요."

준코는 잠시 생각하다가 고개를 끄덕였다. 그렇다면 문제
는 없으리라.

"그럼, 타시로 씨. 부탁합니다."

"알았어요."

타시로 후미코는 백에서 열쇠를 꺼내 현관 자물쇠를 열었
다. 중후한 나무문에는 작은 금속 손잡이가 달려 있었다. 열
쇠 구멍을 제외하고 우편물 투입구 같은 개구부는 전혀 없었
다.

"그 열쇠는 회사에 보관해두었던 건가요?"

에노모토가 물었다.

"예. 평소에는 총무부 금고 속에 보관해요."

"그렇다면 이케하타 전무는 사장님의 시신을 발견했을 때
어째서 열쇠를 가져가지 않았을까요?"

"글쎄요, 그건……. 사장님이 무사하실 거라고 믿어서 안에
서 열어주실 줄 알고 그랬을까요?"

"그럴 리 없지."

쿠사카베는 혀를 찼다.

"놈은 사장님이 돌아가신 줄 알았어요. 확실히 에노모토
씨의 말대롭니다. 놈은 현관문을 열기 싫었던 거예요. 우리
가 유리창을 깨고 들어간 것도 처음부터 놈의 계획이었다는

말이죠?"

"예, 아마도요."

에노모토는 동의했다.

"하지만 어째서 창문 쪽으로 들어가기를 원했을까요?"

"현장을 보존하기 위해서겠죠. 범인은 될 수 있는 한 밀실
을 원래 상태대로 유지한 채 경찰에게 보여주고 싶었을 겁니
다."

"그건 현관문이 잠긴 상태 그대로라는 말씀입니까?"

"그럴 가능성도 있습니다. 어쩌면 사장님의 시신이 있던 방
의 문일 수도 있고요. 가령 쿠사카베 선생님 일행이 현관으
로 산장에 들어갔다면 방문을 억지로 열려다가 시신과 유리
테이블을 밀어젖혀서 위치가 바뀌었을 수도 있으니까요."

"아, 그렇구나."

쿠사카베는 감탄한 것처럼 보였다.

"그 열쇠를 잠깐 보여주시겠어요?"

에노모토는 타시로 후미코에게서 받아든 열쇠와 열쇠구멍
을 견주어보았다. 다음으로 현관으로 들어가 안쪽에서 확인
했다.

"뭐 좀 알아냈습니까?"

쿠사카베가 기대감이 묻어나는 목소리로 물었다.

"이건 국산 핀 실린더 중에서는 방범 성능이 제일 뛰어나다

고 일컬어지는 자물쇠군요. 억지로 자물쇠를 풀려고 시도하면 데드록이라는 상태가 되어 실린더가 돌아가지 않습니다. 따라서 피킹|지정된 열쇠 대신 도구를 사용해 자물쇠를 여는 기술 – 옮긴이|이나 최근에 유행하는 범핑|특별하게 고안한 범프 열쇠를 이용해 자물쇠를 여는 기술. 하나의 범프 열쇠로 동일한 유형의 모든 자물쇠를 열 수 있다 – 옮긴이|이라는 수법으로도 쉽게 열 수 없어요."

에노모토의 표정을 보니 은근히 자신이라면 열 수 있다고 생각하는 것 같았다.

"꽤 좋은 자물쇠를 달았군요. 무슨 이유라도 있나요?"

준코가 물었다.

"그런 건 아니지만, 이 산장은 재작년에 한 번 개축했어요. 지은 지 50년이나 되어서 여기저기가 제법 상했었거든요. 그때 현관 자물쇠도 새로 달았을 거예요."

타시로 후미코가 설명했다.

"이 자물쇠의 또 다른 장점은 정규 제조사를 통하지 않으면 여벌 열쇠를 만들기 곤란하다는 점입니다. 타시로 씨, 열쇠는 전부 몇 개나 있나요?"

"두 개뿐이에요. 하나는 사장님이 가지고 계셨고, 다른 하나가 그거예요."

"오이시 사장님 말고 다른 사람, 예를 들어 이케하타 전무가 금고에서 이 열쇠를 꺼낼 수 있었을까요?"

"아니요."

타시로 후미코는 딱 잘라 말하며 고개를 저었다.

"총무부 금고 열쇠는 제가 보관해요. 금고는 항상 제 눈이 닿는 곳에 있으니 누구든 멋대로 열쇠를 꺼냈다가 나중에 몰래 되돌려놓기는 불가능할걸요. 보통 다른 사원이 이 열쇠를 사용할 일은 없으니 사장님 말고 다른 사람이 꺼낸 적은 한 번도 없었을 거예요."

그렇다면 역시 이 산장 자체가 견고한 밀실이었다는 얘기인데.

에노모토는 돋보기를 꺼내 현관문 안쪽에 달린 자물쇠를 조사하고 있었다. 특히 섬턴(자물쇠를 여는 손잡이)이 신경 쓰이는 모양이었다.

"뭐 좀 찾아냈어요?"

준코가 묻자 에노모토는 씩 웃었다.

"예. 이것 좀 보세요."

에노모토는 원형 실린더에 달린 납작한 섬턴을 가리켰다.

"이거라뇨……?"

준코는 한쪽 눈을 가늘게 뜨고 쳐다봤지만 특별히 눈에 띄는 점은 없었다.

"섬턴 표면을 잘 보세요. 살짝 긁힌 자국이 보이죠?"

"어, 이거 말이에요?"

건네받은 돋보기로 보고 나자 김이 빠졌다. 말을 듣고 보니 아주 미세한 선 같은 흠집이 두세 줄 나 있는 것도 같았다.

"표면처리를 한 아연합금에 이런 흠집이 나는 경우는 별로 없어요. 날카롭고 뾰족하면서 단단한 물질, 그러니까 강철 같은 물질로 긁지 않는 한은."

"즉, 이 선은 무슨 수를 쓴 흔적이라는 말입니까?"

쿠사카베가 준코에게서 돋보기를 받아들고 열심히 섬턴을 들여다보다가 질문했다.

"예. 열쇠가 없어도 직접 섬턴을 돌릴 수 있다면 현관문을 잠글 수 있으니까요."

"섬턴 돌리개 같은 물건을 사용했다고요?"

준코도 에노모토와 같이 활동하다 보니 절도범의 수법을 꽤 자세하게 알게 되었다. 섬턴 돌리개란 작은 구멍이나 틈새로 집어넣어 섬턴을 회전시켜 자물쇠를 여는, 관절이 달린 막대기 모양 도구다.

"······하지만 이 현관에는 밖으로 통하는 구멍이 전혀 없는 것 같은데요."

문에는 우편물 투입구도 없었고, 가느다란 실이 통과할 틈새마저 전혀 눈에 띄지 않았다.

"개구부라면 저기 있죠."

에노모토는 안쪽을 가리켰다. 현관에서부터 똑바로 뻗은

복도 끝에 채광창이 있었다.

"잠깐만 실례하겠습니다."

에노모토는 신발을 벗고 냉큼 집 안으로 들어섰다. 그리고 복도 끝으로 가서 창문을 살폈다. 준코와 쿠사카베, 타시로 후미코도 뒤를 따랐다.

"이건 옛날 공단주택 따위에서 흔히 볼 수 있던 환기용 미닫이창이네요. 용수철로 작동되는 스토퍼가 달려 있어서 밖에서도 잠글 수 있습니다. 범인은 이 창문을 열어놓고 밖에서 섬턴을 조작해 현관문 자물쇠를 잠근 후에 창문을 닫아 열리지 않게 했을 겁니다."

"하지만 여기서 현관까지는 좀 먼 것 같지 않습니까?"

쿠사카베가 약간 이해가 가지 않는다는 얼굴로 말했다. 준코도 동감이었다. 복도 끝의 창문에서 현관문까지 7~8미터는 되었다.

"이 정도 거리면 어떻게든 됩니다. 어디 보자……. 예를 들어 이케하타 전무는 낚시 같은 걸 하나요?"

에노모토의 질문에 쿠사카베와 타시로 후미코는 퍼뜩 놀란 듯한 표정을 지었다.

"아아, 맞습니다! 그 녀석은 낚시 마니아예요."

쿠사카베는 전무실을 찾아갔을 때 이케하타 전무와 후타바 은행의 타나카 부지점장이 낚시 이야기로 꽃을 피우고 있

서 있는 남자   45

었다고 알려주었다.

"그렇다면 이야기는 간단하죠. 본류낚시용 낚싯대 중에는 짧은 낚싯대를 몇 개나 연결해서 길이가 8~9미터나 되게 만든 것도 있습니다. 이쪽 창문으로 그런 낚싯대를 집어넣으면 끝부분이 현관 근처에 아주 쉽사리 닿습니다."

에노모토는 다시 현관으로 돌아갔다. 세 사람은 뒤를 졸졸 따라갔다.

"아마 이렇게 했을 거예요. 일단 섬턴에 낚싯바늘을 걸고 낚싯줄을 몇 번 감아놓습니다. 다음으로 밖으로 나가서 현관문을 닫고 복도 끝에 있는 창문 바깥으로 돌아가서 릴로 낚싯줄을 감습니다. 줄이 당겨지면 섬턴이 회전해서 현관문이 잠기겠죠. 잠겼는지 확인한 뒤에 낚싯대 끝부분을 실을 감았던 것과 반대방향으로 돌려서 섬턴에서 실을 풀면 돼요. 그다지 어려운 작업도 아니고, 실패하더라도 현관문은 아직 잠기지 않았으니 몇 번이고 왕복하면서 다시 시도하면 됩니다."

에노모토의 설명을 듣는 사이에 쿠사카베의 표정에서 분노의 감정이 완연해졌다.

"그 자식……, 돼먹지 못한 짓을 했겠다!"

타시로 후미코는 너무 놀랐는지 아무 말도 없었다.

"그럼 섬턴에 난 흠집은 낚싯바늘 자국이었군요?"

준코가 에노모토에게 물었다.

"낚싯바늘이라면 바늘 끝이나 미늘 때문에 저런 흠집이 생겨도 이상할 것 없다고 봅니다. 뭐, 단정은 할 수 없지만."

이게 진짜로 밀실 살인이었다고 하면 일찌감치 첫 번째 관문은 돌파한 셈이다. 준코는 길조라고 생각했다. 아무래도 쿠사카베 역시 같은 생각이었는지 신이 나서 세 사람을 안내했다.

"그럼 문제의 방을 봐주시겠습니까? 여깁니다."

쿠사카베가 복도 왼쪽에 있는 문을 가리키고는 손잡이를 돌려서 열었다.

문틀에는 여전히 출입금지를 나타내는 노란색 테이프가 붙어 있었지만 쿠사카베는 그 테이프를 아무렇게나 잡아 찢었다. 바닥에는 시신의 위치를 나타내는 하얀 비닐테이프가 남아 있었다.

높이가 40~50센티미터이고 길이가 1미터 정도 되는 유리 테이블이 눈에 들어왔다. 유리 테이블 맞은편에는 대형 소파가 놓여 있었다.

계속 닫혀 있던 방은 찌는 듯이 더웠고, 사건이 일어난 지 일주일이 지났는데도 아직 시체 썩는 냄새가 희미하게 감돌았다.

준코는 일단 창문 쪽으로 달려가서 창문 네 개 중에 세 개를 활짝 열었다. 발견 당시 쿠사카베 일행이 들어올 때 깨뜨린 창문은 판유리를 통째로 떼어내고 검 테이프로 투명한 비닐을 붙여놓은 상태였다. 밖에서 시원한 바람이 들어와 한숨 돌렸다.

"쿠사카베 씨가 보셨을 때 시신은 어떤 자세였나요?"

준코가 묻자 쿠사카베는 주저 없이 하얀 테이프 위에 앉아 문에 기대어 시신의 자세를 재현했다. 상당히 답답해 보였다.

"대강 이런 느낌이었을 겁니다. 왜 이렇게 부자연스러운 자세를 취했을까 궁금하게 여겼던 기억이 나네요."

쿠사카베는 두 무릎을 꼭 끌어안고 발끝은 유리 테이블 아래로 집어넣었다.

"유리 테이블은 거기 있는 소파에 막혀서 쉽사리 움직이지 않도록 되어 있었습니다. 그리고 지금은 없지만 제가 봤을 때는 이 문 위에 장례용 백막이 쳐져 있었고, 옆에는 족자가 걸려 있었죠. 장례식에서 사용하는 공화供花가 든 바구니도 있었고요. 아, 저게 그 백막 아닐까요?"

쿠사카베가 가리킨 곳을 보니 커다란 접사다리가 벽에 기대어져 있었다. 그 바로 옆에 큼지막한 반투명 쓰레기 봉지가 바닥에 방치되어 있었다. 내용물은 개켜놓은 백막과 족자인 듯했다.

경찰이 사건성이 있다고 생각했다면 이 막도 증거품으로 압수했을 테니 그날 현장검증만 하고 나서 자살로 단정 지었으리라.

그건 그렇고 아무리 장례 회사 사장이라지만 자살하기 위해 이런 막을 치다니 제정신이 아닌 듯싶다.

"이 막은 도대체 어떤 식으로 쳐져 있었나요?"

에노모토는 쓰레기 봉지를 손에 들고 물었다.

"윗부분은 벽의 천장에 가까운 위치에 큼지막한 압정과 양면테이프로 고정되어 있었습니다. 그리고 양쪽 옆 부분도 위에서 아래까지 압정으로 고정되어 있었던 모양입니다."

벽에 눈을 가까이 가져가자 벽지에 압정을 박은 자국인지 조그만 구멍이 보였다. 10센티미터 정도 간격으로 세로로 죽 뚫려 있었다.

"압정을 제법 많이 박은 것 같네요."

준코가 질렸다는 듯이 말했다.

"예. 합쳐서 백 개 정도였을 겁니다."

"백 개요? 너무 많지 않나요?"

"장례식 때는 대가리가 하얀 전용 압정으로 고정합니다만, 그렇게 많이 쓰는 일은 없죠."

이번에는 타시로 후미코가 대답했다.

접사다리를 오르내리며 압정을 백 개나 박다니 상당한 중노동이었을 것이다. 죽을 때가 가까워진 노인이 한 짓이라고는 도저히 생각할 수 없었다.

"덧붙여 백막은 딱 한 군데만 양면테이프로 문에 고정되어 있었습니다."

쿠사카베가 가리키는 곳을 보자 문 한가운데에 테이프를 떼어낸 듯한 자국이 남아 있었다. 문의 폭에 딱 맞게는 아니고, 길이 20센티미터 정도의 테이프를 가로로 붙여놓았던 모양이다.

에노모토는 쓰레기 봉지에서 광택이 나는 백막을 꺼내서 펼쳤다. 시체 썩은 내가 배었는지 인상을 찌푸렸다.

타시로 후미코의 설명에 따르면 장례식 때 실내에 치는 하얀 비단 막으로 세로 8척(약 240센티미터), 가로 2간(약 360센티미터)이라고 한다.

"이 방의 천장은 높이가 250센티미터는 넘을 것 같은데요."

에노모토가 천장을 바라보며 물었다.

"예. 그래서 백막의 아랫자락은 바닥 조금 위에 떠 있었습니다. 20센티미터 정도요."

"백막은 팽팽하게 쳐져 있었나요?" 이번에는 준코가 물었다.

"아니요. 좌우에 약간 여유가 있었던 것 같은데……."

"족자는 어디에 걸려 있었나요?"

"백막 바로 옆의 벽에요."

장례식이라면 보통 족자를 정면에 걸 듯한 기분이 들었다.

"꽃은요?"

"사장님의 양옆에 놓여 있었습니다."

"아무리 생각해도 장례식을 흉내 낸 것처럼 보이네요. 오이시 사장님이 그러신 걸까요?"

"그건 뭐라고도 말하기가 좀."

쿠사카베의 표정에서 당혹스러움이 묻어났다.

"다만 저는 오이시 사장님이 그런 이상한 짓을 하지는 않으셨을 거라 믿습니다. 그것 하나만 놓고 보더라도 도저히 자살이라고는 생각되지 않아요."

"시신의 복장은 어땠습니까?"

에노모토는 화제를 바꾸어 완전히 다른 질문을 했다.

"명주실로 짠 잠옷에 가운이었습니다. 사장님이 편안하게 쉬실 때 입으시던 옷인가 봐요."

"가운의 띠는요?"

"단단히 묶여 있었죠."

"발에는 뭔가 신고 있었습니까?"

쿠사카베는 잠시 생각에 잠겼다.

"슬리퍼는 안 신었고, 맨발이었을 겁니다."

"발끝은 아까처럼 유리 테이블 아래에 들어가 있었고요?"

"예. 그렇습니다."

에노모토는 팔짱을 꼈다.

"유리 테이블의 상태도 시신을 발견했을 때와 완전히 똑같습니까?"

유리 테이블은 2단 구조였다. 바닥에서 몇 센티미터 위쪽에 있는 아랫단에는 장례 업계지 따위가 잔뜩 쌓여 있었다.

"위치상으로는 그 언저리죠. 그리고 테이블 위에는 주사기와 앰플, 만년필과 유언장이 든 봉투가 있었습니다."

"그렇군요……."

에노모토는 거듭 고개를 갸웃거리다가 문을 내버려두고 창문을 점검하러 가서는 준코가 연 창문을 하나하나 닫고 크레센트 자물쇠와 잠금장치의 상태를 확인했다.

"쿠사카베 씨가 유리창을 깨고 들어왔을 때 창문의 상태는 어땠죠?"

"전부 크레센트 자물쇠가 잠겨 있어서 열리지 않았습니다."

쿠사카베의 증언으로는 시신을 발견한 후, 출동한 경찰이 그대로 보존된 현장을 조사했는데 다른 창문도 전부 크레센트 자물쇠 자체가 잠금장치로 잠긴 상태였다고 한다.

"……아무래도 이건 상상 이상으로 어려운 문제일 것 같은데요."

창문 조사를 끝낸 에노모토가 심각한 표정으로 말했다.

"역시 창문으로 탈출한 뒤에 크레센트 자물쇠를 잠그는 건

무리인가요?"

준코의 질문에 에노모토는 고개를 저었다.

"뭐, 크레센트 자물쇠만이라면 어떻게든 되는 경우도 있습
니다만."

"어, 어떻게 하는데요?"

"미스터리 소설이라면 자석 같은 걸 사용하겠지만, 현실에
서는 '크레센트 자물쇠 벗기기'라고 일부 절도범이 사용하는
기술이 있어요. 여닫이 상태가 나쁜 새시의 경우, 잘 흔들면
진동으로 크레센트 자물쇠를 벗길 수 있습니다. 반대로 걸
수도 있는 거죠."

"여기서는 그 방법을 사용할 수 없나요?"

"이곳의 창문은 꼼꼼하게 시공해서 전혀 흔들리지 않아
요. 그것만으로도 치명적인데 더 골치 아프게도 모든 크레센
트 자물쇠에 잠금장치가 달려 있어요. 크레센트 자물쇠에 달
린 이 잠금장치를 비틀면 자물쇠는 움직이지 않습니다. 그리
고 이 잠금장치를 창문 너머 바깥에서 돌릴 방법은 없어요.
이 방에는 외부로 통하는 개구부가 전혀 눈에 띄지 않으니까
요."

준코는 생각에 잠겼다. 느닷없이 하늘이 계시를 내려주었
다.

"알았다!"

가슴 설레는 흥분이 솟아올랐다. 밀실은 깨졌다. 스스로 생각해도 천재적인 발상 아닌가.

"뭔가 떠오른 모양이니 일단 들어볼까요."

에노모토가 몹시 무례하게도 기대감이 전혀 깃들지 않은 얼굴로 말했다.

"문으로 드나들 수 없고 다른 창문이 죄다 잠겨 있었다면 범인은 쿠사카베 씨가 들어온 이 창문으로 탈출했다고 봐야 하지 않겠어요?"

"에이, 그건 아니죠. 방금 전에도 말했듯이 처음에는 크레센트 자물쇠 자체가 잠겨서 움직이지 않았다니까 그러시네."

쿠사카베가 항의했다.

"예. 그러니까 잠겨 있기는 했죠. 범인이 유리창 너머로 잠갔으니까요."

"유리창 너머로? 어떻게요?"

쿠사카베는 당혹스럽다는 표정을 지었다.

"에노모토 씨는 이 방에 개구부가 없다고 했어요. 하지만 실제로는 있었어요. 그게 유리를 깼을 때 부서진 거예요."

에노모토가 머리를 긁적였다.

"어디 보자……. 유리에 작은 구멍이 뚫려 있었다는 말인가요?"

"맞아요! 크레센트 자물쇠와 잠금장치를 잠그기만 하면 되니까 아주 작은 구멍이 있으면 되겠죠? 기껏해야 실이 통과할 정도면 될 거예요."

"뭐, 그야 그렇지만."

"딱딱하면서도 깨지기 쉬운 유리에 구멍을 뚫는다는 게 심리적 맹점 아니었을까요? 하지만 송곳이나 금속용 드릴로 끈기 있게 하다 보면 유리를 깨뜨리지 않고 구멍을 뚫을 수 있었을 거예요. 그리고 그 구멍은 유리가 깨지는 순간 존재가 지워진 거고요. ……그렇구나! 그렇다면 어느 창문을 깰지는 처음부터 정해져 있었으니 거기만 커튼 사이에 틈이 있었던 것도 이해가 가요."

"음. 재미있는 발상이기는 한데……."

쿠사카베는 수긍이 가지 않는다는 얼굴이었다.

"그 직전에 저는 유리창 너머로 안을 들여다봤습니다. 그런 구멍이 있었다면 그때 알아차리지 않았을까요?"

"그럴까요. 쿠사카베 씨는 방 안, 특히 시신에만 주의를 기울이셨죠? 유리창 표면에 보일까 말까 한 구멍이 있는 줄 몰라도 이상하지 않을 것 같은데요."

"아니요……. 역시 그건 말이 안 됩니다."

쿠사카베는 고개를 저었다.

"유리창을 깨자마자 지독한 냄새가 났다고요. 꽁꽁 닫힌 방은 시체 썩는 냄새로 가득했습니다. 만약 그런 구멍이 있었다면 밖으로도 냄새가 조금쯤은 새어 나왔을 거예요."

"물론 그 구멍은 범인이 나중에 막았겠죠. 투명한 본드 같은 걸로."

준코는 바로 반박했다.

"……하지만 아무래도 그런 구멍이 있었던 것 같지는 않은데. 뭐, 여기서 아무리 논쟁해봤자 평행선만 그릴 것 같네요."

쿠사카베는 승복하지 못하겠다는 얼굴로 말했다.

"저기. 이런 게 있던데요……."

타시로 후미코가 방구석에서 박스 같은 것을 들고 왔다. 힐끗 쳐다본 준코는 말문이 막혔다.

"아무래도 경찰은 깨진 유리 파편을 하나도 남김없이 회수해서 이어붙인 모양입니다."

에노모토가 말했다.

"음, 틀림없군. 이건 우리가 깨고 들어간 창문의 유리입니다."

쿠사카베도 잡아먹을 듯이 박스를 쳐다보며 딱 잘라 말했다.

박스 위에는 창문의 파편을 깔끔하게 다시 붙여서 복원한 판유리가 놓여 있었다. 잃어버리거나 산산조각 난 부분도 없었기에 유리에 구멍이 없다는 것은 일목요연했다.

3

"그래. 고마워. 바쁜데 미안해. 정말 큰 도움이 됐어."

준코는 뺨과 어깨 사이에 끼우고 있던 휴대전화를 손으로 잡아 통화를 끝내고 나서 메모지에 시선을 떨어뜨렸다.

마침 말기 암 환자가 입원하는 호스피스 병동에서 의사로 일하는 고등학교 동급생이 있어서 모르핀 치사량에 대해 문의했다. 개인차가 큰 데다 자주 사용하는 사람에게는 내성이 생긴다고 한다. 일반적인 반수치사량|한 무리의 실험동물 50%를 사망시키는 독성물질의 양 – 옮긴이|은 정맥 주사의 경우 500밀리그램 정도라는데, 말기 암 환자라면 1그램을 주사해도 죽지 않을 가능성이 있다고 한다.

하지만 쿠사카베의 이야기로는 오이시 사장의 체내에서 5그램도 넘는 모르핀이 검출되었다니 잠시도 버티지 못했으리라. 이 양으로 볼 때 사고였을 가능성은 없다. 계획적인 자살 혹은 냉혹한 살인 둘 중에 하나다. 만약 살인이라면 범인 역시 주사를 놓을 줄 아는 사람인 셈이다.

"아까 오이시 사장님은 엠바머 강습을 받으셔서 주사기를 다룰 줄 안다고 하셨죠. 이케하타 전무도 마찬가지인가요?"

준코의 질문에 쿠사카베는 고개를 끄덕였다.

"예. 사장님은 현장에 나가서 시신을 처리하신 적이 없지만, 이케하타 전무는 미국에서 자격을 땄을 뿐 아니라 4, 5년 전까지 사내의 엠바머들을 진두지휘했으니까요."

쿠사카베에게 듣기로 엠바머의 일은 아주 힘들다. 시신의 온몸을 깨끗하게 닦고 소독하는 것에 그치지 않고, 혈액을 뽑고 방부제를 주입하거나 경우에 따라서는 부패하기 쉬운 내장을 제거할 필요도 있다고 한다.

"……저기, 전무님이 사장님께 진통제 주사를 놓는 걸 본 적 있어요. 저희 빌딩에 있는 클리닉이 쉬는 날에 사장님이 혼자 놓으시려는데 전무님이 자기가 해주겠다고 나서서……."

타시로 후미코가 머뭇머뭇 말했다.

"그랬나요?"

들으면 들을수록 이케하타라는 남자가 수상했다. 만약 그가 범인이라면 오이시 사장도 안심하고 주사를 맞았을 터이다. 설마 살날이 얼마 남지도 않은 자신을 죽일 동기가 있으리라고는 상상도 하지 않았을 테니까.

하지만 밀실의 수수께끼를 해명하지 않는 한 한 발짝도 앞으로 나아갈 수 없었다.

에노모토와 쿠사카베는 아까 전까지 시신 발견 당시와 똑같이 백막을 치는 작업에 몰두했다. 이번에는 압정을 조금

적게 썼지만 그래도 한 시간 가까이 걸렸다. 드디어 백막을 다 쳤지만 웬일인지 에노모토의 표정은 신통치 않았다.

"뭐 좀 알아냈어요?"

준코가 말을 걸자 에노모토는 쓴웃음을 지었다.

"솔직히 말해서 이 문과 시신뿐이었다면 어떻게든 될 거라고 안이하게 생각했습니다. 하지만 이 유리 테이블에 백막까지 더해지면 두 손 들 수밖에요."

"당신이 유일한 희망이니까 그렇게 쉽게 백기를 들면 곤란해요."

준코는 작은 목소리로 투덜댔다. 다행히 쿠사카베는 화장실에 갔는지 자리를 비워서 지금의 힘없는 발언을 못 들었다.

"이제 와서 이게 자살이었다고 말할 생각은 아니죠?"

"자살이라고 보기는 힘들어요. 현관문 섬턴에 남아 있던 흠집만으로도 다른 사람이 일부러 꾸민 짓이 아닌가 의심스러운걸요. 거기에다 장례식을 모방한 장식, 이건 완전히 정신 나간 짓입니다. 스스로 계획적인 죽음을 택하려는 사람의 정신 상태가 어떠하든 간에 이런 바보 같은 짓을 할 리가 없어요. 고인이 장례 업계 사람이면 더욱 그렇겠죠."

"하지만 이게 살인 사건이었다고 가정해도 이상해요. 범인은 왜 군이 의심을 살 만한 짓을 했을까요?"

"아마 진짜 필요했던 건 백막뿐이었을 겁니다. 다만 그게 무슨 의미인지는 아직 모르겠어요. 아이러니한 이야기네요. 흑막은 아는데 백막은……."

에노모토는 준코의 눈빛을 보고 말을 끊었다.

"하여튼 범인은 백막에만 눈길이 집중될까 봐 족자와 꽃을 더해 장례식을 모방했다고 추정합니다."

에노모토는 시신이 있던 장소를 내려다보며 말을 이었다.

"……하지만 장식보다 더 부자연스러운 건 시신과 유리 테이블의 배치죠."

"저도 그건 상당히 기이했어요."

"이 유리 테이블은 무게가 20킬로그램은 족히 나갈 겁니다. 말기 암이 몸을 좀먹어 체력이 약해진 오이시 사장님이 도대체 뭣 때문에 이렇게 무거운 물건을 옮겨야 했을까요?"

준코도 내내 그 점이 마음에 걸렸었다. 유리 테이블이 원래 놓여 있던 곳은 응접세트의 소파 사이일 것이다. 거기서 왜 일부러 테이블을 옮겼는지 짐작도 가지 않았다.

"유언을 쓰려고 그랬나? 이 유리 테이블 높이 정도면 좌탁 대신으로 하기에 안성맞춤일 것 같은데요."

"그렇다고 해도 굳이 문을 등에 지고 앉을 필요가 있었을까요? 비단 막 한 장을 사이에 두고 딱딱한 나무문에 기대다니 편하지는 않았을 것 같은데요. 글을 쓰고 싶었다면 이 방에는 번듯한 책상과 의자가 있습니다. 만약 다리와 허리의 통증 때문에 바닥에 앉고 싶었다면 응접세트의 소파를 조금 밀어젖히고 유리 테이블 앞으로 가서 앉는 편이 훨씬 간단하지 않았겠어요?"

"……확실히 그러네요."

준코는 고개를 끄덕였다.

오이시 사장의 시신이 문 바로 안쪽에 있다니 아무리 생각해도 기묘했다. 마치 밀실을 만들기 위해 범인이 여기까지 운반했다는 느낌밖에 들지 않았다.

"하지만 오이시 사장님이 돌아가신 후에 여기로 옮겨졌다면, 범인은 방 밖으로 나가서 시신을 움직였다는 거죠? 그게 가능해요?"

"그러려면 일단 범인이 방 밖으로 나가야 하는데요."

에노모토는 커튼처럼 드리워진 백막을 짜증난다는 듯이 쳐다봤다.

"이 백막은 세 방향이 압정으로 단단히 고정되어 있었습니다. 마치 거대한 호주머니를 뒤집어놓은 듯한 형태죠. 문이 그 속에 쏙 들어간 탓에 안쪽으로 활짝 열 수는 없어요. 다만 아까 실험해봤더니 백막이 느슨한 덕분에 사람이 백막 아래로 들어가서 복도로 겨우 빠져나갈 만큼은 열리더군요."

"그럼 문제없는 거 아닌가요?"

준코는 한숨 돌리며 말했다.

"그런데 백막이 양면테이프로 문 한가운데 붙어 있는 상태로는 그렇게 안 됩니다. 그럴 경우 문은 몇 센티미터밖에 안 열리니까 사람은 밖으로 못 나가요."

백막이 있는 것만으로도 일단 밀실이 성립되는 모양이다.

"……하지만 그건 어떻게든 될 것 같습니다. 겉면의 박리지를 남겨두고 양면테이프를 문에 붙여두면 되니까요. 복도로 나간 다음에 끈 같은 걸 잡아당겨서 박리지를 떼어내고 백막을 고정하는 건 가능할 듯싶어요."

에노모토는 팔짱을 꼈다.

"그것보다는 시신을 방 밖에서 움직이는 게 훨씬 어려운데요. 시신만 옮긴다면 방법이 없는 것도 아닙니다."

에노모토는 매서운 눈으로 문을 쳐다봤다.

"예를 들어 이런 방법이 바로 떠올랐어요. 일단 시신을 문에서 조금 떨어진 곳에 앉히고 범인은 복도로 나갑니다. 그리고 시신의 허리 언저리에 두른 끈을 문 아래로 잡아당겨 시신을 문 쪽으로 끌어오죠. 문 아래에 작은 틈이 있으니까 납작한 끈이나 낚싯줄 같은 건 충분히 통과시킬 수 있어요."

과연 그렇구나 싶었다. 실로 단순명쾌한 방법 아닌가. 시신을 문에 기대고 끈을 당겨서 회수하면 완성이다.

"하지만 그러려면 이 유리 테이블이 방해가 됩니다. 이게 시신과 소파 사이의 귀중한 공간을 잡아먹는 탓에 시신을 문에서 떨어진 위치에 놓을 수 없어요."

분명 시신이 유리 테이블과 문 사이에 놓여 있는 한 범인이 복도로 나갈 수 있을 만큼 문을 열기는 불가능하리라.

"……일단 시신을 문까지 끌어당기고 난 다음에 다른 끈으로 유리 테이블을 끌어당긴 것 아닐까요?"

"유리 테이블 뒤에는 더 큰 장애물인 3인용 소파가 떡 버티고 있잖아요. 처음에는 셋 다 다른 곳에 놓아두고 시신, 유리 테이블, 소파 순서대로 끌어당겨서 배열해야 합니다. 아무리 그래도 거기까지 가면 너무 비현실적이죠."

완전히 슬라이딩블록 퍼즐이나 다름없다.

"게다가 유리 테이블과 소파는 제법 무거워요. 끈으로 끌어당길 수 있을지도 의문이지만, 억지로 끌어당기면 양탄자에 반드시 자국이 남을 겁니다. 실제로 소파 쪽에는 원래 놓여 있던 자리에서 움직인 흔적이 남아 있어요."

에노모토는 못마땅하다는 듯이 말했다.

크레센트 자물쇠 자체를 잠그는 잠금장치와 마찬가지로 이 유리 테이블 탓에 시신을 움직이는 트릭을 쓰기가 굉장히 어려워졌다. 일을 꾸미는 데 필요한 공간이 사라졌기 때문이다.

준코는 눈을 감고 고심했다. 문제는 어떻게 하면 문을 여는 데 필요한 공간을 만들 수 있느냐다. 시신을 조금만 더 유리 테이블에 바짝 붙일 수 있으면 되는데, 아랫단에 잡지가 가득 쌓여 있어서 시신의 두 다리를 집어넣을 수 없다.

다음 순간, 오늘의 두 번째 계시가 하늘에서 내려왔다.

"알았다. 테이블 위에 올려두면 돼요!"

준코는 소리를 질렀다.

그 순간은 진상을 간파했다고 믿어 의심치 않았다.

"범인은 오이시 사장님의 시신을 유리 테이블 위에 앉힌 거라고요! 허리에다 튼튼한 끈을 감아놓고요. 그러면 문을 열수 있어요. 그리고 복도로 나가서 문 아래 틈으로 끈을 힘껏잡아당겼어요. 시신은 힘을 받고 유리 테이블에서 떨어져서문과 테이블 사이의 좁은 공간에 안착했죠. ……이제 그렇다고밖에 생각할 수 없잖아요!"

"말도 안 됩니다."

에노모토는 쌀쌀맞게 대꾸했다.

"유감스럽지만 지금 이야기는 도저히 불가능할 것 같은데요."

언제부터 이야기를 듣고 있었는지 쿠사카베가 곁으로 와서말했다.

"제가 오이시 사장님의 시신을 발견했을 때 유리 테이블 위에는 주사기와 앰플, 유언장이 든 봉투와 만년필이 놓여 있었습니다. 사장님의 시신을 얹을 만한 공간은 없었어요. 덧붙여 사장님의 시신이 발견되었을 때 발끝은 유리 테이블 아래에 끼여 있었어요. 테이블 위에서 떨어뜨렸다면 그런 식으로 테이블 밑에 끼일 리 없죠."

"그럼…… 도대체 어떻게 했다는 거예요?"

준코는 말문이 막혔다.

"모르겠네요. 하지만 범인은 해냈어요. 범죄를 실행하는 것보다는 그 수법을 추측하는 편이 훨씬 쉬울 텐데."

에노모토는 분한 듯이 말했다.

"뭔가 다른 발상이 필요합니다. ……지금까지 검토한 것과는 차원이 다른 발상이."

준코는 쿠사카베에게 건네받은 유언장 복사본을 훑어보았다.

만년필 필적은 몹시 삐뚤빼뚤했고, 이따금 글자가 완전히 일그러졌다. 이래서야 쿠사카베의 말대로 필적감정은 어려울지도 모른다.

유언서

더 이상 말기 암의 고통을 견디며 살아갈 자신이 없다. 그래서 스스로 인생의 막을 내리기로 했다. 유일한 걱정거리는 아직 발전 단계에 있는 우리 신일본 장례사다. 숙고에 숙고를 거듭한 끝에 회사를 맡길 만한 인물은 이케하타 세이치 전무 외에는 없다는 결론에 도달했다.

이케하타 전무에 대한 악의적인 참언과 중상모략이 떠돈다는 것은 잘 안다. 하지만 일찍이 내 실수로 부동산 투기에 실패해 회사가 사활의 갈림길에 놓였을 때 회사를 구한 사람은 다름 아닌 이케하타였다. 그가 은행에 달려가서 연일 설득에 설득을 거듭하고 2000만 엔의 어음에 배서까지 한 덕분에 우리 회사의 오늘날이 있다고 해야 할 것이다.

이케하타는 회사에 절대적으로 공헌했으며, 그의 인격과 식견은 다른 사람이 대신할 수 없으리라고 생각된다.

이케하타가 우리 회사의 번영을 위해 더욱더 노력하고 분투해주었으면 한다. 또한 사원 일동은 하나로 뭉쳐 새로이 사장이 될 이케하타를 떠받쳐주기를 진심으로 바라는 바이다.

유언자는 유언자의 모든 재산을 다음 사람에게 포괄하여 유증한다.

본적 - 후쿠야마 현 토나미 시 2반초 6초메 1번지

주소 - 도쿄 도 하치오지 시 나나쿠니 7초메 11번지 3호

수유자 - 이케하타 세이치

　　　1965년 8월 9일생

2008년 7월 28일

주소 - 도쿄 도 하치오지 시 아카츠키 초 4초메 5번지

16호

유언자 - 오이시 마스오

전반부는 유언이라기보다 당부하는 말이라고 해야 하리라. 법적으로는 그다지 의미가 없지만, 임원 회의에서 새로운 사장을 뽑을 때 예전 사장의 유지로서 존중받을 것이 틀림없다.

그렇다고는 하나 죽음을 눈앞에 두었는데 지금까지의 인생에 대한 회고도 없이 이케하타 전무에 대한 이야기만 장황하게 늘어놓다니 이상하게 느껴졌다.

후반부는 싹 달라져서 자필증서 유언의 형식대로 쓴 문장이다. 더하거나 덜한 부분도 없으니 유언이 진짜라고 인정되면 일단 100퍼센트 법적으로 유효할 것이다.

다만 이름 아래에 보통 인감이 아니라 지장이 찍혀 있어서 마음에 걸렸다. 확실히 자필증서 유언의 경우 지장이라도 유효하다는 판례는 있다. 하지만 스스로 죽을 결심을 하고 백막과 압정, 양면테이프까지 준비해서 여기로 온 오이시 사장이 인감을 가져오는 걸 깜빡했을까?

"오이시 사장님은 평소에 어떤 인감을 쓰셨나요?"

"업무용으로 사장용 인감과 은행용 인감이 있어요. 그밖에는 사장님이 개인적으로 사용하시던 인감과 막도장이 있고

요."

타시로 후미코가 대답했다.

"인감은 어디에 보관되어 있나요?"

"평상시에는 회사 금고 속에 넣어두죠. 제가 관리책임자니까요."

그렇다면 오이시 사장과 타시로 후미코 말고 다른 사람은 멋대로 꺼낼 수 없었을 터이다. 유언이 가짜라면 시신의 지장을 찍을 수밖에 없었으리라.

"시신 곁에 오이시 사장님이 참조하신 예문이나 메모 같은 건 남아 있었나요?"

준코는 쿠사카베에게 물었다.

"예문이요? 아뇨, 아무것도 없었는데요."

쿠사카베는 인상을 찌푸렸다.

"그렇구나. 확실히 아무것도 보지 않고 쓴 것 치고는 이상하다고 알아차려야 했어. 이케하타의 주소와 본적지까지 있는데 말이야."

"그리고 여기 적힌 내용은 사실인가요? 이케하타 전무가 회사에서 발행한 2000만 엔짜리 어음에 배서를 했다는 부분이요."

"그건 모르겠습니다."

쿠사카베는 고개를 저으며 타시로 후미코를 쳐다봤다.

"타시로 씨는 알고 있었나요?"

"아니요. 분명 거품 경제가 붕괴한 직후의 일일 텐데 그 당시 상황은 사장님과 전무님만 아세요."

그렇다면 이걸 쓴 사람은 세상을 떠난 오이시 사장 아니면 이케하타 전무인 셈인데, 어쨌거나 내용만 가지고 유언이 위조라고 증명하기는 불가능할 듯했다.

준코는 무심결에 창문 쪽으로 눈을 돌렸다가 흠칫 놀랐다. 누가 있었다. 깨진 유리창을 빼낸 대신 투명한 비닐을 붙여 둔 곳에 사람 형체가 보였다.

준코는 창가로 향했다. 잠긴 창문을 열고 밖을 둘러보았지만 아무도 없었다.

"왜 그러세요?"

쿠사카베가 물었다.

"누가 여기 있던 것 같아서요……."

"이런 곳에요? 여기 올 때까지 근처에 다른 산장이나 민가는 보이지 않았습니다만. 기분 탓 아닐까요?"

"아니요. 비닐 너머에 있는 사람 형체를 똑똑히 봤어요. 키가 작았으니 어린애 아닐까 싶은데요."

"아아. 그럼 그 아이일지도 모르겠네요."

타시로 후미코가 고개를 끄덕였다.

"그 아이?"

"여기서 조금 더 안쪽으로 들어가면 별장이 딱 한 채 더 있어요. 저는 사장님 명령으로 이따금 여기 와서 안을 점검하는데, 여름철이면 가끔 조그만 남자애가 곤충을 잡으러 다니는 모습이 눈에 띄더라고요. 지금쯤이면 초등학교에 올라갔을 것 같은데요."

"그런가요. 잠깐 바깥 좀 살피고 올게요."

준코는 그렇게 말하고 현관으로 가서 신발을 신고 밖으로 나갔다. 현관을 나가서 오른쪽으로 돌아가면 금방 서재 창문이 나오지만 나무들이 우거져서 지나갈 수 없다. 그래서 산장을 반대 방향으로 돌았다. 쿠사카베 일행이 오이시 사장의 시신을 발견한 당시에 지나간 길이다. 도중에 뒷문이 나왔고 그 옆에 작은 창문이 있었다. 산장 안으로 들어가려면 작은 창문을 깨고 뒷문을 여는 편이 간단했으리라. 분명 서재 창문으로 시신을 발견하기를 바란 인물의 의도가 작용한 것이 틀림없었다. 준코는 건물을 반 바퀴 더 돌아서 서재 바깥으로 나왔다.

유리가 없는 창문에 쳐진 비닐 너머로 서재를 들여다보았다. 안에 있는 세 사람이 보였다. 서서 이야기를 하던 쿠사카베와 타시로 후미코가 이쪽을 힐끗 쳐다본 것 같았다. 에노모토는 혼자서 묵묵히 밀실의 수수께끼에 도전하다가 지금은 백막에 관심을 집중한 모양이다.

왼쪽에서 두 번째에 자리한 이 창문은 문 앞에 있는 시신을 발견하기에 최적의 위치였다. 제일 왼쪽 창문으로 들여다보면 거리가 멀어질 뿐 아니라 비스듬히 봐야 하기 때문에 자세히 보기 힘들 듯했다. 오른쪽 창문 두 개는 시신까지의 거리는 가깝지만 가지치기가 되지 않은 창문 밖의 나무가 시야를 가린다.

　이 창문에 쳐진 커튼에만 마침 조그만 틈이 있었다니 우연치고는 너무 운이 좋지 않은가.

　준코는 뒤돌아서서 창밖에 누가 있던 흔적이 없는지 확인했다.

　몇 번 하다 보면 자연스레 탐정 흉내에도 도가 트는 모양이다. 얼마 지나지 않아 발자국을 찾았다. 모래땅 위라서 선명하지는 않았지만 크기로 보아 틀림없이 어린아이의 발자국이었다.

　발자국에서 몇 미터 나아가자 희미하게 풀을 밟는 소리가 들렸다.

　눈을 든 준코는 커다란 새우나무 뒤에 숨은 어린아이를 발견했다. 자기 스스로는 잘 숨었다고 생각했겠지만 밀짚모자챙이 튀어나와 있었다.

　그렇구나. 산장 주위는 나무들과 덤불이 우거져서 빠져나가기 힘들다. 여기서 나가려면 준코가 온 길을 반대로 돌아

산장 현관으로 가는 수밖에 없다.

"안녕."

준코는 아이에게 말을 걸어보았다.

잠시 아무 대답도 없었지만, 결국 아직 들키지 않았다는 환상에 매달리기를 포기했는지 나무줄기 뒤에서 남자아이가 얼굴을 내밀었다. 초등학교 2, 3학년 정도일까. 그리운 옛날이 떠오르는 밀짚모자를 쓰고 반물색 폴로셔츠에 반바지를 입고 있었다. 손에는 금속 자루가 달린 비싸 보이는 포충망을 들었고, 어깨에는 곤충채집통을 메고 있었다.

"안녕. 어디서 왔니?"

준코는 몸을 앞으로 구부리고 다정한 미소를 띠며 물었다. 남자아이는 말없이 산 위를 가리켰다.

"난 아오토 준코라고 해. 네 이름은 뭐니?"

"……마츠다 다이키."

어쩔 수 없이 대답한다는 느낌이었다.

"다이키구나. 늘 요 부근에서 곤충을 잡니?"

"여기일 때도 있고, 다른 데로 갈 때도 있어요."

뜻밖에도 야무진 말투다.

"아까 여기서 안을 들여다봤지?"

혼낼 줄 알았는지 다이키는 고개를 핵핵 저었다.

"걱정 마, 혼내려는 거 아니니까. 일주일 전에 여기서 사건이 일어난 거 아니?"

다이키는 고개를 끄덕였다.

"경찰차가 왔었어요."

"그래. 무슨 일이 있었는지도 알아?"

"사람이 죽었대요. 아빠가 그랬어요."

다이키는 갑자기 얼굴을 찌푸렸다.

"그런데 아줌마 누구예요?"

"아줌마가 아니라 누나야."

요만한 어린아이가 어른들 나이의 미묘한 차이까지 구분하기는 어렵겠지. 준코는 관대하게 싱긋 웃고서 이야기를 계속했다.

"누나는 변호사야."

"변호사? 여기서 뭐 하는데요?"

아줌마와 누나의 차이는 몰라도 변호사가 어떤 직업인지는 아는 듯한 말투였다.

"응. 여기서 어떤 사건이 일어났는데……."

"알아요. 누가 자살했죠?"

"음. 자살인지 아닌지는 아직 몰라. 아무도 현장을 못 봤거든."

"하지만 난 봤는데요."

"보다니, 뭘?"

"죽은 사람."

"죽은 사람? 경찰이 와서 실어냈을 때?"

"그 전에요."

"그 전이라니……?"

"저기로 보였거든요."

다이키는 창문을 가리켰다.

"잠깐만 기다려. 그건……."

이 아이는 쿠사카베 일행이 오기 전에 시신을 발견한 걸까? 그게 시신이라고 인식했는지 아닌지도 미심쩍다. 트라우마가 되지 않도록 신중하게 물었다.

"그 사람은 저기 안쪽의 문 앞에 앉아 있었니?"

다이키는 고개를 저었다.

"무슨 뜻이야? 다른 데 있었어?"

"서 있었어요."

"서 있었다고……."

준코는 말문이 막혔다.

"그러니까 문 있는 데 서서 이쪽을 쳐다보고 있었다고요."

다이키는 답답하다는 듯이 말했다.

"머리카락이 새하얀 사람이 무서운 얼굴로 노려봐서 도망쳤어요."

준코는 퍼뜩 놀랐다. 이 아이는 아마 오이시 사장의 얼굴을 모를 것이다. 그렇다면 시신을 본 게 아니라 방 안에 있던 범인을 목격한 것이 틀림없다.

이 아이의 증언이 있으면 어떤 트릭을 썼는지는 밝혀내지 못하더라도 이케하타 전무에게 외통수를 둘 수 있을지도 모른다.

준코가 다이키를 데리고 산장으로 돌아가자 서재에서 목소리가 들려왔다.

"잘못 보신 거 아닙니까?"

"아뇨, 분명 구더기가 있었습니다. 사장님 입술 사이에서 굼실거리는 걸……."

아이에게는 들려주지 않는 편이 나으리라. 다이키를 데리고 복도 오른쪽에 있는 부엌으로 들어갔다. 냉장고를 열자 주스 캔이 있기에 유통기한을 확인하고 컵에 따라주었다. 돈은 나중에 내면 되겠지.

"여기서 잠깐만 기다리고 있을래?"

다이키는 주스를 마시면서 고개를 끄덕였다.

준코가 서재로 돌아가자 에노모토가 접사다리에 올라가서 천장 통풍구를 조사하고 있었다.

"에노모토 씨. 실은 중요한 힌트가 될지도 모를 만한 사실을 하나 더 알아냈어요."

"뭐죠?"

준코가 대답하기 전에 산장 정면 현관 쪽에서 커다란 소리가 들려왔다. 차가 들어온 모양이다.

"이런. 방해꾼이 왔는지도 모르겠군."

쿠사카베가 험악한 목소리로 투덜거렸다.

차가 멈추고 문이 열리는 소리. 시동이 꺼졌다. 이어서 현관문이 열리는가 싶더니 누가 발소리도 시끄럽게 복도를 걸어왔다.

"여기 멋대로 들어오다니, 누구야?"

힘껏 밀어젖힌 듯이 서재 문이 활짝 열리며 중년 남자가 나타났다. 머리카락이 새하얀 남자는 무테안경 안쪽에서 실처럼 가느다란 눈으로 이쪽을 응시했다. 그야말로 책사처럼 느껴지는 풍모였다.

4

"법무사와 변호사……, 거기에 방범 컨설턴트? 도대체 영문을 모르겠군."

이케하타 전무는 나지막하고 위협적인 말투로 말했다.

"여기는 사장님이 운명하신 곳이야. 모독하는 짓은 삼가주었으면 하는데."

"저희 역시 고인의 명예에 흠을 내려는 생각은 없어요."

준코는 조용하게 응수했다.

"다만 오이시 사장님의 사인과 관련해 중대한 의문이 있어서 그걸 확인하려고 왔습니다."

"그게 이상하다는 거야. 그런 건 경찰이 할 일이잖아. 경찰은 이미 사건성이 없다고 결론을 내렸어. 어제 장례식도 무사히 끝냈다고!"

이케하타 전무가 내뱉듯이 말했다.

"당신들을 회사 시설에 불법 침입한 죄로 고소할 수도 있어."

"전무님. 이 분들은 제 허가를 받고 산장에 들어오셨어요."

타시로 후미코가 조금 떨리지만 똑똑한 목소리로 말했다.

"타시로. 자네한테는 정말 실망이야. 오이시 사장님이 돌아가신 뒤에 날 지지해주리라고 기대했는데, 설마 외부인과 결탁해서 나를 함정에 빠뜨릴 음모에 가담하다니. 해고야. 지금당장 여기서 꺼져."

"그렇게는 안 되죠. 당신한테는 그럴 권한이 없습니다."

쿠사카베가 앞으로 슥 나섰다.

"신일본 장례사에서 해고권을 지닌 사람은 사장과 인사를 담당한 임원뿐이라고 정해져 있습니다. 당신은 아직 사장이 아니에요. 게다가 이건 엄연한 부당해고입니다."

"흥. 진짜로 이 남자가 자네를 지켜줄 수 있을 거라고 생각하나?"

이케하타 전무는 타시로 후미코를 조롱하듯이 말했다.

"난 이삼일 안으로 사장 자리에 앉을 거야. 그러면 자네는 징계해고야. 근속 몇십 년이든 퇴직금은 땡전 한 푼도 못 받을 테니 각오 단단히 하라고."

"복무규정에 징계해고에 관한 요건이 엄격하게 정해져 있어."

"회사의 명예를 훼손했잖아. 그것보다 확실한 요건이 어디 있나."

쿠사카베와 이케하타 전무는 핏대를 세우며 말다툼을 했다. 잔뜩 열 받은 쿠사카베가 주먹을 휘두르지나 않을까 싶어 준코는 가슴이 조마조마했다.

"이케하타 전무님. 지금 함정에 빠뜨릴 음모라고 하셨죠? 저희는 오이시 사장님의 사인을 규명하려는 것뿐이에요. 어째서 그걸 음모라고 생각하시죠?"

이케하타 전무는 준코를 무서운 눈초리로 쳐다봤다.

"그건 여기 계신 쿠사카베 선생한테 물어보는 편이 빠르겠군요. 제법 예전부터 저에 대한 악의적인 참언과 중상모략이 끊이질 않았거든요. 저를 오이시 사장님의 후계자 자리에서 끌어내리려고 획책하는 녀석들이 있습니다."

악의적인 참언과 중상모략……. 준코는 그 말이 유언장에 나온 문장과 똑같은 표현임을 알아차렸다.

"하여튼 여기서 바로 나가십시오. 그러지 않으면 경찰을 부르겠습니다."

"이상하군요."

준코는 냉정하게 말했다.

"뭐가요?"

"아까부터 계속 오이시 사장님의 사인에 의문이 있다고 말씀드렸을 텐데요. 그런데도 그 일에 관해 일언반구도 없다니, 왜죠?"

"당연하잖나. 사인에 아무 의문도 없으니까 그렇지. 사장님은 말기 암의 고통을 견디다 못해 스스로 존엄한 죽음을 선택하신 거라고!"

이케하타 전무는 시뻘게진 얼굴로 따발총처럼 떠들어댔다.

"하지만 현장의 정황상 수상한 점이 너무 많아요. 오이시 사장님은 왜 굳이 문을 등에 지고 돌아가셨을까요?"

"……뭐, 확실하게는 모르지만 문 부근이 백막을 치기에 편해서 그런 게 아닐까."

"그렇다면 왜 백막을 칠 필요가 있었을까요? 압정을 백 개나 써가면서."

"사장님은 오랜 세월 장례 일에 몸담으신 분이야. 스스로 마련한 엄숙한 분위기 속에서 마지막 순간을 맞이하고 싶으셨겠지."

이케하타 전무는 험악한 눈으로 준코를 쳐다봤다.

"아니면 일시적으로 정신착란을 일으켰는지도 모르고. ……하여튼 경찰은 모든 상황을 감안해서 자살이었다는 결론을 내렸어."

"저희는 경찰도 몰랐던 사실을 알아냈어요."

준코는 이때다 싶어 비장의 카드를 내놓았다.

"경찰도 몰랐던 사실? ……그건 뭐지?"

"목격자예요. 이 방에 있던 범인을 창밖에서 목격한 인물이 있어요."

이 발언에 그 자리에 있던 모두가 충격을 받은 듯했다. 이케하타 전무의 안색이 순식간에 창백해졌다.

"괜한 허세 부리지 마! 그런 사람이 정말 있다면 여기 데려와보라고!"

"알겠습니다."

준코는 방에서 나가 부엌에서 기다리고 있던 다이키를 데리고 돌아왔다.

"이봐. 설마 그런 어린애가……."

이케하타 전무는 말을 매듭짓지 못한 채 입을 떡 벌리고 말았다.

"저기, 다이키. 이 사람 좀 봐."

준코가 손가락으로 가리키자 이케하타 전무는 미동도 않고 가만히 있었다.

"네가 본 사람, 이 아저씨 아니었니?"

"본 사람이라니, 무슨 소리예요?"

다이키는 의아하다는 듯이 되물었다.

"응? 아까 그랬잖아. 문가에 서서 다이키 쪽을 쳐다봤다고. 머리카락이 새하얗고 무서운 얼굴로 노려본 사람 말이야."

준코는 다이키의 옆에 쪼그리고 앉아 격려하듯이 등에 손을 둘렀다. 하지만 다이키는 예상치 못한 대답을 했다.

"아닌데요."

"뭐? 아니야? 그럴 리……. 더 자세히 좀 볼래? 머리카락이 새하얗다고 그러지 않았어?"

"머리카락은 하얗지만 이 아저씨는 아니었어요."

사람들이 술렁거렸다. 이케하타 전무는 마음을 얽매고 있던 줄에서 풀려난 것처럼 갑자기 생기를 되찾았다.

"도대체 뭐야, 이 촌극은! 당신 정말 변호사 맞아? 어느 변호사회에 소속되어 있나? 징계를 요구할 테다!"

"다이키. 네가 본 사람이 정말로 이 아저씨 아니었니?"

에노모토가 거듭 다이키에게 물었다.

"예. 다른 사람이었어요."

"저기 서서 널 보고 있던 건 맞고?"

에노모토는 문을 가리켰다.

"그런데요."

"어떤 사람이었는지 가르쳐주지 않을래? 예를 들어 누구랑 닮았다든가."

다이키는 잠시 생각에 잠겼다.

"커넬 샌더스를 닮았어요."

"KFC 앞에 있는 할아버지 인형?"

"예."

준코는 다시 방 안이 이상한 정적에 휩싸였음을 알아차렸다. 둘러보자 쿠사카베, 타시로 후미코, 이케하타 전무 셋 다 표정이 얼어붙어 있었다.

"왜 그러세요?"

쿠사카베가 새파랗게 질린 얼굴로 준코를 쳐다봤다. 그리고 긴 턱을 쓰다듬으며 중얼거렸다.

"오이시 사장님입니다."

"예?"

"뚱뚱한 체형에 검은 테 안경을 꼈고 머리카락과 수염이 하얗거든요. 확실히 커넬 샌더스와 흡사합니다."

타시로 후미코가 다이키를 바래다주러 나가자 준코는 에노모토 쪽으로 돌아섰다.

"저는 저 아이의 증언을 어떻게 해석해야 할지 모르겠네요."

부엌 쪽에서 쿠사카베와 이케하타 전무가 음울한 분위기 속에서 대화를 나누는 목소리가 새어 나왔다. 다이키의 이야기를 들은 후로 웬일인지 이케하타 전무의 태도가 부드러워졌다. 쿠사카베를 잘 구슬려서 설득하려는 듯했다.

"……저 소년의 말은 분명 어린애다운 거짓말이나 착각은 아닌 것 같았습니다. 하지만 시신이 발견되기 전날인 29일 아침에 오이시 사장님이 서 있는 모습을 봤다는 게 문제죠. 검시에 따르면 오이시 사장님은 28일 낮부터 저녁 사이에 돌아가셨으니까요. 이 모순을 어떻게 해결해야 할지 아직 모르겠습니다."

현재로서는 에노모토에게도 유효한 가설은 없는 듯했다.

준코의 머릿속에 우두커니 서 있는 남자의 모습이 떠올랐다. 커널 샌더스 인형과 똑같은 모습으로 문을 등에 지고 창문 쪽을 가만히 쳐다보고 있다.

"생각난 게 하나 있는데요."

"예. 뭐죠?"

"다이키는 자기가 본 사람이 이케하타 전무가 아니라고 그랬지만, 정말로 그럴까요? 둘 다 백발이고 오이시 사장님의 키는 166센티미터, 이케하타 전무는 170센티미터니까 큰 차이는 없어요. 그렇다면 검은 테 안경과 하얀 머리카락이 인상을 결정지었다고 해도 이상하지 않잖아요."

"도대체 무슨 말을 하고 싶은 겁니까?"

"……그러니까 다이키가 본 사람이 실은 오이시 사장님으로 변장한 이케하타 전무였다면 어떨까요?"

"확실히 그렇게 가정하면 소년이 아까 오이시 사장님이 서 있는 모습을 봤다고 한 증언이야 납득이 갈지도 모르죠. 하지만 이케하타 전무는 무슨 이유로 그런 변장을 했을까요? 무슨 속셈인지 짐작도 가지 않을뿐더러 가장 중요한 밀실의 수수께끼에 관해서는 아무 가설도 성립되지 않습니다."

"……알았어요. 그럼 커넬 샌더스의 수수께끼는 일단 제쳐놓고 밀실의 수수께끼를 따져보죠."

준코는 소중히 간직해둔 가설을 선보이기로 했다.

"범인이 문을 미리 떼어두었다가 시신을 그 위치에 놓고 나서 다시 달았다고는 생각할 수 없을까요? ……이건 당신 전문인 빈집털이 수법에서 연상한 건데."

비아냥거림이 통하지 않았는지 에노모토는 그저 고개를 끄덕였다.

"착안점은 좋습니다. 이 문은 안쪽으로 열리니까 경첩의 나사는 바깥 복도 쪽에 있죠. 하지만 복도에서 보면 바로 알수 있는데, 문이 닫혀 있을 때는 경첩이 드러나지 않아요. 이른바 숨은 경첩이라서 문을 활짝 열지 않는 한 경첩을 나사로 고정할 방법이 없습니다."

역시 안 되는구나. 결국 이걸로 가설도 동이 나고 말았다.

준코는 한숨을 내쉬었다.

복잡하게 뒤얽힌 다양한 수수께끼 가운데 어느 것 하나도해명할 수 없었다. 해결되지 못한 욕구가 쌓여가기만 했다.

범인은 어떻게 밀실을 만들었을까. 파리는 그 밀실에 어떻게 들어갔을까. 어째서 다이키는 죽은 오이시 사장이 서 있는 모습을 목격했을까.

"에노모토 씨는 무슨 좋은 생각 없어요?"

이쪽이 제시하는 가설을 무참하게 깎아내리기만 하다니너무나 불공평하지 않은가.

"글쎄요……. 유감스럽게도 모든 걸 합리적으로 설명할 수는 없어요. 뭔가 한 가지 요소를 제거할 수 있다면 어떻게든될 것 같은데."

"예를 들면요?"

"예를 들어 유리 테이블이 없을 경우의 이야기는 벌써 했고, 이 백막만 없으면 밀실 수수께끼와 커넬 샌더스의 수수께끼도 풀리는데 말입니다."

"정말이에요?"

준코는 깜짝 놀랐다. 그렇다면 사건의 전모가 한 발자국 앞까지 다가왔다는 뜻 아닐까?

"마츠다 다이키는 문 앞에 서 있는 오이시 사장님을 봤어요. 하지만 그건 7월 29일, 즉 사장님이 사망한 다음 날이었죠. 그렇다면 그 아이가 본 건 시신이었다는 말입니다. 하지만 그 시신은 왠지 서 있는 것처럼 보였어요. 문제는 이 '왠지' 부분입니다."

준코는 고개를 끄덕였다.

"제 머릿속에 떠오른 생각은 하나밖에 없었어요. 오이시 사장님의 시신은 문에 매달려 있던 겁니다. 창문 너머로 본 그 모습이 마치 서 있던 것처럼 보인 거죠."

"그렇군요."

에노모토의 표정이 마치 수수께끼 같아서 준코는 진의를 읽어낼 수 없었다.

"시신을 문에 매다는 이유는 명백합니다. 이 방을 밀실로 위장하기 위해서예요. 시신이 문과 유리 테이블 사이에 앉아 있는 한 범인은 방에서 탈출할 수 없어요. 하지만 시신이 문에 매달린 상태라면 빠져나가기에 충분할 만큼 문을 열 수 있죠. 그 후 범인은 복도로 나가서 닫힐락 말락 하는 상태까지 문을 당기고 시신을 매달았던 밧줄을 푼 겁니다. 시신은 문과 유리 테이블 사이의 좁은 공간에 떨어졌고 그 뒤로는 문이 거의 열리지 않게 됐어요. 이걸로 밀실은 완성입니다."

에노모토의 설명에 준코는 고개를 끄덕였다. 분명 그걸로 두 가지 수수께끼는 해결되는데…….

"하지만 실제로는 백막이 있으니까 시신을 문에 매달 수 없잖아요."

"예. 꼼꼼하게도 윗부분만이 아니라 좌우에도 압정을 박았으니까요."

고작해야 천 쪼가리 한 장이다. 그것도 압정과 양면테이프로 고정했을 뿐이지만, 밀실을 견고하게 지킨다는 점에서 백막은 철판이나 다름없었다.

"그런데 범인은 애당초 왜 백막을 쳤을까요?"

준코의 질문에 에노모토는 허를 찔린 듯한 표정을 지었다.

"왜……냐고요?"

"아무리 생각해도 이 백막이 본래의 밀실 트릭을 위해 필요했을 것 같지는 않아서요. 물론 백막은 양면테이프로 문에 붙어 있었으니 밀실의 구성요소 중 하나라고 할 수도 있어요. 하지만 양면테이프 자체는 대단한 트릭이 아니에요. 이 밀실을 지탱하는 최대의 수수께끼는 어떻게 시신을 문 바로 앞에 두었느냐니까요. 백막 때문에 설명이 불가능한 건 사실이지만, 백막이 부정하는 건 결국 범인이 사용하지 않은 트릭이잖아요. 저는 마치 범인이 다른 해답을 뭉개기 위해 백막을 쳐놓은 것만 같아요."

"……과연. 다른 해답을 뭉갠다. 확실히 그렇군요."

에노모토의 표정이 변했다.

"그게 이 범인의 발상인지도 모르겠네요. 유언장을 진짜로 꾸미려고 밀실을 만든 것과 마찬가지로……, 그러니까 가능성을 제거해서 다른 사람의 생각을 자기가 바라는 방향으로 유도하는 겁니다."

준코는 온몸에 소름이 쫙 끼치는 것 같았다.

"유리 테이블을 갖다 놓은 것도, 아랫단에 잡지를 쌓고 테이블 위에 물건을 늘어놓은 것도, 문 위에 백막을 친 것도 전부 밀실의 다른 해답을 뭉개기 위해서였다고 생각하면 이치에 맞죠. 진짜 트릭만은 절대로 간파당하지 않으리라는 자신이 있었을 거예요. 시신을 끌어당기거나 매단다는 가능성만 제거해두면 현장은 완벽한 밀실이 되어 오이시 사장님의 죽음이 자살로 인정될 거라고 생각했을 겁니다."

"세상에나……."

지금까지 수도 없이 많은 범죄자를 봐왔지만, 이 정도로 오만불손한 사고방식을 지닌 인간은 기억에 없었다.

"하지만 동시에 그게 이 범인의 약점이기도 하죠."

에노모토는 자신만만하게 딱 잘라 말했다.

"약점이요?"

"제대로 된 범인이 해야 할 일은 진실의 은폐뿐입니다. 일부러 다른 해답까지 뭉갤 필요는 없어요. 그런데 이 남자는 모든 걸 통제하고 싶다는 욕구 때문인지 쓸데없는 잔꾀를 부렸습니다. 다른 해답을 뭉갰다는 건 결과적으로 진실로 향하는 길을 한정한 셈이기도 해요."

하지만 아무리 눈을 씻고 찾아도 진실은 보일 낌새도 없었다. 준코는 신기하지 그지없었다. 이케하타 세이치라는 남자가 아무리 교활하다 해도 에노모토가 조사를 하면서 이렇게까지 꼬리를 붙잡지 못하다니, 어찌 된 일일까.

"범인이 방에서 나간 뒤에 시신을 움직여서 문 앞에 놓아둔 것은 분명합니다. 하지만 그러기 위해 시신을 문에 매달거나 끈으로 끌어당길 필요는 없었다는 말인데……."

에노모토는 무서우리만큼 정신을 집중하고 있었다.

"범인이 부린 잔꾀가 죄다 그저 다른 해답을 제거하기 위한 것이었다면……."

"잠깐만요!"

준코는 퍼뜩 뭔가를 알아차렸다.

"뭡니까?"

"얼핏 보기에 백막은 밀실을 만들기 위해 필요한 물건 같았지만 실은 다른 해답을 뭉개는 게 목적이었죠? 하지만 유리 테이블은 양쪽 다였을 가능성도 있지 않을까요?"

"양쪽 다? 무슨 뜻이에요?"

"즉, 다른 해답을 뭉개는 것도 하나의 목적이었지만 그와 동시에 밀실을 구성하기 위한 필수 요소였을지도 몰라요……."

에노모토는 아무 말도 없었다. 하지만 번쩍이는 눈빛으로 보아 준코의 지적이 완전히 빗나가지는 않은 모양이었다.

"알겠습니다. 정리해보죠……. 일단 밀실 트릭에 유리 테이블이 필요했다고 가정합시다. 또한 사망한 사장님이 일어서 있던 것처럼 보였다는 그 소년의 증언도 진실이고요."

에노모토는 마치 노래하듯이 말을 줄줄 늘어놓았다.

"아직 더 있습니다. 완전히 밀폐된 것처럼 보이는 방에 어째서인지 파리가 들어올 수 있었죠. 이제 여기서 뭘 이끌어낼 수 있느냐가 문제인데……."

"역시 차원이 다른 발상이 필요한 거예요."

준코가 별 생각 없이 중얼거린 말에 에노모토가 민감하게 반응했다.

"차원이 다르다……?"

"예. 에노모토 씨가 그랬잖아요. 처음에 우리의 추리는 2차원 퍼즐을 푸는 듯한 느낌이었어요. 시체나 유리 테이블을 옮기는 식으로요. 하지만 이번에는 거기에 3차원적인 요소가 추가됐어요. 시신을 테이블 위에 올리거나 문에 매달아봤죠. 진실을 알기 위해서는 어쩌면 더 높은 차원까지 고려해야 하는지도 몰라요."

"더 높은 차원이라……. 그렇군요."

에노모토는 눈살을 찌푸렸다.

"범인이 4차원 공간을 통해 밀실에 드나들었다면 항복입니다. 하지만 우리도 인식 가능한 다른 차원이 하나 더 존재한다는 걸 깜빡했네요."

"다른 차원이 하나 더 있다고요?"

"시간입니다. 지금까지 시간이라는 요소는 거의 고려하지 않았어요."

갑자기 에노모토의 안색이 변했다.

"시간……. 그래. 왜 그걸 몰랐지! 시간이 흐르면서 변하는 게 있잖아! 아오토 선생님. 이 밀실을 완성하는 데는 시간이 필요했어요!"

"그게 무슨 소리예요?"

"조금만 기다려주세요. 제 지식의 범위를 약간 벗어나는 부분 때문에 확인을 좀 할 필요가 있습니다."

에노모토는 덧붙여 말했다.

"하지만 이걸로 밀실은 분명히 깨졌습니다."

5

"적당히 좀 해주시지. 도대체 언제까지 기다리라는 거야?"

서재의 일인용 소파에 떡 버티고 앉은 이케하타 전무가 큰 소리로 툴툴댔다.

"난 바쁜 몸이야. 이런 곳에서 언제까지고 당신들 장단에 맞춰줄 시간 없다고."

그렇게 말하면서도 자리에서 일어나 돌아갈 기색은 전혀 없었다. 아무래도 사건의 수수께끼 풀이가 마음에 걸리는 듯했다.

"이케하타 씨. 글렌터렛 15년산이 있는데요. 한잔 어떻습니까?"

쿠사카베가 서재 옆에 있는 캐비닛에서 스카치위스키 병을 찾아냈나 보다. 아까까지와는 분위기가 싹 달라져서 신명나는 듯이 말했다.

"됐어."

이케하타 전무는 쿠사카베를 무섭게 노려보다가 눈을 휙 돌렸다.

"그런가요. 뭐, 어쩔 수 없죠. 돌아갈 때 저기 있는 BMW를 몰고 가야 할 테니까요."

쿠사카베는 씩 웃었다.

"그런데 오늘은 어째서 회사차로 안 왔습니까? 키미즈카라는 운전기사도 없는 것 같은데요."

"회사 업무가 아니면 차도 운전기사도 안 써. 공사는 구분해야지."

"즉, 오늘 여기 온 건 개인적 용무라는 말이군요. 증거를 처리할 작정이었으면 좀 더 일찍 와야 했습니다."

쿠사카베는 제멋대로 위스키를 텀블러에 따라서 스트레이트로 맛보았다.

"어이……. 너 이 자식, 적당히 좀."

이케하타 전무가 화를 내려는 순간 서재 문이 열렸다.

"오래 기다리셨습니다. 경시청에 예전부터 알고 지내는 형사가 있는데 좀처럼 연결이 안 돼서요."

에노모토가 휴대전화를 끊으면서 말했다.

"무슨 소리야? 경찰에 신고했나?"

이케하타 전무가 소파 팔걸이를 잡고 반쯤 일어섰다.

"아니요, 아니요. 그런 게 아닙니다. 꼭 확인해야 할 일이 있어서 가르침을 청했죠. 저는 법의학에 관해서는 거의 모르거든요."

법의학……. 뜻밖의 말에 준코는 귀를 기울였다. 감정이 격해져서 반쯤 일어섰던 이케하타 전무가 웬일인지 기가 꺾인 것처럼 그대로 다시 소파에 앉았다.

"뭐, 됐어. 수수께끼 풀이인지 뭔지 냉큼 해치우라고. 하지만 결과에 따라서는 명예훼손으로 고소할 수도 있다는 걸 명심해."

에노모토는 이케하타 전무의 공갈을 웃는 얼굴로 받아넘겼다.

"알겠습니다. 그럼 일단 파리의 수수께끼부터 시작할까요."

"그런 건 때려치우고 바로 핵심으로 들어가!"

이케하타 전무의 얼굴은 마치 머리털이 하얀 빨간 도깨비 같았다.

"그렇게 하고 싶은 마음은 굴뚝같지만 일에는 순서라는 게 있습니다. 밀실을 해명하려면 일단 파리의 수수께끼부터 해명할 필요가 있어요."

"알았어, 알았다고. 그럼 빨리 그 이야기를 끝내."

애써 감정을 자제한 모양인지 콧김이 거칠어졌다.

"돌아가신 오이시 사장님의 입에는 구더기가 끓고 있었습니다. 그래서 저는 파리가 밀실에 들어온 방법을 생각해봤죠. 하지만 실은 다른 요소를 따져봐야 했어요. 아오토 선생님, 구더기가 자라는 데 필요한 건 뭘까요?"

갑자기 이름을 불러 묻는 바람에 창가에 서 있던 준코는 어리둥절해졌다.

"음, 그러니까…… 먹이? 그리고 뭘까요, 수분이나 온도?"

"물론 그런 것도 필요하겠죠. 하지만 무엇보다 불가결한 것은 시간입니다."

시간……. 에노모토는 아까도 그렇게 말했다. 하지만 아무리 머리를 쥐어짜도 준코는 시간이라는 말이 무엇을 의미하는지 알아내지 못했다.

"아주 간단한 이야깁니다. 파리가 알을 슬고 구더기가 태어날 때까지 보통은 만 하루, 여름철이라도 한나절은 필요하다네요. 오이시 사장님이 사망한 직후에 알을 슬었다고 쳐도 발견될 때까지 한나절 이상은 경과한 셈입니다."

"하지만 그건 굳이 파리를 들고 나오지 않아도 명백할 텐데요."

텀블러를 들어 올리며 쿠사카베가 말했다.

"검시 결과, 발견되기 이틀 전에 사망했다고 했으니까요."

"말씀대롭니다. 하지만 거기에 파리가 어떻게 밀실로 들어왔는지를 더해서 생각하면 재미있는 사실을 알 수 있죠. 이 방은 시신이 발견된 당시에는 완전한 밀실이었어요. 아무리 파리라도 들어오기는 불가능했습니다. 그렇다면 결론은 하나밖에 없죠. 오이시 사장님이 돌아가신 후에 이 방은 한 번 열렸습니다."

잠시 정적이 찾아왔다. 침묵을 깬 사람은 준코였다.

"밀실 상태가 도중에 한 번 깨졌다는 말이에요?"

"정확하게 말하면 열렸던 시점에서는 아직 밀실이 아니었어요. 하지만 다시 한 번 닫히고 시간이 흐르면서 드디어 밀실이 완성된 거죠."

쿠사카베가 머리를 긁적였다.

"제가 지금 취해서 이해가 잘 안 되는 건 아닌 듯한데요……. 조금 더 알기 쉽게 이야기해주겠습니까?"

"이 사건의 중요 키워드는 시간입니다. 범인은 피해자를 살해하고 시신이 발견되기까지의 시간을 치밀하게 계산했어요. 그래야만 밀실을 만들 수 있었거든요. 파리가 시신에 알을 슬고 나서 구더기가 태어날 만큼의 시간이 꼭 필요했던 겁니다."

전혀 쉬워지지 않았다. 저마다 이유는 달랐지만 듣고 있던 세 사람은 모두 좌절에 빠졌다.

"그럼 범인의 행동을 시간 순서대로 이야기하겠습니다."

에노모토는 변함없이 자기 편할 대로 말을 계속했다.

"오이시 사장님은 혼자 조용히 후계자 문제를 생각하려고 이 산장에 오셨습니다. 범인이 찾아온 건 그 직후입니다. 오이시 사장님을 살해하고 가짜 유언장을 놓아두기 위해서였죠. 현장을 밀실로 만들면 살인을 자살로 위장할 수 있을 뿐 아니라 가짜 유언 역시 진짜로 간주되리라는 것이 범인의 계산이었습니다.”

범인이 누구를 가리키는지는 명백했다. 이케하타 전무가 틀림없이 격분하리라고 생각했지만, 악어 같은 눈으로 에노모토를 노려보기만 할 뿐 한 마디도 하려 들지 않았다.

“범인은 경영상의 문제나 다른 문제를 구실 삼아 잠시 오이시 사장님과 이야기를 나눴습니다. 이윽고 범인이 고대하던 순간이 찾아왔죠. 오이시 사장님이 심한 통증을 느낀 겁니다. 범인은 친절을 베푸는 척 진통제 주사를 놔주겠다고 나섰고, 치사량의 몇 배나 되는 모르핀을 주사한다는 목적을 달성했습니다.”

쿠사카베가 살의가 깃든 무시무시한 눈으로 이케하타 전무를 흘겨보았지만 이케하타 전무는 에노모토만을 응시할 뿐이었다.

“얼마 지나지 않아 오이시 사장님은 혼수상태에 빠졌습니다. 범인은 오이시 사장님을 눕혔습니다. 아마 이 방 안에서였겠죠.”

“눕혔다고요? 앉힌 게 아니고요?”

준코는 에노모토가 잘못 말했나 싶어서 물었다.

“눕혔어요. 똑바로. 그게 이 계획의 가장 중요한 부분이었습니다.”

에노모토는 감정이 담기지 않은 목소리로 대답했다.

"잠시 후에 오이시 사장님은 숨을 거뒀습니다만 조금 더 기다릴 필요가 있습니다. 범인은 그 사이에 밀실을 만들 준비를 마쳤겠죠. 유리 테이블을 옮기고 서재에서 꺼낸 업계지를 아랫단에 쌓았습니다. 덧붙여 3인용 소파를 옮겨서 유리 테이블을 지탱했습니다. 그리고 접사다리를 들고 와서 가져온 백막을 쳤죠. 백막 위쪽 가장자리를 양면테이프로 고정하고 윗부분과 좌우에 백 개나 되는 압정을 박을 필요가 있었습니다만, 시간은 충분했어요. 뿐만 아니라 족자를 걸고 꽃바구니를 놓는 등 모든 작업이 끝난 뒤에도 아직 때가 되지 않아 밀실을 만들 수 없었어요. 범인의 알리바이는 확인하지 않았지만, 아마 일단 시신을 방치하고 되돌아갔겠죠."

"돌아가요? 시신을 그대로 놔두고요?"

준코는 깜짝 놀라서 물었다.

"범인은 아주 바쁜 사람이었으니 너무 오랫동안 자리를 비울 수는 없었을 겁니다. 이때는 사장님의 열쇠가 있었으니까 간단하게 현관문을 잠그고 떠났습니다. 그리고 바람처럼 차를 몰고 하치오지로 되돌아가서 밀려 있던 일을 정리합니다. 아까 타시로 씨한테 들었는데 원체 바쁘게 돌아다니는 일이 많아서 이른 아침이나 늦은 밤에도 회사에 나오는 모양이라 수상쩍게 여긴 사람은 없었나 보더군요. 그리고 시각은 불확실합니다만, 약 열두 시간 후에 범인은 다시 산장을 찾아왔습니다."

이 이야기는 도대체 어디로 흘러가는 걸까. 준코에게는 여전히 아무 그림도 보이지 않았다.

"살해한 지 한나절 이상 지나서 다시 찾아온 범인은 이 방의 문을 열었습니다. 계절이 이렇다 보니 찌는 듯이 더웠을 뿐 아니라 냄새도 지독했을 겁니다. 범인은 아마 참지 못하고 창문을 활짝 열어젖혔겠죠. 파리는 바로 이때 들어왔다고 추정됩니다."

쿠사카베가 입가를 눌렀다. 시신을 발견한 당시의 일이 떠오른 것이리라.

"범인의 계획대로 사후 약 열두 시간이 경과한 시신에는 변화가 일어났습니다."

"변화?"

준코는 자신도 모르게 중얼거렸다.

"예. 바로 사후경직이라는 변화죠."

에노모토는 잡담이라도 하듯이 담담하게 말했다.

"아까 알고 지내는 경시청 형사가 가르쳐줬어요. 보통 경직은 죽은 지 두 시간 정도 지난 무렵부터 나타나고 턱에서 어깨, 팔, 손 그리고 다리 순서로 진행되며 약 열두 시간이 지났을 때 제일 심해진다고 하더군요. 열두 시간을 기다린 끝에야 겨우 시신은 범인의 트릭에 가장 적당한 상태로 변했습니다. 범인은 창문을 전부 닫고 크레센트 자물쇠를 잠근 뒤에 자물쇠 자체도 잠금장치로 잠갔습니다."

겨우 이야기가 나아가는 방향이 보여서 준코는 어안이 벙벙해졌다.

"그리고 범인은 조각상처럼 굳어버린 시신을 앞을 보는 상태로 문에다 기대어 세웠습니다. 물론 백막 위에다요. 여기서 바로 유리 테이블이 중요해집니다. 유리 테이블에는 밀실이 다른 방법으로 만들어졌을 가능성을 배제한다는 의미도 있었습니다만, 사실 문에 기대어 세운 시신의 발끝을 테이블 아래에 집어넣어 고정하는 것이 진짜 목적이었습니다. 발아래는 양탄자라 유리 테이블이 없으면 시신이 미끄러져서 쓰러질지도 몰랐거든요. 그러면 밀실은 순식간에 붕괴합니다."

"이런 짐승만도 못한 놈이⋯⋯!"

쿠사카베가 텀블러를 움켜쥐고 이케하타 전무를 노려봤다.

"시신이 앉은 상태로는 문이 열리지 않지만 직립해 있던 덕분에 범인이 빠져나가기에 충분할 만큼 문을 열 수 있었습니다. 범인은 백막 아래로 들어가 몸만 빠져나갈 정도로 문을 살짝 열고 탈출한 후에 시신이 미끄러져 쓰러지지 않도록 문을 살그머니 닫았습니다. 이것으로 범인이 해야 할 일은 모두 끝났죠. 그 다음은 시간이 해결해줍니다."

"시간이 흐르면 어떻게 되나요?"

준코가 물었다.

"아까 전에 말했듯이 열두 시간이 지났을 때 경직이 제일 심해졌다가 그 이후로는 서서히 풀립니다. 문에 기대어 세운 시신은 상체부터 천천히 경직이 풀려서 관절이 구부러지죠. 문에 닿아 체중을 지탱하던 고개가 점점 앞으로 꺾여 어깨가 문에 닿습니다. 오이시 사장님은 명주실로 짠 가운을 입고 계셨고, 뒤쪽도 비단 백막이니만큼 잘 미끄러졌을 거예요. 그 뒤로 고관절, 무릎 순서로 경직이 풀리면 시신은 문에 기대면서 미끄러져서 마지막에는 완전히 주저앉은 자세가 되겠죠. 덧붙여 경직이 완전히 풀리는 데 필요한 시간은 계절에 따라 다른데, 여름철에는 평균 사후 48시간, 겨울철에는 72시간이라는군요."

준코는 도저히 믿을 수 없었다. 이런 계획을 세운 녀석은 악마다.

"그래서 범인은 백막을 단단히 고정하기 위해 양면테이프뿐만 아니라 백 개나 되는 압정을 박은 겁니다. 시신이 미끄러져 주저앉을 때 백막이 떨어지지 않도록요."

"잠깐만요. 백막을 문에 붙인 양면테이프는 어떻게 한 거예요?"

준코는 문득 생각이 나서 물어보았다.

"범인은 오이시 사장님의 시신을 문 한가운데에 기대어 세운 다음, 시신이 닿은 곳 조금 아래쪽에 양면테이프를 붙여 뒀습니다. 당연히 문과 백막은 처음에는 서로 떨어져 있었지만, 시신이 미끄러져서 주저앉을 때 백막이 문에 눌리면서 자연스레 양면테이프에 들러붙은 거예요. 이게 밀실을 끝손질하는 봉인이었습니다."

준코는 더 이상 무슨 말을 해야 할지 몰랐다. 직업상 시간이 지남에 따라 시체가 어떻게 변하는지 꿰뚫고 있어서 떠오른 계획일지도 모르지만, 아무리 그래도 이 남자의 냉혹함과 비정함은 상상을 초월했다.

"그걸 증명할 수 있나?"

땅속에서 울려 퍼지는 듯한 묘한 목소리에 준코는 얼굴을 들었다.

"당신이 한 말은 전부 단순한 억측이자 상상에 불과해. 증거는 없어. 그렇잖아? 사장님의 시신은 이미 화장됐으니까 말이야."

에노모토를 가만히 응시하는 이케하타 전무의 눈에서는 아무 감정도 느껴지지 않았다. 마치 곤충의 눈 같았다.

"하지만 근거가 없는 소문이 퍼져도 곤란하지. 얼마를 원하나? 말해봐."

"이 망할 놈, 도대체 얼마나 썩은 거냐."

쿠사카베의 손에서 떨어진 텀블러가 양탄자 위를 굴러갔

다. 분노가 너무 심했는지 그 목소리는 오히려 단조롭게 들렸
다.

"자자. 여기는 저한테 맡겨주시죠."

에노모토가 손으로 쿠사카베를 제지했다.

"이케하타 씨. 유감스럽지만 거래에는 응하지 않겠습니다.
저는 악당과도 사업을 하기는 하지만, 아무리 그래도 파트너
는 인간이었으면 하거든요."

에노모토가 무슨 뜻으로 그런 말을 했는지 알아차린 이케
하타 전무는 비웃는 듯한 표정을 지었다.

"그래? 그럼 어떻게 하지? 증거도 없이 남을 살인범 취급하
면 명예훼손으로 고소하겠어. 거기 있는 변호사랑 잘 상담해
보라고."

"……확실히 시신이 화장되어 안타깝기 그지없습니다."

에노모토는 차분하게 말했다.

"시신을 잘 조사하면 제 말을 뒷받침하는 증거가 제법 많
이 나왔을 테니까요. 이틀이나 시신을 세워두었으니 혈액이
아래로 내려가 다리가 붓고 시반이 생겼을 겁니다."

"그러게 말이야. 경찰은 적어도 사법해부 정도는 했어야 했
어. 변사체의 사인 규명이 이렇게나 허술하다니 정말로 한심
하기 짝이 없군."

이케하타 전무는 섬뜩할 정도로 잔혹하고 박정한 미소를

지었다.

"하지만 증거가 전혀 없는 것도 아닙니다."

에노모토는 담담하게 말을 이었다.

"일단 그 소년의 증언이 있죠. 어린아이라고는 하나 그만큼 똑똑하니 증인으로 나서기에는 충분할 거예요."

"허튼 소리 집어치워. 그딴 어린애가 도대체 뭘 증명할 수 있다는 거야?"

"거기에 덧붙여 이 백막입니다."

에노모토가 책상 위에 놔둔 쓰레기 봉지를 치켜들자 이케하타 전무의 얼굴에 동요의 빛이 스치고 지나갔다.

"이걸 조사하면 섬유에 부착된 오이시 사장님의 DNA 따위를 찾아낼 수 있겠죠. 시신의 머리는 오랫동안 백막에 닿아 있었을 뿐 아니라 체조직은 계속해서 부패했으니까요. 백막이 달려 있던 높이도 확정할 수 있을 테니 시신이 서 있었다는 사실도 입증 가능할 겁니다."

"……그렇다고 해서 그걸 나와 연관 지을 증거는 없어."

"그럴까요? 오이시 사장님의 죽음이 살인이었다고 판명되면 범인은 필연적으로 당신 한 명으로 압축됩니다."

"무슨 바보 같은 소리를."

"문제는 밀실에 남아 있던 유언장입니다. 이케하타 씨가 2000만 엔의 어음에 배서를 했다고 쓰여 있었다는데, 그건 오이시 사장님과 당신 둘밖에 모르는 사실 아닌가요?"

이케하타 전무의 안색이 순식간에 창백해졌다.

"당신은 현장이 밀실인 이상 사장님의 죽음은 자살이고, 따라서 유언장도 진짜라는 방향으로 몰고 가려고 했어요. 하지만 가능성을 너무 한정하는 것도 생각해볼 만한 문제죠. 밀실이 깨지고 작위성이 있었다는 사실이 밝혀지면 달아날 길이 없거든요. 당연한 말이지만, 사람들은 사장의 죽음이 타살이 아닐까 의심할 테고 유언장도 새빨간 거짓말로 간주하겠죠."

에노모토는 미소를 지었다.

"자, 여기서 질문입니다. 만약 그 유언장을 쓴 게 사장님이 아니라면, 도대체 누가 썼을까요?"

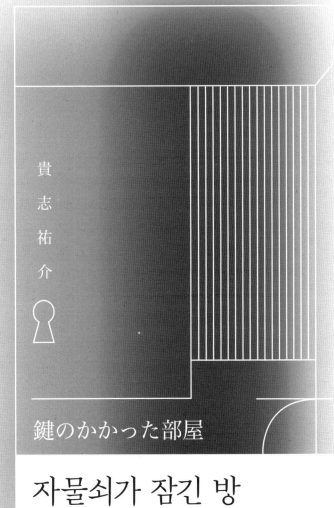

貴志祐介

鍵のかかった部屋

자물쇠가 잠긴 방

1

초인종으로 뻗으려던 손이 허공에서 멈췄다.

아이다 아이이치로는 머뭇거렸다. 이제 와서 무슨 낯짝으로 그 아이들을 만날 수 있는가. 5년이라는 기나긴 세월 동안 자리를 비워놓고서 어떻게 변명할 수 있다는 말인가.

처음으로 이 집을 방문했을 때의 기억이 어제 일처럼 선명히 떠올랐다. 누나 미도리는 행방이 묘연했던 못난 남동생을 따뜻하게 맞이해주었다. 초등학교 저학년이었던 히로키와 미키는 느닷없이 나타난 수상쩍은 삼촌을 처음부터 잘 따르며 성가실 정도로 붙어 있으려 했다. 그때의 놀라움과 감동은 지금도 가슴속에 생생하다. 고등학생 때 집을 뛰쳐나가 내내 고독하게 살아오다 잠시나마 가정의 따스함을 맛보았다.

그 후로 1년에 몇 번은 이 집을 찾았다. 자신이 무슨 일을 하는지는 줄곧 얼버무렸지만, 어쩌다 흥이 나서 어울리지 않게 으스대는 모습을 보고 누나가 눈살을 찌푸리기도 했다. 하지만 두 아이에게 세뱃돈을 너무 많이 주려다 누나에게 혼나고 나서는 더 이상 그런 짓을 하지 않았다. 아이다에게 있어서 세 사람과의 유대감은 절대로 망가뜨리고 싶지 않은, 이 세상에서 둘도 없이 소중한 것이었다.

하지만 5년 전에 일어난 그 사건 이후로 모든 것을 잃었다. 자업자득이라고는 하나 믿을 수 없을 만큼 불운하고 떠올리기도 싫은 그 사건 때문에.

그리고 그 결과가 지금 이 상황이다. 칠칠맞지 못한 동생을 어떤 때라도 감싸주던 사랑하는 누나 미도리는 3년 전에 불의의 사고로 세상을 떠났다. 감옥에 갇혀 있던 바람에 장례식에도 참석하지 못해 원통하기 짝이 없었다. 자신이 해온 짓을 진심으로 후회한 것은 그때가 처음이었는지도 모른다. 물론 자신이 괴로움에 시달리는 것이야 당연한 업보지만 히로키와 미키를 생각하자 가슴이 찢어지는 것만 같았다. 둘에게는 위로가 절실하게 필요했을 텐데.

현재 히로키는 열일곱 살로 고등학교 2학년, 미키도 열다섯 살로 중학교 3학년이다. 자신이 징역을 살다 나온 줄은 모르겠지만, 예전과 똑같은 태도로 자신을 대해줄지는 미지수다. 절실하게 만나고 싶기도 한 반면, 얼굴을 마주하기가 무섭기도 했다.

하지만 이런 곳에서 언제까지나 망설이고 있을 수만은 없다. 아이다는 숨을 깊게 들이마셨다. 찬바람이 낙엽을 말아 올리며 등 뒤를 지나갔다.

마음을 굳게 먹고 초인종을 누르려는데 아무런 예고도 없이 현관문이 열렸다.

"이야, 어서 오세요."

타카자와 요시오가 꾸물꾸물 얼굴을 내밀었다.

누나는 20대 초반에 결혼해 히로키와 미키를 낳고 전남편과 사별했다. 그 뒤에 재혼한 상대가 타카자와다. 누나가 살아 있을 때는 매형이었지만, 지금은 어떨까.

"정말 오랜만에 뵙습니다. 오늘은 그……."

격식을 차린 인사에 서투른 아이다는 바로 말문이 막혔다.

"자, 자, 그런 말은 괜찮으니 일단 들어와요."

타카자와는 예전과 다름없이 차분하고 조용한 태도로 아이다를 맞아들였다. 키가 크고 비썩 말랐다. 각진 이마 아래에 네모난 티타늄 테 안경이 빈틈없이 자리 잡고 있어서 마치 로봇 같은 인상을 풍겼다.

아이다는 다섯 살 연상인 매형이 영 껄끄러웠다. 딱히 마음에 안 들 만한 짓을 한 적은 없지만, 도무지 감정이 느껴지지 않아서 무슨 생각을 하는지 통 알 수가 없었다. 중학교 과

학 교사라는데 학생들을 어떻게 대하는지 상상도 가지 않았
다.

"실례하겠습니다."

5년 만에 타카자와 가의 문턱을 넘었다. 신발장 위에 놓인
일본 인형이 눈에 들어왔을 때는 저도 모르게 가슴속이 뜨
거워졌다. 미키가 태어났을 때 누나가 만든 인형이다.

"자, 편하게 있어요."

타카자와와 아이다는 응접실을 향했다. 아이다는 숄더백
을 내려놓고 한 벌밖에 없는 스타디움점퍼를 벗었다. 타카자
와는 옆에 딸린 부엌에서 홍차를 끓이는 듯했다.

"저기……, 애들은요?"

아이다는 조심스레 물었다.

"아아. 미키는 이제 슬슬 돌아올 때가 됐는데. 친구랑 무
슨 약속이 있는 모양이더라고요. 하지만 3시 전에는 돌아오
라고 했어요."

오늘은 토요일이니까 분명 학교는 휴일이리라. 시계를 보니
이제 곧 3시가 되려는 참이었다.

타카자와는 양쪽에 손잡이가 달린 쟁반에다 찻잔 두 개와
유리 포트를 얹어서 응접실로 돌아왔다.

"히로키는, 있기는 있는데 계속 2층 자기 방에 틀어박혀 있
어서요."

아이다는 기분이 무겁게 가라앉았다. 2층에 있어도 자신이 온 줄은 알 텐데 방에서 나올 생각도 않다니, 역시 꼴도 보기 싫은 걸까.

그러자 마치 독심술이라도 쓴 것처럼 타카자와가 덧붙여 말했다.

"그게, 요즘에는 자기 방에서 거의 안 나와요. 은둔형 외톨이라고 흔히 그러죠. 아무래도 그 나이대의 아이들 가운데 많은 모양입니다."

혈연관계는 아니라고 하나 히로키는 아들이고 타카자와 본인은 교육자인데 완전히 남의 이야기를 하는 듯한 말투다.

"그리고 실은 오늘 처남이 온다는 이야기를 아이들한테 안 했어요."

"……그런가요."

갑자기 심장이 쿵쿵 뛰기 시작했다.

"그런데 생활은 좀 어때요? 자리는 좀 잡혔나요?"

타카자와는 아이다의 맞은편 소파에 앉아 홍차를 권했다. 아이다는 머리를 숙였다.

타카자와랑 둘만 있자니 숨이 막혔지만 별 수 없었다.

"덕분에요……. 보호관찰관 선생님 소개로 당분간 살 곳도 찾았으니 이제 일만 구하면 될 것 같습니다."

"그렇군요. 지금은 어디든 불경기라서 제법 힘들겠어요."

타카자와는 감정이 깃들지 않은 목소리로 말했지만, 실제로 그랬다. 이것저것 가리지 않고 닥치는 대로 일하려 했지만 감옥에서 나온 40대 남자에게 일자리를 주려는 곳은 없었다. 하다못해 기술이라도 있었으면 상황은 달랐겠지만.

······아니다, 기술이 없지는 않다. 아이다는 자조했다. 그것도 그 분야에서는 타의 추종을 불허한다고 자부하는 기술이다. 하지만 두 번 다시 쓰지 않겠다고 맹세한 기술이기도 하다. '손가락'은 완전히 봉인하기로 했다.

"매형께는 정말로 큰 누를 끼쳤습니다. 뭐라고 사과드려야 할지 모르겠습니다만, 정말로 죄송했습니다."

아이다는 고개를 푹 숙였다.

"응? 아뇨, 아뇨. 누라고 할 만한 일은 없었어요."

"히로키와 미키한테 비밀로 해주셔서 정말 고맙습니다. 그래도 제가 교도소에 들어가서 체면이 말이 아니셨을 텐데······."

"아닙니다. 이제 그렇게 자책할 것 없어요. 다 끝난 일인 걸요. 그것보다 앞으로 처남이 어떻게 살아갈지 생각해야죠."

타카자와의 입에서 아이다를 나무라는 말은 한 마디도 나오지 않았다. 원래 같으면 감사해야 마땅할 태도이리라.

하지만 타카자와의 말에는 인간적인 감정이 부족했다. 이렇게나 관대하게 대해주는데 왜 마음에 와 닿는 게 하나도 없을까 싶어 스스로도 신기할 지경이었다.

"고맙습니다. ······이제 두 번 다시 걱정 끼치는 일 없도록 하겠습니다."

"이제 더는 마음에 두지 말아요. 잘못을 저지르기는 했지만 이미 죗값을 치렀으니까요. 뭐, 미도리의 장례식에 못 와서 섭섭하기는 했지만."

섭섭하다······. 그런 가벼운 말로 정리해버리지 말았으면 했다.

"저기, 괜찮으면 누나 영전에 향을 피우고 싶은데요."

타카자와는 잠시 멍하니 있었다.

"향? ······아아, 그렇지. 그런데 우리 집에는 불단 같은 게 없어서요."

"그렇군요."

"나중에 성묘라도 가면 되겠네요."

"묘에는 벌써 다녀왔습니다. 출소하자마자 바로."

"음. 그랬군요. ······그게, 나는 종교라는 게 영 마음에 들지 않아서요. 존재 자체가 이치에 맞지 않는 것 같고, 특히 불교의 타락은 차마 눈뜨고 못 볼 지경이거든요. 불교식 장례다 뭐다 하면서 계명에 등급을 매겨서 돈을 얼마나 뜯어낼 수 있느냐는 생각만 머릿속에 가득한 것 같더라고요. 그래서 불단 따위는 일절 집 안에 놔두지 않았습니다. 고인을 애도하

는 기분은 각자가 마음속에 소중히 간직하고 있으면 되는 것
아니겠어요?"

타카자와는 따발총처럼 말하더니 홍차로 입을 축였다.

"아, 예."

어찌 대답해야 할지 몰라서 아이다는 그저 고개를 숙였다.

그때 현관문이 열리는 소리가 났다. 심장이 미친 듯이 날뛰
었다.

"다녀왔습니다."

여자아이 목소리였다. 미키가 돌아온 것이다. 그대로 계단
을 오르는 발소리가 들렸다. 한 단 한 단 밟을 때마다 판자가
삐걱대는 소리가 났다.

"미키! 이리 오렴. 손님 오셨어."

타카자와가 억양 없이 그저 크기만 한 목소리로 불렀다. 대
답은 없었지만 쿵쿵대며 계단을 내려오는 발소리가 들리는가
싶더니 응접실 입구에 호리호리한 소녀가 나타났다.

중학생답게 평범한 단발머리에 수수한 반물색 더플코트를
입고 있었다. 누군가 싶어 미심쩍어하는 눈으로 이쪽을 가만
히 쳐다보다가 퍼뜩 놀라는 기색을 보였다.

"삼촌?"

정말 많이 컸다. 척 보기에도 올곧게 자란 티가 났다. 어렴
풋하게나마 어릴 적 누나의 모습도 느껴졌다.

"미키. ……미안하다."

아이다는 조카에게 머리를 푹 숙였다.

"왜? 왜 지금까지 한 번도 안 왔어? 엄마는……."

"미키. 삼촌한테도 사정이 있었어."

타카자와가 타일렀지만 미키는 눈도 돌리려고 하지 않았다.

"오빠랑 내가 삼촌이 오기를 얼마나 기다렸는지 알아? 그런데……."

"미안해."

나쁜 짓을 해서 형무소에 들어가 있었어. 그런 말이 목구멍까지 올라왔다.

"도저히…… 올 형편이 못 됐어."

무거운 침묵이 내려앉았다. 아이다는 미키의 눈을 똑바로 쳐다보지 못하고 아래만 바라봤다.

"거기 우두커니 서 있지 말고 앉으렴."

타카자와가 말을 걸었다. 미키는 잠시 가만히 있다가 아이다의 옆에 앉았다. 아이다는 머뭇머뭇 얼굴을 들어 미키를 쳐다봤다. 미키는 코트를 벗어 옆에다 두고 체크무늬 스커트 무릎 부분에 올린 두 손을 꽉 움켜쥐고 있었다. 하지만 결코 아이다와 시선을 마주치려고 하지 않았다.

거북한 시간이 흘러갔다. 미키가 느닷없이 타카자와한테

물었다.

"오빠는?"

"아아…… 방에 있을 텐데."

"왜? 안 불렀어?"

미키는 자리에서 일어나서 종종걸음으로 2층에 올라갔다. 계단이 삐걱대는 소리. 복도를 걷는 발소리. "오빠? 문 연다." 라는 목소리. 이어서 문손잡이를 돌리는 소리. 하지만 문이 열리지 않는 모양이다.

미키는 문손잡이를 찰칵찰칵 움직이며 집요하게 두드렸다.

"오빠! 문 좀 열어봐! 삼촌이야. 삼촌이 왔다고!"

하지만 아무 반응도 없었다. 미키는 쏜살같이 계단을 내려왔다.

"이상해. 오빠가 대답을 안 해. 문도 안 열리고."

미키의 얼굴은 걱정으로 딱딱하게 굳어 있었다.

"뭐, 자주 그랬잖아?"

타카자와가 쓴웃음을 짓듯이 한쪽 뺨을 일그러뜨리며 말했다.

"아니야. 나한테는 꼭 대답해주는걸. 게다가 문이 안 열리다니 이상해. 지금까지 이런 적 한 번도 없었어……."

아이다는 말을 다 듣기도 전에 자리에서 일어났다. 무슨 일이 벌어졌다. 직감이었다. 히로키한테 무슨 나쁜 일이 벌어졌다.

단숨에 2층으로 뛰어 올라갔다. 발아래에서 계단이 끼익끼익 비명을 질렀다. 미키가 바로 뒤를 쫓아왔다.

"어디가 히로키 방이야?"

뒤돌아보고 묻자 "복도 끝!"이라는 대답이 돌아왔다. 예전과 다름없는 모양이다.

아이다는 세 걸음 만에 복도 끝에 다다랐다.

"히로키. 나야. 아이이치로 삼촌이야. 무슨 일이니? 괜찮아?"

아이다는 힘을 잔뜩 주어 문을 두드렸다. 대답이 없었다. 이번에는 문손잡이를 잡고 돌렸다. 안쪽으로 열리는 문이라서 혼신의 힘을 다해 밀어보았지만 꿈쩍도 하지 않았다. 아이다는 말랐지만 결코 힘이 없는 편은 아니다. 마치 안쪽에서 거인이 문을 누르고 있는 것 같았다.

"오빠! 오빠!"

미키는 어찌할 바를 몰라 그저 오빠를 부르기만 했다. 공황상태에 빠지기 직전처럼 보였다.

"안 나오나요?"

타카자와가 천천히 계단을 올라왔다.

"이 문, 도대체 어떤 자물쇠가 달려 있습니까?"

문손잡이 주위에 열쇠 구멍은 보이지 않았다. 그렇다고 해서 안쪽에서만 잠글 수 있는 자물쇠가 달린 것도 아닌 듯했다.

"자물쇠 같은 거 없어!"

미키가 소리를 질렀다.

"없다고?"

아이다는 눈살을 찌푸렸다. 그렇다면 왜 안 열리는 걸까. 도어스토퍼 같은 걸 받쳐놓기라도 했단 말인가.

"아니……, 그게 말이에요. 히로키가 오늘 자물쇠를 새로 단 것 같더라고요."

타카자와가 뭔가를 생각하듯이 턱 언저리를 쓰다듬으며 말했다.

"말도 안 돼! 언제?"

미키가 고개를 돌리고 날카롭게 물었다.

"네가 외출하고 잠시 후였나. 문에 구멍을 뚫는 듯한 소리가 나더라고. ……날림으로 지은 집이라서 소리가 잘 들리거든요. 그래서 뭐 하나 싶어서 보러 올라갔죠. 히로키가 문을 열고 뭔가 하다가 나를 보더니 문을 쾅 닫더라고요. 하지만 문 안쪽에 달린 보조자물쇠는 똑똑히 봤습니다."

이야기의 뒷부분은 아이다를 보고 말했다.

"보조자물쇠라니 어떤 거죠?"

"현관문 같은 데서 흔히 볼 수 있는 자물쇠요. 본체는 문

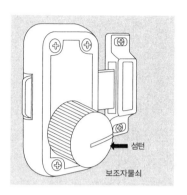

섬턴

보조자물쇠

에 달렸고 문틀에 데드볼트가 들어가는 받이쇠가 있어서
손잡이를 돌려 잠그는 타입입니다."

"하지만 어째서? 나한테는 귀띔도 안 했는데."

미키는 못 믿겠다는 표정이었다.

"어쨌거나 이 문을 억지로라도 열어야겠어."

아이다는 문을 노려봤다. 날림으로 지었다는 말은 타카자
와의 겸손인지 만듦새가 아주 튼튼했다. 몸으로 부딪치는 것
보다 위력이 있으리라는 생각에 힘껏 걷어차봤다. 한순간 문
이 휘는 듯했지만 역시 옴짝달싹도 하지 않았다. 아이다가
다시 한 번 걷어차려는데 타카자와가 말렸다.

"……그러지 말고, 잠깐만 기다려요."

타카자와는 복도 한가운데에 있는 작은 문을 열었다. 광으로 쓰는 방인지 안쪽에 가지런히 정돈된 공구함과 청소기 따위가 보였다.

"이 문을 힘으로 열기는 힘들 겁니다. 이걸 씁시다."

타카자와가 꺼낸 것은 전기드릴이었다. 익숙한 손놀림으로 드릴 비트를 끼우고 핸들을 장착한 다음, 연장 코드를 사용해 복도 콘센트에 플러그를 꽂았다.

"위험하니까 뒤로 물러서요!"

뜻밖일 정도로 엄한 목소리에 아이다와 미키는 엉겁결에 뒤로 물러났다. 타카자와는 문 앞에 한쪽 무릎을 꿇었다. 드릴 비트 끝부분을 신중하게 문손잡이 조금 윗부분에 갖다 댔다.

"분명히 이 부근이었을 텐데……."

모터가 윙윙 소리를 내며 돌아가자 드릴 비트가 문을 뚫고 서서히 속으로 파고 들어갔다. 톱밥이 정신없이 흩날리는가 싶더니 갑자기 저항이 확 사라진 듯했다. 관통한 것이리라. 타카자와는 드릴 회전수를 바꿔서 가장자리를 문지르듯이 움직여 구멍을 넓혔다. 타카자와는 지켜보는 사람이 안달날 만큼 느긋하게 작업을 하다가 드릴을 뽑아내더니 둥그런 구멍으로 안을 들여다보았다.

"맞은편 창문밖에 안 보이는데. 어, 저건 뭐지. 그릴인가?"

"오빠! 무슨 일이야? 괜찮아?"

미키가 뒤에서 열심히 불렀지만 역시 대답은 없었다.

"보조자물쇠는 분명 이 구멍 바로 위에 있었을 거야. 구부러진 막대기 같은 게 있으면 손잡이를 돌려서 열 수 있을 텐데……."

타카자와는 그렇게 말하더니 광에서 공구함을 꺼내 공구를 하나하나 살펴보다가 바닥에 내려놓았다.

"빨리! 꾸물대다가는…… 오빠가!"

미키가 비통한 목소리로 외쳤다.

아이다는 계단을 뛰어 내려가서 응접실로 되돌아갔다. 그리고 숄더백을 들고 다시 계단을 뛰어올랐다.

자신이 뭘 하려는지는 잘 알고 있었다. 봉인한 '손가락'을 쓰는 것이다. 한번 보여주고 나면 두 번 다시 원래대로 돌아갈 수 없다. 자신이 아직도 '손가락'을 숨겨 다니는 걸 타카자와가 알면 갱생했다는 말은 거짓이라고 여기리라.

그리고 자신이 일찍이 어떤 죄를 지었는지 미키는 아직 모른다…….

하지만 아무래도 상관없었다. 일분일초를 다투는 상황이다. 어쩌면 히로키의 목숨이 달려 있을지도 모른다.

2층으로 돌아가자 타카자와는 여전히 공구함을 뒤적이고 있었다.

"비키세요. 제가 열겠습니다."

어깨를 붙잡자 타카자와는 놀란 듯이 자리를 비켜주었다.

아이다는 숄더백에서 접이식 우산을 꺼냈다. 손잡이를 잡고 우산대 중간에 있는 돌기를 누르자 우산대에 숨겨둔 막대기 모양 물체가 쑥 빠져나왔다.

두 사람은 아이다가 뭘 하려는지 몰라 그저 가만히 바라보기만 했다.

아이다는 막대기 모양 물체, '아이아이의 가운뎃손가락'이라고 이름 붙인 섬턴 돌리개를 드릴로 뚫은 구멍 안으로 집어넣었다.

2

아이다 아이이치로는 '섬턴의 마술사'라는 별명을 지닌 프로 절도범이다.

태어났을 때 부모님이 붙여준 이름은 마츠쿠라 아이이치로였다. 마츠쿠라 가는 대대로 이어져 내려온 유복한 개업의 집안이다. 처음에는 누나 미도리가 의사가 되리라는 기대를 한 몸에 받았지만, 장남 아이이치로가 태어나자 바로 바통이 넘어와서 초등학생 때부터 가정교사와 함께 죽을 둥 살 둥

공부하는 하루하루가 시작되었다. 하지만 고등학교 3학년이 되자 아이이치로는 숨 막힐 듯한 생활과 부모님의 심한 잔소리를 더 이상 견딜 수 없어 충동적으로 집을 뛰쳐나왔다. 얼마 동안은 친구와 친구의 친구 집을 전전했다. 다행이라고 할까, 자식이 느닷없이 친구를 데려와 집에서 재워도 무관심한 부모가 놀랄 만큼 많았다. 가출한 아들에게 정나미가 떨어져서 행방을 제대로 찾아보려고도 하지 않은 아이이치로의 부모 역시 똑같은 부류였는지도 모르지만.

군식구를 기다리고 있는 운명은 대개 비슷하다. 이윽고 어딜 가도 반겨주질 않아 아이이치로는 머물 곳이 없어졌다. 번화가를 서성이던 아이이치로에게 접근한 것은 그쪽 세계에서는 유명한 빈집털이범이었다.

빈집털이범은 아이이치로에게 망을 보게 했다. 경찰이나 집주인 같은 사람이 다가오면 휘파람을 불어 신호하는 것이다. 아이이치로가 망을 보는 동안 빈집털이범은 피킹으로 자물쇠를 열고 침입해서 4~5분 만에 금품을 털고 도주했다.

두 사람의 콤비 플레이는 성공적이었다. 평범하게 생긴 데다 사람 좋아 보이는 아이이치로는 어지간해서는 의심을 받지 않고, 뜻밖일 만큼 눈치가 빨라서 망을 보는 역할에 안성맞춤이었다. 빈집털이범은 아이이치로 덕분에 안심하고 눈앞의 자물쇠에 집중할 수 있었다.

빈집털이범은 아이이치로에게 피킹 기술도 전수했다. 날 때부터 손끝이 야무지고 감이 좋았던 아이이치로는 순식간에 기본적인 기술을 익혀 디스크 실린더 자물쇠라면 1~2분, 그 밖의 자물쇠도 숙련된 열쇠수리공 뺨치게 빨리 열 수 있게 되었다. 그러다 함께 일한 지 3년 정도 지났을 때 문득 의문이 솟아올랐다.

문이나 자물쇠에 흔적을 남기지 않고 일을 끝내도 현금이나 귀금속이 몽땅 없어진 줄 알면 집주인은 바로 도둑맞았다고 여길 것이다. 그렇다면 자물쇠 열기에 연연하기보다 침입하는 데 걸리는 시간을 단축하는 편이 현명하지 않을까?

그래서 아이이치로가 점찍은 것이 바로 섬턴이었다.

섬턴이란 실내에 달린 자물쇠의 손잡이다. 어떤 방법으로 문 밖에서 섬턴을 직접 돌릴 수만 있다면 피킹 작업처럼 번거롭게 열쇠구멍 속의 실린더 핀을 하나하나 맞출 필요 없이 문을 열 수 있다.

아이이치로는 또한 대부분의 집에 달린 현관문의 몹시 취약한 만듦새에 주목했다. 거품 경제의 절정기였던 당시, 방범이라는 측면에서 볼 때 분양주택의 현관문 대부분은 종이박스로 만들어진 것이나 다름없었다.

우선 대다수의 현관문에는 우편물을 넣기 위한 우편 투입구가 딸려 있다. 거기로 긴 막대기를 집어넣으면 간단히 섬턴에 닿는다. 우편 투입구가 없더라도 채광을 위해 붙박이창을 낸 문 역시 많았다. 원래 그러한 창문에는 방범용 합판유리나 두꺼운 강화유리를 사용해야 하지만 보통은 그냥 판유리였다. 화려한 스테인드글라스가 끼워져 있는 걸 보았을 때는 자신도 모르게 웃음이 터져 나왔다.

또한 방범성이 높다고 일컬어지는 맨션이나 연립주택 역시 사정은 마찬가지였다. 어찌된 일인지 문에 사용되는 철판은 해가 갈수록 얇아져서 최근에는 날카로운 송곳으로 찌르면 쉽게 구멍이 뚫릴 정도다.

아이이치로가 창안한 수법은 간단했다. 일단 문에 우편 투입구 따위의 개구부가 없으면 소리가 나지 않는 핸드드릴로 문에 구멍을 뚫는다. 전기드릴보다는 시간이 걸리지만 드릴 비트가 뚫고 들어갈 때까지 고작 30초도 걸리지 않는다.

다음으로 그 구멍에 '아이아이의 가운뎃손가락'을 쑤셔 넣는다. 여기에는 긴 손가락과 짧은 손가락 두 종류가 있는데, 긴 손가락으로는 우편 투입구 따위의 멀리 떨어진 개구부로 집어 넣어 섬턴을 돌릴 수 있다. 반면, 짧은 손가락은 섬턴 옆에 구멍을 뚫어 사용하는 것으로, 5년 만에 타카자와 가를 방문하면서 아이이치로가 들고 온 것은 이 짧은 손가락이었다.

양쪽 다 얼핏 보기에는 그저 쇠막대기에 불과하지만, 앞쪽에다 와이어를 조작해 구부릴 수 있는 관절을 달았고 끝부분은 고무로 덮어 싸서 손가락 같은 형태로 만들었다. 이 손가락이 섬턴에 닿기만 하면 순식간에 돌려서 자물쇠를 열 수 있다.

그 무렵 아이이치로는 빈집털이범의 양자가 되어 아이다 아이이치로로 개명했다. '아이아이'란 아이이치로의 애칭이자 마다가스카르에 서식하는 진귀한 원숭이의 이름이기도 했다. 〈아이아이, 아이아이, 원숭이입니다〉라는 노래로 유명한데, 진짜 아이아이 원숭이는 현지에서 악마의 사자라고 불릴 만큼 으스스하게 생긴 원숭이로, 나무를 갉아서 낸 구멍에 유난히 가늘고 긴 앞발 가운뎃발가락을 쑤셔 넣어 벌레를 잡아먹는 습성이 있다.

아이이치로는 그 뒤로도 '아이아이의 가운뎃손가락'을 계속 개량했다. 5년 전에 수감되기 직전에는 톱니가 달린 시제품이 완성되어 있었다. 그것은 섬턴 돌리기 기술을 방지할 목적으로 보급된 플라스틱 덮개, 섬턴 가드를 부수기 위한 계책이었다.

그리하여 무사히 침입한 후에는 범행이 늦게 발각되도록 부단한 노력을 했다. 빛이 투과하지 않도록 핸드드릴로 뚫은 구멍을 지점토로 막고 바깥쪽에는 도라●몽이나 피카★ 따위의 애니메이션 스티커를 붙였다. 그러면 근처 사람이 우연히 보더라도 수상하게 여기지 않는다.

양아버지인 빈집털이범이 전립선암으로 세상을 떠난 뒤, 아이이치로는 스스로 개발한 수법을 무기로 홀로 섰고, 순식간에 전국 도둑들의 본보기가 되었다. 한때 아이다의 월수입은 수백만 엔에 이르렀지만 나쁜 짓으로 모은 돈은 오래 가지 않는다는 말대로 전부 도박이나 유흥비로 날려버렸다.

그리고 지금으로부터 5년 전에 말도 안 될 만큼 불운한 우연이 겹치는 바람에 결국 체포되었다. 아이다는 목표로 삼은 집을 한 달쯤 전부터 감시했는데, 운 나쁘게도 그 집에 8년 동안 한 발짝도 밖으로 나오지 않은 은둔형 외톨이 아들이 있는 줄 몰랐다.

하물며 그 아들이 정신이 몹시 이상해져서 누구든 좋으니 사람을 죽여보고 싶다는 무시무시한 욕망에 사로잡혀 있으리라고는 상상도 못했다.

아이다는 모든 신경을 '손가락' 끝에 집중시켰다. 자신은 있었다. 5년의 공백은 길지만 감각은 녹슬지 않았다. 눈을 감아도 '손가락'의 감촉으로 섬턴이 어떤 상태인지 손바닥 들여다보듯이 훤히 파악할 수 있었다. 섬턴이 구멍 바로 위라는 이상적인 위치에 자리 잡은 덕분에 순식간에 자물쇠를 열 수 있을 것 같았다.

하지만…….

예상도 못했던 감촉에 아이다는 당황했다.

보조자물쇠의 섬턴은 원통형인 듯했다. 분명 왼쪽으로 돌리면 열리고 오른쪽으로 돌리면 잠기는 타입이리라.

하지만 아무래도 이상했다.

왼쪽으로 돌리려고 하자(문 바깥에서 작업하므로 아이다 입장에서는 오른쪽이다) 일찍이 그런 적은 한 번도 없었는데, '아이아이의 가운뎃손가락'이 미끄러졌다.

겉을 고무로 덮어 싼 '아이아이의 가운뎃손가락'은 아무리 미끄러운 표면에도 잘 밀착한다. 그런데 섬턴을 왼쪽으로 돌리려고 아무리 기를 써도 자랑하던 손끝은 줄줄 미끄러지기만 했다. 시험 삼아 오른쪽으로도 돌려보았지만 마찬가지였다.

"삼촌……. 힘내!"

미키가 낮은 목소리로 외쳤다.

어째서 이렇게 미끄러울까? 마찰계수가 낮은 불소수지 섬턴이라고 해도 도저히 이해가 안 되는 현상이다. 어쩌면 기름 같은 게 묻어서 젖었는지도 모른다. 톱니로 표면을 찍으면 안정적이겠지만 공교롭게도 오늘은 가져오지 않았다.

아이다는 지금까지 경력을 쌓으며 얻은 경험을 총동원하여 '아이아이의 가운뎃손가락'을 다루는 데 정신을 집중했다. 몇

섬턴 돌리개

번이나 섬턴 표면을 허무하게 긁다가 결국 단단히 밀착시키
는 데 성공했다.

좋아, 이대로 돌리는 거다.

원통형은 섬턴 중에서 가장 돌리기 힘든 축에 들어가지만
아이다가 신중하게 '아이아이의 가운뎃손가락'을 움직이자 천
천히 돌아가기 시작했다. 마침내 금속음이 울려 퍼졌다. 문
을 고정한 데드볼트가 자물쇠 속으로 들어간 것이다.

"열렸다!"

아이다는 '아이아이의 가운뎃손가락'을 구멍에서 빼내고
문손잡이를 돌리면서 문을 밀었다.

문은 몇 센티미터 정도 밀리다가 새로운 저항에 부딪쳤다.

뭔가가 또 문이 열리는 것을 방해했다.

문틈을 막으려고 뭔가를 붙였다……. 아이다는 절망감에 눈앞이 캄캄해졌다. 최악의 사태를 암시하는 상황이었다.

혼신의 힘을 다해 문을 세차게 밀었다. 문 주위에 붙어 있던 비닐테이프 같은 것이 뜯어지는 소리가 났다. 겨우 이 상황이 무엇을 의미하는지 알아차린 미키가 등 뒤에서 숨을 삼켰다.

되밀려는 공기에 저항하면서 테이프를 뜯고 문을 열었다. 밀폐되었던 실내에서 미지근한 바람이 불어 나왔다.

종이테이프 조각 같은 것이 공중을 떠돌다가 아이다의 가슴팍으로 떨어져 내렸다. 반사적으로 그것을 낚아채며 방 안을 둘러보았다.

온도 변화를 감지한 듯 방 안의 에어컨에 불이 들어오더니 소리를 내며 작동하기 시작했다.

방 안쪽의 창문도 은회색 비닐테이프 같은 것으로 단단하게 틈이 막혀 있었다. 창문 바로 밑에는 실외용 바비큐 그릴이 놓여 있었다. 반으로 자른 드럼통에 다리가 달린 듯한 형태로, 높이는 50~60센티미터쯤 되리라. 그릴 속에는 거의 재로 변한 연탄이 들어 있었다.

묘하게도 방은 온통 크리스마스 장식 같은 것으로 가득했다. 천장에는 색색의 종이테이프로 만든 추름과 고리 모양

장식이 붙어 있었고, 오른쪽 벽에는 큼지막한 켄트지를 셀로 판테이프로 붙여놓았다. 그리고 그 위에 빨간색과 녹색 종이테이프로 '잘 있어'라는 글자를 만들어놓은 것이 눈에 들어왔다. 왼쪽으로 시선을 돌리자 침대 위에 파란 운동복을 입은 남자아이가 누워 있었다.

"히로키!"

아이다는 달려가서 목에 손을 댔다. 말도 안 돼. 이런 일이. 어쩌다 이런 일이. 하지만…… 이미 늦었다.

"오빠!"

자리에서 일어난 아이다는 뒤에서 다가온 미키를 끌어안았다.

"놔! 오빠! 삼촌, 오빠 어떻게 된 거야? 괜찮지? 괜찮은 거지?"

"안 돼. ……두 사람 다 빨리 나와!"

뒤에 서 있던 타카자와가 벼락같이 뛰어 들어오더니 두 사람을 끌고 방 밖으로 나갔다.

"이 방은 아직 일산화탄소로 가득 차 있을지도 몰라요."

"히로키는……."

아이다는 그저 멍하니 타카자와의 얼굴을 쳐다봤다.

"음, 안타깝게도 자살한 것 같군요."

미키가 울음을 터뜨렸다.

이것이 실제로 일어난 일이라니, 도저히 실감이 나지 않았다.

일산화탄소를 마신 탓에 가슴이 이렇게 답답한 걸까. 기분이 몹시 나빴다. 마치 5년 전의 악몽이 느닷없이 되살아난 듯했다.

그 당시 아이다는 자신의 인생은 완전히 끝장났다고 생각했다.

두 사람이 싸우다 한 사람이 사망한 경우, 재판을 받으면 100이면 99는 침입자가 불리하다. 때문에 정당방위였다는 아이다의 주장은 수많은 상황증거에도 불구하고 인정되지 않았다.

그래도 그때는 금방 마음을 정리할 수 있었다. 애당초 계기를 만든 건 자신이고, 상대가 죽은 것도 사실이니까.

하지만 이번에는…….

왜 이런 일이 벌어졌을까. 한 가지 확실한 건 이제 두 번 다시 히로키를 만날 수 없다는 사실이다.

도대체 왜 열일곱 살 먹은 소년이 죽음을 선택해야 했을까.

그것도 5년 만에 자신이 찾아온 날에. 하루만 더 일찍 찾아왔으면 말릴 수 있었을지도 모른다. 후회로 가슴이 미어졌다.

아이다는 마치 혼이 빠져나간 것 같아서 경찰이 참고인 조사를 벌일 때도 멍청하게 그저 묻는 말에 대답만 했다.

현장 상황으로 보아 경찰은 자살이라고 단정 지은 모양이었지만, 아이다가 L자형 6각 렌치로 섬턴을 돌려서 문을 열었다고 진술하자 형사의 눈이 의심으로 빛난 듯이 보였다. 타카자와 가의 공구함 속에 있던 물건 중에서는 6각 렌치가 유일하게 섬턴 돌리개를 대신할 만한 것 같았지만, 실제로 시험해보자 밀착되지 않아서 둥그런 섬턴을 돌리기가 아주 힘들었다.

형사는 이야기를 듣기 전에 이미 아이다의 전과를 확인했다. 때문에 섬턴 돌리개를 숨겨서 가지고 다닌 게 아닌지 의심한 모양이다. 설령 그랬다고 해도 신속하게 문을 연 덕분에 히로키가 목숨을 건졌다면 정상을 참작하거나 어느 정도 묵인해주었을지도 모른다.

하지만 아이다가 문을 열었을 때 히로키는 이미 숨을 거둔 상태였다. 인명을 구조한 공적이 없다면 자물쇠를 여는 데 쓰는 특수한 도구를 소지했다는 죄만이 남는다. 가석방 중임을 고려하면 다시 수감될 가능성마저 있다.

그래도 원래대로 접이식 우산 속에 숨긴 '아이아이의 가운뎃손가락'을 찾지 못한 탓인지 형사도 더 이상은 추궁하지 않았다.

형사는 마지막으로 이제 됐다면서 아이다를 쫓아내듯이 손을 내저었다. 일반인을 대하는 것치고는 너무나도 거칠고 무례한 태도였다.

"……히로키는 정말로 자살한 걸까요?"

아이다는 자리에서 일어나면서 중얼거렸다. 형사는 눈을 들고 이제 와서 무슨 소리냐는 듯한 표정을 지었다.

"자살이 아니면 뭐라는 거요?"

"……도저히 못 믿겠습니다. 그 아이가 자살을 하다니. 절대로 그럴 아이가 아니에요."

"댁은 5년 전부터 한 번도 안 만났다면서. 그 사이에 어떻게 변했을지 알게 뭐요?"

"그건 그렇습니다만……."

아이다가 아직도 복역자인 듯이 차가운 눈으로 쳐다보던 형사의 표정이 갑자기 누그러졌다.

"뭐, 당연히 믿고 싶지 않겠지. 하지만 저건 전형적인 자살 방식이거든."

"전형적인 자살 방식?"

"얼마 전에 유행한 연탄자살의 변형이지. 방의 틈새를 모두 막고 바비큐 그릴에 연탄을 넣고 불을 붙인 거야. 시체를 확인한 검시관의 소견도 자살을 뒷받침하는 확실한 증거고. 얼굴빛이 분홍색이었지? 그건 일산화탄소 중독사의 특징이거든."

"하지만 그 방은…… 뭐랄까, 이상하지 않았습니까?"

종이테이프 장식. '잘 있어'라는 글자를 붙인 종이. 히로키에게 어울리지 않을 뿐 아니라 어지간히 정신이 이상하지 않고서야 그런 짓은 하지 않을 것 같았다.

"누구든 자살하기 직전에는 제정신이 아닌 법이요. 우리는 오히려 그걸 보고 아아, 자살이구나 하고 감이 딱 왔다니까."

아이다는 말문이 막혔다. 뭔가 아니다 싶었다.

"……그리고 자살이 분명하다는 건 댁이 제일 잘 알 텐데? 그 방은 사망한 히로키 말고는 아무도 못 들어가는 상태였으니까."

확실히 그건 그렇다. 밖에서 그 문을 잠그기는 도저히 불가능해보였다. 게다가 안쪽의 문틀과 문 사이에는 비닐테이프가 단단히 붙어 있었다.

"뭐, 발견한 사람이 모두 공모해서 거짓말을 했다면 이야기는 별개지만. 아니, 물론 이건 말이 그렇다는 거요. 그런 생각이라도 하지 않는 한, 자살로 받아들일 수밖에 없는 상황이거든."

형사의 말에 반박할 여지는 없었다.

그래도 마음속에는 응어리 같은 위화감이 남았다.

아이다가 위화감의 정체를 파악하지 못하고 갈팡질팡하는

사이에 현장검증이 끝났다. 경찰은 히로키의 시신을 밖으로 옮긴 후, 현장인 히로키의 방에 노란 테이프로 출입금지 표시를 하고 물러갔다.

아이다는 갑자기 미키가 걱정되었다.

부모님이 돌아가시고 단 하나뿐인 오빠까지 잃은 충격이 얼마나 클까.

"미키는 어디 있습니까?"

타카자와에게 묻자, "글쎄요. 자기 방에 있을 것 같은데요."라는 대답이 돌아왔다.

미키의 방문을 두드렸다. 대답은 없었다.

문을 살그머니 열자 미키는 바닥에 털썩 주저앉아 무릎을 구부린 채 침대에 얼굴을 묻고 있었다.

"미키. ……괜찮니?"

아이다가 묻자 미키는 몸을 약간 움직였다.

"이런 일이 일어나다니 아직도 믿기지가 않아. 히로키가 설마 이런 짓을……."

그러자 미키는 상반신을 들고 이쪽을 쳐다봤다. 얼굴은 눈물로 흠뻑 젖었지만 눈에는 상상도 못 할 만큼 험악한 빛이 깃들어 있었다.

아이다는 당황해서 미키의 어깨에 얹으려던 손을 거두었다.

"미키……."

"왜? 왜 이렇게 된 건데?"

히로키가 자살한 이유를 묻는 줄 알고 아이다는 힘없이 고개를 저었다.

"그건 몰라."

"몰라? 왜 겨우 삼촌을 만날 수 있었던 날에 오빠가 이렇게 된 건데?"

아이다는 말을 머뭇거렸다.

"그건…… 정말 우연이야. 아니, 하루만 더 일찍 왔다면 히로키를…… 말릴 수 있었을지도 몰라."

"그럼 그건 뭐야?"

"응?"

"삼촌이 우산 속에 숨긴 그 이상한 도구는 뭐냐고?"

"그건."

아이다는 대답이 궁했다.

"대답해. 어째서 그런 걸 가지고 있었어?"

"미키……."

"친한 것처럼 이름 부르지 마!"

미키는 매섭게 아이다의 말을 싹둑 잘랐다.

"그리고 경찰이 오기 전에 왜 그렇게 허겁지겁 숨긴 거야? 삼촌, 문 열 때 다른 도구를 썼다고 거짓말했지? 다 들었어!"

뭐라고 변명할 말이 없었다. 복역하기 전에는 미키와 히로키의 신뢰를 저버릴 만한 짓을 생업으로 삼았으니까.

"미키가 이상하게 여기는 것도 당연해. 지금까지 숨겨왔던 비밀이 있어. 다 설명할게."

"나가!"

미키는 비통한 목소리로 고함을 질렀다.

"이제 아무도 못 믿겠어!"

미키는 다시 침대에 얼굴을 묻었다. 말을 걸려던 아이다는 결국 입도 벙긋하지 못했다.

날카롭게 찌르는 듯한 통증이 아이다의 가슴속 깊은 곳을 헤집었다.

5년 만에 찾아와서 다시 만날 수 있다는 꿈에 부풀어 올랐을 때 히로키를 잃었다. 그리고 이제는 미키도……

아이다는 마치 몸의 반쪽이 떨어져 나간 것만 같은 상실감에 빠져들었다.

3

"그렇군요. ……알겠습니다."

아오토 준코는 동정심을 담은 목소리로 말했다.

"그런데 저한테 뭘 의뢰하고 싶으신 거죠? 이야기를 들어보니 히로키 군은 틀림없이 자살한 것 같은데요."

아이다는 말하는 내내 기도하듯이 깍지를 끼고 있다가 그제야 얼굴을 들고 준코를 쳐다봤다. 더벅머리에 기다란 얼굴, 쑥 들어간 눈 주위는 거무스름했다. 검은색과 흰색 투톤의 스타디움점퍼를 입어서 그런지 붙임성 있는 말상 판다같이 느껴지기도 했지만, 선입관 탓인지 아무래도 범죄자처럼 보였다.

"아니요, 히로키는…… 절대로 자살한 게 아닙니다."

아이다의 말에 준코는 어안이 벙벙해졌다.

"자살이 아니라고요? 무슨 근거라도 있나요?"

"히로키에게는 죽어야 할 이유가 전혀 없었어요. 아무리 꼼꼼히 조사해도 아무것도 안 나왔습니다. 히로키의 반 친구들한테도 물어봤는데 아무도 짐작 가는 바가 없다더군요. 무엇보다 히로키가 미키를 놔두고 혼자 저세상으로 가다니 말도 안 됩니다. 그 아이는 동생을 끔찍하게 아꼈다고요! 5년이나 못 만났지만 그 성격만은 변하지 않았을 겁니다. 게다가 유서도 없었지 않습니까?"

겨우 그 정도 근거로 자살이 아니라고 주장하다니 뜬금없다고 준코는 생각했다. 하지만 일부러 변호사를 찾아왔을 정도니까 본인은 자살이 아니라고 마음을 굳힌 것이 분명하다.

게다가 아이다의 옆에 있는 남자는 적어도 지레짐작만으로 움직이는 사람이 아니다.

"아오토 선생님. 애당초 경찰이 히로키 군의 죽음을 자살로 단정한 건 현장이 밀실이었기 때문입니다. 하지만 만약 밀실이 깨진다면 180도 바뀌어 살인일 가능성이 농후해지겠죠."

에노모토 케이는 전에 없이 진지한 표정을 짓고 있었다. 몸집이 작고 살결이 뽀얀 에노모토가 캐시미어로 만든 듯한 흰 스웨터를 입고 있자 머리가 좋은 북극여우 같은 분위기가 풍겼다.

"그 전에 묻고 싶은데, 아이다 씨랑 에노모토 씨는 도대체 어떤 관계예요?"

준코는 수상쩍다는 눈으로 두 사람을 쳐다봤다. 에노모토는 신주쿠에 있는 방범 숍의 점장으로, 지금까지 밀실 사건 몇 건을 해결하기 위해 도움을 받았지만 본업은 지키는 쪽보다 훔치는 쪽이 아닐까 하는 의심은 강해져만 갔다.

"옛 친굽니다."

에노모토는 성실함이 묻어나는 얼굴로 대답했다.

"혹시 동업자라거나…… 그런 건 아니고요?"

노골적으로 말하자면 공범자지만.

"동업자요? 아니요. 제가 알기로 아이다 씨는 방범 컨설턴트로 일한 적이 없을 겁니다. 그렇죠, 아이다 씨?"

"아, 뭐."

언제나 그렇듯이 에노모토는 밉살스럽게 시치미를 뚝 뗐다.

"……알았어요. 그런데 에노모토 씨는 밀실이 깨지리라고 생각하나요?"

"가능성은 있다고 생각합니다."

에노모토는 고개를 끄덕였다.

"저도 어제 이 이야기를 처음 들었을 때는 자살이라고 믿었습니다. 하지만 그 뒤에 경찰 관계자에게서 얻은 정보를 종합해봤더니 어쩌면 계획 살인이 아닐까 싶더군요."

"계획 살인이라면 범인은 누군데요?"

"타카자와 요시오 씨 말고는 없다고 봐야겠죠. 그는 하루 종일 집에 있었으니까요. 만약 범인이 따로 있다고 친다면 타카자와 씨 모르게 외부에서 침입해 히로키 군을 죽이는 것은 물론 밀실까지 만들고 도망쳐야 하는데 그건 불가능할 겁니다."

"하지만 도대체 어떻게 했다는 거예요?"

준코는 눈살을 찌푸렸다. 아까 이야기를 들어본 바로는 손을 쓸 방법이 전혀 없는 상황인 것 같았다.

"확실히 어려운 문제입니다. ……잠깐 정리해보죠."

에노모토는 메모지를 꺼내 경찰 관계자한테 확인했다는 정보를 시간 순서대로 소리 내어 읊었다.

일단 사건 당일 타카자와와 미키는 아침 10시쯤에 아침밥을 먹었다.

여느 때처럼 미키가 토스트와 베이컨에그, 토마토 샐러드를 만들었고, 타카자와가 커피를 끓였다. 그리고 나서 미키는 아침밥을 담은 쟁반을 오빠 방으로 들고 갔다. 이때는 히로키가 문을 열었고 특별히 불길한 징후는 없었다고 한다.

안쪽으로 열리는 문은 열면 뒤쪽이 보이지 않기 때문에 이 시점에서 보조자물쇠의 설치 여부는 알 수 없었다. 이미 달려 있었다면 문틀의 받이쇠가 보였을 테지만 미키는 기억하지 못했다. 또한 방 안에 들어가서 잠깐 잡담을 나누었지만 바비큐 그릴 같은 건 없었다고 증언했다.

"일단 히로키 군의 아침밥 말인데요. 커피에 강력한 수면제를 탔다면 어떨까요? 타카자와 씨라면 미키 양의 눈을 속여 간단히 탈 수 있었을 겁니다."

"뭐, 그건 충분히 가능할 것 같네요."

예전에 맡았던 살인 사건이 떠올랐다. 밀실 상태의 오피스 빌딩 사장실에서 잠든 사장이 상상을 초월하는 방법으로 살해당한 사건이다. 사장을 인사불성 상태로 만든 것은 커피에 든 수면제였다. 커피는 수면제의 쓴맛을 감추기에는 이상적인 용매, 즉 음료인지도 모른다.

잠깐만.

"그럼 히로키 군의 체내에서는 수면제가 검출됐나요?"

"혈액에서 대량의 플루니트라제팜이라는 약이 검출됐답니다. 이건 상당히 효과가 좋은 수면유도제예요. 방의 쓰레기통에는 빈 약봉지도 남아 있었고요. 몇 년인가 전에 타카자와 씨가 불면증으로 처방받은 약이라더군요."

하지만 연탄으로 자살할 때는 미리 수면제를 먹는 게 보통이다. 그러니 수면제가 검출된 것 자체는 이상하지 않다. 어디 보관하는지 알았다면 히로키도 손쉽게 찾아낼 수 있었으리라. ……그렇다고는 하나 타카자와의 약이라고 하니 어쩐지 의심스러운 것도 사실이다.

에노모토는 이야기를 계속했다. 얼마 후에 미키는 친구를 만나려고 외출했고, 타카자와는 1층 서재에서 수업에 쓸 교재를 준비했다. 타카자와는 과학을 싫어하는 중학생들의 흥미를 끌기 위해 다양한 방법을 동원해 실험을 한다고 한다.

그 뒤, 오전 11시쯤에 2층 히로키 방에서 전기드릴로 문에 구멍을 뚫는 듯한 소리가 들렸다. 타카자와가 2층으로 올라가자 히로키가 문에 보조자물쇠를 달다가 타카자와의 얼굴을 보자마자 문을 닫았다. 그때 문에 달린 보조자물쇠를 목격했다고 타카자와는 증언했다.

"하지만 그거 이상하지 않습니까? 히로키는 도대체 뭣 때문에 자기 방에 보조자물쇠를 달았을까요?"

아이다가 인내심이 한계에 다다른 듯이 외쳤다.

"저도 동감입니다."

에노모토도 옆에서 거들었다.

"사생활을 지키기 위해서라는 이유는 논외죠. 이제 곧 자살하려는 사람이 굳이 그런 고생을 사서 할 필요가 어디 있겠어요."

"도중에 발견돼서 자살을 방해받을까 봐⋯⋯. 그렇게는 생각할 수 없을까요?"

"예로부터 연탄 자살을 시도한 사람은 아주 많지만, 그러려고 자물쇠까지 달다니 금시초문이네요."

이것도 자살이 아니라는 근거로서는 상당히 미묘하다.

"그럼 만약에 히로키 군이 아니라면 범인, 그러니까 타카자와 씨가 달았다는 거군요. 그럴 경우에 납득이 갈 만한 이유는 있나요?"

"물론 현장을 밀실로 만들기 위해서죠."

에노모토는 당연하다는 말투로 말했다.

"이상한 건 보조자물쇠를 단 이유만이 아닙니다. 시간 경과도 꽤나 부자연스러워요."

"무슨 뜻이죠?"

준코는 뭐가 이상한지 짐작도 가지 않았다.

"히로키 군은 오전 11시쯤에 보조자물쇠를 달았다고 했습니다. 한편, 사망추정시각은 오전 11시에서 오후 1시 사이고요. 직장 안쪽 온도와 위장 속 내용물의 소화 상태에서 산출한 시각이 일치했으니 신빙성이 상당히 높아요. 일단 전후로 한 시간 정도 여유를 뒀다고 하면 정오 전후라고 봐도 무방하겠죠."

"……그렇다면 확실히 시간이 너무 없네요."

"예. 11시가 되어서야 보조자물쇠를 달다니 너무 늦습니다. 미리 방의 장식을 마치고 창문에 테이프를 발라뒀다고 쳐도, 그 다음에 방문을 테이프로 단단히 봉하고 바비큐 그릴에다 연탄을 피우고 수면제를 먹고 잠에 빠져야 하거든요. 게다가 연탄으로 자살할 경우, 준비를 마쳤다고 해서 바로 죽는 게 아닙니다. 네 평짜리 방의 일산화탄소 농도가 충분히 높아져서 숨이 끊어지려면 적어도 한 시간은 필요할걸요."

"경찰은 사망추정시각의 끄트머리인 오후 1시에 사망했다고 받아들인 건가요?"

"가령 그렇다고 해도 그 시나리오는 무리라고 생각합니다."

에노모토의 눈빛이 매서워졌다.

"애초에 일산화탄소는 연탄을 피우기만하면 저절로 발생하는 게 아니거든요. 무슨 방법으로 불완전 연소시켜야 해요.

몇 시간이 지난 끝에 실패한 예도 많습니다. 히로키 군이 이토록 짧은 시간에 연탄 자살에 성공했다면 놀랄 만한 솜씨라고 봐야겠죠."

"반대로 타카자와라면 아주 간단했을 겁니다."

아이다가 신음하듯이 말했다.

"과학 교사인 데다 실험이 자랑거리였으니 어떻게 하면 일산화탄소가 효율적으로 발생하는지 훤히 꿰고 있겠죠."

준코는 등줄기가 서늘해졌다.

"……11시 이후로는 참고가 될 만한 이야기가 거의 없습니다."

정오 무렵에 타카자와는 히로키의 방 앞에 놓여 있던 아침 식사 쟁반을 물렸다. 그때 말을 한 번 걸어보았지만 대답은 없었다고 한다.

"아침 식사 때 쓴 그릇은 어쨌나요?"

"타카자와 씨가 깨끗하게 설거지했답니다. 물론 커피 잔도요. 타카자와 씨는 평소 뒷정리를 잘하는 편은 아닌 듯한데 그날은 아주 바지런했던 것 같네요."

그 뒤로 오후 3시 전에 아이다가 찾아올 때까지는 별다른 일이 없었다고 한다.

"……확실히 약간 수상한 것 같기는 해요. 하지만 역시 밀실 수수께끼가 풀리지 않는 한, 범행은 불가능했다고 받아들이는 수밖에 없겠는데요."

준코는 에노모토에게 자신의 솔직한 심정을 털어놓고 물었다.

"에노모토 씨, 무슨 가설이라도 있나요?"

"없지는 않지만, 확인하려면 역시 현장을 직접 봐야겠어요."

에노모토는 묘하게 자신 있는 말투로 대답했다.

"그러니 아오토 선생님이 부디 두 팔은 물론 웃통까지 훌훌 걷어붙이고 나서주셨으면 하는데요."

여자한테 그런 말을 하다니 성희롱 수준이었지만, 준코는 그저 "뭘 하면 되죠?" 하고 재촉했다.

"일단 타카자와 씨에게 살인 동기가 있었는지 없었는지 변호사의 직권으로 조사해주셨으면 합니다. 저희도 조사하려고 했지만 개인정보의 벽이 높아서 꽤 힘들더라고요."

"도대체 어떤 종류의 동기인데요?"

아이다가 입을 열었다.

"누나는 돌아가신 부모님께 유산을 많이 물려받았을 겁니다. 그게 지금 어떻게 됐는지 모르겠어요. 혹시 히로키가 죽으면 타카자와가 이득을 얻는 입장에 있을지도……."

만약 그렇다면 엄연한 동기로 볼 수 있기는 하다.

"부모님의 유산이라고 하셨는데, 아이다 씨도 일부를 상속하셨나요?"

"아니요, 저는 전혀."

아이다는 고개를 저었다.

"어째서요?"

"상속권 박탈……이라고 하나요. 제가 범죄에 손을 댄 걸 부모님도 알고 계셨으니까요."

"부모님은 언제 돌아가셨죠?"

"지금으로부터 8년 전입니다. 누나가 타카자와랑 재혼하기 전이었습니다."

"하지만 그때 아이다 씨는 아직 체포되지 않았잖아요?"

범죄 행위를 이유로 일본 법원에서 상속권 박탈을 인정받으려면 보통 상속권을 박탈당하는 대상이 아주 중죄로 유죄 판결을 받아야 한다.

"……부모님이 돌아가셨을 때 이의 신청을 하지 않았어요. 집을 버린 인간이 유산을 받을 자격은 없다고 생각했고, 누나가 받은 다음에 히로키와 미키에게 물려주는 게 제일 나을 것 같았거든요."

아이다의 설명에 준코는 납득했다. 아이다는 유일한 육친인 조카들을 그만큼 사랑한 것이다.

"그리고 아오토 선생님께 한 가지 더 부탁드리고 싶은데요. 제가 현장을 볼 수 있도록 타카자와 씨와 교섭해주셨으면 합니다."

에노모토가 몸을 내밀었다.

"뭐, 교섭은 할 수 있는데요."

마치 심부름꾼을 부리듯이 이래라저래라 지시를 내리다니, 변호사 입장에서는 그다지 마뜩치 않았다. 준코에게 의욕이 없는 걸 알아차렸으리라. 아이다가 등을 쭉 폈다.

"아오토 선생님. 저는 어떻게든 사건의 진상을 알고 싶습니다. 이대로 넘어가면 히로키가 너무 불쌍하지 않겠습니까? 진실을 밝혀내서 그 아이의 한을 풀어주고 싶습니다."

아이다는 북받쳐 오르는 감정을 억누르듯이 숨을 크게 들이마셨다.

"그리고 사실은 미키가 더 걱정이에요. 만약 히로키가 살해당했다면 미키도 위험할지 모릅니다. 그것만은 꼭, 꼭 막아야 해요. 미키만은 무슨 수를 써서라도 지켜야 한다고요!"

아이다는 단숨에 말하고 나서 머리를 푹 숙였다.

"제발 부탁드립니다. 힘을 빌려주세요. 에노모토 씨도 아오토 선생님이라면 어떻게든 해주실 거라고 했어요."

준코는 한숨을 쉬었다. 곤경에 처한 사람의 지킴이를 표방하는 레스큐 법률 사무소의 변호사로서 이 의뢰를 냉담하게 거절할 수는 없다.

"알겠어요. 그럼 일단 타카자와 씨한테 전화해보죠."

"아니, 그것보다 우선."

에노모토가 또 끼어들었다.

"미키 양을 만나주시면 안 될까요?"

"그건 또 어째서요?"

"이 사건을 해결하려면 미키 양의 협력이 꼭 필요합니다. 뭐니 뭐니 해도 현장에 직접 있었고, 타카자와 가에 대해 뭔가 다른 정보를 가지고 있을지도 모르고요. ……하지만 현재 아이다 씨와 미키 양 사이에 깊은 골이 생긴 것 같습니다. 그래서 일단 미키 양의 오해를 푸는 게 먼저일 것 같아서요."

에노모토는 쓴웃음을 짓는 듯한 표정으로 말했다.

"제가 아이다 씨랑 같이 만나러 가도 분명 역효과겠죠."

확실히 에노모토가 따라가봤자 수상함이 곱으로 늘어날 뿐이다. 에노모토가 시키는 대로 따르는 것만 같아 마음에 들지 않았지만 도와주기로 했다.

"그렇군요. 알았어요. 제가 만나서 이야기해볼게요."

반물색 더플코트를 입은, 아담하고 영리해 보이는 소녀가 카페 안으로 들어왔다.

"아오토 선생님이세요?"

소녀는 주위를 두리번거리다가 조심스레 말을 걸었다. 여자 변호사의 예상치 못한 미모에(어디까지나 준코의 해석이지만)

약간 당황한 것 같았다.

"예. 타카자와 미키 양이죠? 갑자기 불러내서 미안해요."

미키는 코트를 벗고 준코의 대각선 방향에 앉아 주문을 받으러 온 웨이트리스에게 허브티를 부탁했다.

"오빠 일로 할 이야기가 있으시다면서요?"

"그래요. 아직 장례식 전이고 마음도 정리가 덜 됐을 거예요. 하지만 몇 가지 알려줬으면 해서요."

"잠깐만요."

미키는 매서운 말투로 준코의 말을 막았다.

"변호사님이 오셨다는 건 의뢰한 사람이 있다는 뜻이죠? 누구예요?"

준코는 한순간 대답을 망설였다.

"삼촌이죠? 맞죠?"

"예, 그래요. 저는 마츠쿠라 아이이치로 씨의 의뢰를 받고 왔어요."

미키는 잠시 아무 말도 없었다. 이윽고 허브티가 나오자 한 모금 마시고 나서 입을 열었다.

"삼촌의 진짜 성은 마츠쿠라가 아니죠?"

준코는 허를 찔렸지만 고개를 끄덕였다.

"맞아요. 현재 호적상 이름은 아이다 아이이치로예요. 어떻게 알았어요?"

"5년 전이었어요. 느닷없이 삼촌이 발길을 뚝 끊어서 이상했나 봐요. 오빠가 재판 기사를 찾아냈어요. 엄마는 성이 다르니까 우리가 모를 줄 알았나 보지만 '아이이치로'는 그렇게 흔한 이름이 아니잖아요."

"그랬군요⋯⋯."

영리한 남매구나 싶었다. 아이다가 복역했다는 사실을 이미 알고 있다면 허들은 하나 줄어든 셈이지만, 문제는 미키가 아이다에게 품고 있을 불신감이다.

"삼촌, 어떻게 지내요?"

준코의 마음을 꿰뚫어 보기라도 한 듯이 미키가 물었다.

"건강하세요. 다만 내내 미키 양을 걱정하고 계시죠."

미키는 다시 입을 다물었다.

"아이다 씨는 히로키 군의 죽음이 자살이 아니라고 생각하세요."

단도직입적으로 그렇게 말하자 미키는 충격을 받은 듯이 고개를 들었다.

"미키 양은 어떻게 생각해요? 히로키 군이 정말로 자살했다고 생각하나요?"

육친을 잃은 지 얼마 되지 않은 열다섯 살 소녀에게는 잔인한 질문일지도 모르겠다 싶었다. 하지만 무시하고 지나갈 수도 없는 질문이고, 완곡한 표현으로 포장해봤자 괴로움이 줄어들지도 않으리라. 그리고 아무래도 그 판단은 틀리지 않은 것 같았다.

"오빠는 절대로 자살 같은 거 안 해요!"

미키는 준코의 눈을 똑바로 쳐다보며 딱 잘라 말했다.

"어째서 그렇게 생각하죠?"

준코도 미키의 시선을 똑바로 받아들였다.

"저희는 무슨 일이든 서로 상의했어요. 분명 오빠는 은둔형 외톨이 기질이 좀 있기는 했지만 기운 없이 축 늘어져 있지는 않았다고요. 자살할 이유는 하나도 없어요."

미키는 분하다는 듯이 입술을 떨었다.

"그리고 오빠가 저만 남겨두고 자살할 리 없잖아요. 서로 힘을 합쳐 살자고 약속했단 말이에요."

"그래요……."

준코는 다정하게 고개를 끄덕였다.

"그런데 편지 한 장도 남기지 않고 죽다니, 말도 안 돼요. 절대 아니라고요. 아무도 믿어주지 않았지만……. 경찰도 마찬가지였고요. 하지만 정말로 아니에요. 믿어주세요!"

"알았어요."

미키의 말은 아이다의 이야기와 완전히 일치했다. 5년 동안 히로키를 만나지 못했으니 아이다의 이야기는 다소 에누리해서 들을 필요가 있겠다 싶었지만, 계속 같이 산 미키도 똑같이 생각한다면 정말로 자살이 아닐 가능성이 높지 않을까.

"그런데 오빠는 어쩌다 방 안에 틀어박히게 됐나요? 역시 어느 정도는 문제가 있었던 것 아닐까요?"

미키는 단호하게 고개를 저었다.

"괴롭힘을 당했다든가 그런 건 아니에요. 그저 학교에 가야 할 이유를 모르겠다고 그랬어요. 학교 선생님은 믿음이 안 가고 공부는 혼자서도 할 수 있다고요. 오빠, 성적은 좋았거든요. 고등학교 검정고시를 쳐서 대학에 가면 컴퓨터 관련 공부를 하고 싶다 그랬는데."

그렇게까지 장래를 진지하게 생각했다면 자살이라는 심증은 점점 더 의심스러워진다.

"학교 선생님한테 불신감을 품고 있었다니, 왜요? 선생님한테 무슨 문제라도?"

"담임인 히비노 선생님한테는 나쁘고말고 아무 감정도 없었던 것 같아요. 다른 선생님 이야기도 들은 적 없고요."

미키는 허브티를 입가로 가져가며 말했다.

"다만 교사라는 직함이 붙은 사람들을 지금까지처럼 순수하게 믿지 못하겠다고……."

"그건 또 어째서죠?"

미키는 준코의 눈을 쳐다봤다.

"그 녀석의 정체를 알았기 때문이라고 했어요."

"그 녀석이라뇨?"

"타카자와 요시오."

미키는 찻잔을 내려놓고 내뱉듯이 말했다. 준코는 목소리에서 긴장감이 배어나지 않도록 신중하게 물었다.

"혹시 두 사람은 타카자와 씨한테 학대를 받았나요?"

"아니요."

미키는 단박에 대답했다.

"육체적인 학대만이 학대는 아니에요. 왕따랑 마찬가지로 무시 따위의 정신적인 괴롭힘도 포함돼요."

미키는 잠시 생각에 잠겼다.

"⋯⋯하지만 역시 학대라고 할 만한 짓은 당하지 않았어요. 표면적으로는 몹시 다정하고, 뭔가 부탁하면 들어줄 때가 많으니까요."

"그런데 어째서 타카자와 씨를 그렇게 싫어하죠?"

"그 녀석은 우리 중학교 과학 선생이에요. 요네무라 덴지로

|사이언스 프로듀서로 불리며 실험을 통해 과학의 재미를 전하는 유명 과학자 – 옮긴이|

처럼 재미난 실험을 해서 그런지 학생들과 학부모 사이에서는 평판이 제법 괜찮죠. 과학 분야에는 그야말로 정통한 것 같고, 잘 모르는 사람이 보기에는 성격도 초연하게 느껴지나 봐요⋯⋯."

미키는 어떻게 설명해야 알아듣겠냐는 듯이 안타깝다는

표정을 지었다.

"하지만 오래 같이 지내다 보면 알아요. 그 녀석은 인간이 아니에요."

"인간이 아니라고요? 외계인 같다든가?"

자기표현에 서투른 이과형 인간 중에는 그런 오해를 받기 쉬운 타입이 있는 법이다.

"그런 느낌이 아니라 뭐랄까……, 아나콘다랑 같이 사는 것 같아요."

"아나콘다라니, 뱀 말이에요?"

"예. 그 녀석은 파충류, 냉혈동물이에요. 먹이가 충분해서 기분이 좋을 때는 조용히 지낼지도 모르죠. 하지만 배가 고파지면 태연하게 곁에 있는 인간을 잡아먹어버릴걸요."

준코는 미간을 찡그렸다. 이 아이는 지능도 높고 인간을 관찰하는 눈도 제대로인 것 같지만 아무래도 표현이 좀 과하다는 느낌이 들었다. 어머니의 재혼 상대인 만큼 색안경을 끼고 보는지도 모른다.

"하지만 타카자와 씨가 구체적으로 무슨 일을 저지른 건 아니죠?"

미키는 잠시 잠자코 있다가 결심한 듯이 입을 열었다.

"저질렀을 거예요……. 증거는 전혀 없지만."

"무슨 뜻이죠?"

"제가 초등학교 다닐 무렵인데요. 집 부근에 까마귀가 들끓은 적이 있어요. 근처 할머니가 몰래 먹이를 줬거든요. 그 녀석은 처음 한동안은 성가시게 여기는 것 같더니만, 어째서인지 얼마 후부터 먹이를 줬어요."

"그래서 어떻게 됐나요?"

"별달리 특이한 일은 없었어요. 하지만 웬일인지 해마다 까마귀 숫자가 줄어들더니 결국은 거의 눈에 띄지 않더라고요."

"설마 독이 든 먹이를 준 걸까요?"

구멍을 파고 까마귀 사체를 묻는 남자의 모습이 떠올랐다.

"녀석은 그렇게 금방 들통 날만 한 짓은 안 해요. 다만 먹이를 주기 전에 녀석이 무슨 책을 읽더라고요. 나중에 몰래 들여다봤는데, 농약에 관련된 책이었어요. 까마귀의 체내에 농축되면 알껍데기가 얇아져서 새끼를 깔 수 없다고 적혀 있었어요."

준코는 등골이 섬뜩했다.

"한번은 근처 공원에 노숙자가 산 적이 있었어요. 녀석은 치안이 나빠진다거나 땅값이 떨어진다며 투덜댔죠. ······그리고."

미키는 침을 삼켰다.

"결국 살던 텐트에 불이 나서 노숙자는 공원에서 쫓겨났어

요."

"설마 타카자와 씨가 불을 붙인 건 아니겠죠?"

"예. 이웃 사람이 수…… 무슨 화재라고 그랬어요. 노숙자
가 가지고 있던 어항이 렌즈처럼 작용해서 햇빛 때문에 불이
난 모양이에요."

아마도 수렴화재[볼록렌즈 모양의 투명한 물체에 집중된 태양광선이 가연물을
발화시켜 일어나는 화재 – 옮긴이]이리라.

"그럼 그건 사고 아닌가요?"

"하지만 그 어항은 본 기억이 있어요. 전에 우리 집에 있던
것과 똑같은 물건이더라고요. 어느 틈엔가 사라졌었죠. 녀석
이 노숙자한테 줬는지 어쨌는지는 모르지만요."

준코는 식은 커피에 입을 댔다. 문제가 심각하다 싶었다.
명백한 증거는 하나도 없지만, 만약 이 아이의 감이 정곡을
찔렀다면…….

"지금 한 이야기를 두고 오빠가 타카자와의 정체를 알았다
고 한 건가요?"

미키는 고개를 저었다.

"아니요. 아닐 거예요. 또 무슨 일이 있었던 것 같은데 오
빠가 저는 몰라도 된다고 했어요."

역시 그냥 넘어갈 수 없는 문제인 듯했다.

"이건 어디까지나 가정인데요. 미키 양이 보기에 타카자와

씨는 필요하다면 살인이라도 불사할 사람인가요?"

"예. 틀림없이 그 녀석이 오빠를 죽였을 거예요."

미키는 딱 잘라 말했다.

"어떻게 했는지는 모르겠어요. 녀석은 머리가 정말 좋으니까. 하지만 무슨 트릭을 써서 오빠를 죽이고 자살로 위장한거예요. 그러니까 저는 반드시 진실을 밝혀내겠어요. 그렇게라도 하지 않으면 오빠가 너무 가엾잖아요."

이야기의 뒷부분에서 목소리에 눈물이 섞이기는 했지만, 미키는 씩씩하게도 울음을 꾹 참았다.

"녀석은 저도 죽이려고 할 거예요. 하지만 지금 당장은 손을 대지 않겠죠. 오빠 다음으로 제가 바로 죽으면 의심받을게 뻔하니까. 그러니까 잠깐은 안전하겠죠? 그 사이에 반드시 증거를 잡아서…… 녀석이 사형당하도록 만들 거예요."

"알았어요."

미키는 관절이 하얘질 정도로 테이블 위에 놓은 주먹을 꽉 움켜쥐었다. 준코는 그 주먹에 손을 얹었다.

"같이 싸우자고요. 걱정 말아요. 제가 미키 양을 지킬 테니까. 아무리 교활한 범인이라도 반드시 꼬리를 잡아내고야 말겠어요."

4

타카자와 가족의 집은 유명한 호러 영화의 로케 촬영지였다는 도쿄 교외 주택가에 위치하고 있다.

"어서 오세요."

미키가 문을 열자 준코와 에노모토, 아이다 세 사람은 "반갑습니다." 하고 서로 상황에 어울리지 않는 인사를 하면서 줄줄 안으로 들어갔다.

"이러다 나중에 가택침입으로 고소당하는 건 아니겠죠?"

아이다가 걱정스러운 얼굴로 준코를 쳐다봤다.

"걱정할 필요 없어요. 미키 양이 불러들인 거니까요."

가석방 중이라서 그런지 아이다는 법률 위반에 특히 예민하게 반응했다. 준코는 도리어 미키에게 학교를 일부러 쉬라고 해서 속으로 켕겼다. 하지만 지금 같은 상황에서는 불가피한 일이다. 타카자와의 범행을 밝혀내지 못하면 미키의 목숨이 위태로울지도 모르니까.

"녀석은 학교에서 수업 중이니까 저녁까지는 안 돌아와요."

미키는 앞장서서 계단을 오르며 말했다. 준코는 손목시계를 쳐다봤다. 아직 오후 1시니까 조사를 하기 위한 시간은 충분할 것이다.

2층 복도 끝의 방에 쳐놓았다던 출입금지 테이프는 이미 자취도 없었다.

'F&F 시큐리티 숍'의 로고가 들어간 점퍼를 입은 에노모토는 닫힌 문 앞에 쪼그리고 앉아 드릴 구멍을 들여다보았다.

"뭐 좀 보여요?"

준코가 묻자 "맞은편 창문만 보이네요."라는 대답이 돌아왔다.

다음으로 문을 열고 방으로 들어가서 문 뒤쪽을 조사했다. 준코도 들여다보자 드릴 구멍은 히로키가 달았다는 보조자물쇠 바로 아래에 있었다. 간격은 겨우 2센티미터 정도다. 잘도 이렇게 절묘한 위치에다 구멍을 뚫었구나 싶었다.

에노모토는 문 주변을 손으로 문질렀다.

"테이프의 접착 성분으로 아직도 좀 끈적끈적하네요. 문틈을 막는 데 사용한 비닐테이프는 어떻게 했습니까? 처분했나요?"

"아니요. 전부 보관해뒀어요."

미키가 딱딱한 표정으로 대답했다.

"녀석은 경찰에게 허가를 받고 바로 벗겨내서 버리려고 했어요. 하지만 보관해두는 편이 나을 것 같더라고요. 분명 무슨 증거가 되겠다 싶었거든요."

미키의 재치에 준코는 다시금 감탄했다.

"그래서 벗길 때도 문에 자국이 남을 거라는 핑계로 제가 직접 벗겼어요. 드라이어 바람으로 덥히고 스티커 벗기는 도구로 조심해서……. 그리고 녀석이 봉지에 담아 쓰레기장에 내놓은 뒤에 몰래 가져왔죠. 지금까지 제 방 옷장 속에 숨겨 놨어요."

미키는 커다란 쓰레기봉지를 에노모토에게 건넸다. 에노모토는 쓰레기봉지를 벌리고 신중하게 내용물을 손으로 집어냈다. 문 주위를 막았을 때의 'ㅁ' 자 모양이 그대로 남아 있었다. 그리 흔하지 않은 은회색 테이프로 보통 검 테이프와 비교해 폭이 넓었다. 에노모토는 테이프 폭을 자로 재고 물끄러미 쳐다봤다.

"그 테이프가 왜요?"

준코는 물었다.

"그게…… 이건 폴리염화비닐로 만든 접착테이프입니다. 폭은 7.5센티미터로군요. 보통 가정에서는 그다지 눈에 띄지 않는 물건이라서요."

"뭔가 특수한 용도로 사용하는 테이프인가요?"

"특수하다고 할 것까지는 없죠. 배관의 이음매를 막거나 금속이 녹슬지 않도록 감는 데 쓰는 테이프입니다. 하지만 문틈을 막으려고 했다면 보통 검 테이프로도 충분했을 거예요. 어째서 이런 테이프를 썼을까요?"

준코는 테이프를 만져보았다. 상당히 얇고 부드러운 느낌이

들었다.

"범인이 트릭을 완성하기 위해 꼭 이 테이프를 사용해야 했다는 말인가요?"

"그렇게 봐야겠죠."

에노모토는 복잡한 표정으로 생각에 잠겼다.

"즉, 바깥에서 문을 봉하기 위해서는 그만큼 넓고 부드러운 테이프가 필요했다. 그런 뜻인가?"

아이다가 뭔가 떠오른 것처럼 말했다.

"무슨 뜻이야? 그런 테이프라면 가능해?"

미키가 날카로운 목소리로 물었다.

"응. 옛날에 텔레비전 드라마에서 본 것 같은 기억이 나는데……."

아이다는 복도 한가운데에 위치한 광의 문을 열었다. 공구함과 청소기 따위가 가지런히 정돈되어 있었다.

"에노모토 씨. 녀석은 이걸 사용한 게 아닐까?"

아이다가 꺼낸 것은 청소기였다.

에노모토의 무표정한 얼굴에는 변화가 없었다.

"문 가장자리에 반쯤 튀어나오도록 테이프를 붙여놓고 문을 닫아. 문틈에다 대고 청소기를 돌리면 청소기의 흡인력이 튀어나온 테이프를 바깥쪽으로 끌어당겨서 테이프가 문틈에 붙겠지. 그러면 문은 밀봉돼."

"대단하다, 삼촌! 바로 그거야!"

미키가 흥분한 목소리로 소리를 질렀다.

"음. 일단 실험해봐야지 알겠지만 아마도 그래 가지고는 잘 안 될 것 같은데요."

에노모토는 변함없이 뜨뜻미지근한 반응을 보였다.

"잠깐만요. 제가 새 테이프 가져올게요."

미키가 복도를 후다닥 달려갔다.

"어디 있는지 알아요?"

준코가 미키의 등에다 대고 물었다.

"예! 분명 있을 만한 곳은 거기밖에 없어요."

미키는 굴러떨어지지 않을까 걱정스러울 만큼 힘차게 계단을 뛰어 내려갔다. 그리고 채 2분도 지나기 전에 새 비닐테이프 롤을 들고 올라왔다.

"봐요! 이거 맞죠?"

분명하다. 준코는 미키가 내민 테이프를 보며 생각했다. 문틈을 막는 데 사용된 것과 똑같은 물건이었다. 은회색 테이프로 질감이 비슷한 절연테이프보다 폭이 훨씬 넓었다.

"미키 양. 그거 어디 있었어요?"

에노모토가 물었다.

"차고요. 광에 없으면 대개 거기 있어요. 너무 커서 광에 안 들어가는 물건이나 녀석이 과학 실험에 사용하는 소도구는 전부 거기 있거든요."

"혹시 오빠 방에 있던 바비큐 그릴도 평소에는 차고에 놓여 있었나요?"

"예."

에노모토는 팔짱을 끼더니 혼자 사유의 세계로 빠져들었다.

"……좋아. 그럼 바로 실험해볼까."

아이다는 방금 전 설명대로 문의 세로 부분을 따라 비닐테이프를 반 정도 튀어나오게 붙였다. 실험 결과를 확인하기 위해 미키가 방 안으로 들어가 문을 닫았다. 그리고 복도 콘센트에 청소기 플러그를 꽂은 다음 노즐을 문틈 부분에 대고 스위치를 켰다.

아이다는 한동안 틈을 따라 노즐을 위아래로 움직이다가 안에 있는 미키에게 말을 걸었다.

"미키, 어떠니?"

잠시 아무 대답도 없다가 "안 될 모양인가 봐."라는 의기소침한 대답이 되돌아왔다.

"안 돼? 왜 그럴까? ……테이프를 조금만 문틈에 가까이 대볼래?"

"역시 무리야. 전혀 끌려갈 생각을 안 해."

아이다는 문을 열었다. 비닐테이프는 아까 붙였을 때와 똑같은 상태였다. 이 방법으로는 문을 밀봉할 수 없을 듯하다.

"에노모토 씨. 어째서 안 되는 거예요?"

준코는 마치 에노모토의 탓이라는 듯이 날카롭게 물었다.

"아마 문틀의 모양 때문일 겁니다."

에노모토는 문틀을 가리키며 설명했다.

"장애물 없이 문 바깥둘레를 따라 틈이 나 있는 구조라면 흡인력이 강한 청소기로 테이프를 끌어당길 수 있을지도 모르죠. 하지만 대개의 방문은 외풍이 들어오지 않도록 턱이 진 문틀에 문이 딱 들어맞도록 되어 있어요. 그러므로 바깥쪽에서 빨아 당겨도 문틀이 방해가 되어 안쪽에 있는 테이프를 직접 끌어당길 수 없습니다."

준코는 낙담했다. 이것으로 문을 밀봉한 트릭에 대한 가설은 백지 상태로 되돌아갔다.

에노모토는 준코의 마음을 읽은 듯이 말했다.

"일단 문틈에다 테이프를 어떻게 붙였는지 알아내야겠죠. 이 수수께끼를 풀지 않는 한 이번 밀실을 깨기는 불가능할 겁니다."

"그러게요. 도대체 어떻게 방 밖에서 방 안쪽 문틈에 테이프를 붙였을까요?"

"그뿐만이 아니죠. 어떻게 붙였는가도 문제지만 그 이상으로 왜 문틈에 테이프를 붙일 필요가 있었느냐가 중요합니다."

준코는 뜻밖의 말을 듣고 어리둥절해졌다.

"예? 그야 연탄 자살로 위장하기 위해서겠죠."

"물론 테이프로 문틈까지 단단하게 막아두면 좀 더 자살다워 보이기야 하겠죠. 하지만 테이프가 없어도 별 상관 없습니다. 요즘 주택은 기밀성이 높아서 문틈 정도는 막지 않아도 충분히 연탄으로 자살할 수 있거든요."

"그건…… 그럴지도 모르겠네요."

준코는 곤혹스러웠다.

"하지만 밀실을 더욱 견고하게 만들 수 있잖아요?"

"물론 그런 효과는 기대할 수 있겠죠."

에노모토는 다시 팔짱을 꼈다.

"하지만 그 외에도 목적이 있었을 겁니다. 일부러 이런 특수한 테이프를 사용하면서까지 문을 밀봉해야 했던 이유가 있을 거라고요."

바로 아까 전에는 특수한 테이프가 아니라고 하지 않았던가? 이 남자는 도대체 무슨 생각을 하는 걸까?

"이번 밀실은 아마도 지금까지 맞닥뜨린 것 중에서 가장 깨뜨리기 어려운 밀실일 것 같네요. 하지만 우리 쪽에도 어느 정도 유리한 점이 있습니다. 범인이 어떤 인간인지 안다는 거죠. 이번 사건의 범인은 모든 것을 논리적으로 생각해 규명하는 이과 계열일 겁니다. 하지만 논리만 너무 고집하는 사고에는 약점도 있는 법이죠."

"약점이라니……. 도대체 무슨?"

거의 무적 같다는 기분이 드는데.

"일단 범인의 발상이 시작된 지점에 설 수만 있으면, 어떤 식으로 생각을 펼쳐나갔는지 뒤를 밟아가기 쉽다는 겁니다. 그래서 포커의 명인 중에는 이런 타입이 없습니다."

범인이 도박의 강자가 아니라는 소식은 그다지 낭보가 아닌 것 같다.

"하지만 발상이 시작된 지점, 그러니까 최초의 돌파구를 못 찾으면 아무 소용도 없잖아요?"

"이과 계열의 특징은 단순한 발상을 선호한다는 겁니다. 이번 사건의 범인도 가능한 한 단순한 계획을 세우려고 했을걸요. 만약 계획에 불가결한 요소가 아니었다면 테이프로 문틈을 막는 절차도 생략했겠죠. 즉, 문의 밀봉은 범인의 계획에서 빠뜨릴 수 없는 요소였어요. 그리고 이 테이프 역시 뭔가 명백한 이유가 있어서 골랐을 겁니다. 그 이유가 뭔지 알면 추리는 한 걸음 더 전진할 텐데 말이죠."

"미키 양. 이건 아주 중요한 일이니까 잘 생각하고 대답해요."

에노모토는 차근차근 알기 쉽게 설명하듯이 물었다.

"시신 발견 전후에 타카자와 씨가 방에 들어와서 뭔가 주 웠을 가능성은 없나요?"

미키는 무정하게 고개를 저었다.

"말도 안 돼요. 그럴 시간이 없었어요."

"정말로 그렇게 단정할 수 있겠어요? 미키 양은 그때 오빠 만 보고 있었죠?"

"그런데요."

미키는 고개를 갸우뚱하더니 말했다.

"그때 저는 오빠 방 바로 밖에 서 있었어요. 처음에 삼촌이 방에 들어가서 오빠 상태를 확인했어요. 그리고 제가……."

"맞아. 에노모토 씨. 역시 그럴 리 없어."

아이다도 고개를 끄덕였다.

"미키가 달려왔을 때 가까이 못 오게 뒤돌아서서 끌어안았 거든. 그때 타카자와는 여전히 방 밖에 있었어. 두 눈으로 똑 똑히 봤다고. 그리고 녀석이 갑자기 방으로 들어오더니 우리 를 끌어냈지. 방 안에 일산화탄소가 가득 차 있다나 뭐라나 하면서."

"그때 방 안에 연탄 타는 냄새가 남아 있었습니까?"

"그게…… 기억 안 나는데. 아마 냄새는 안 났을 거야."

"그렇다면 이미 환기를 끝낸 뒤였을지도 모르겠군요. 어쩌 면 그때 방에 일산화탄소가 없다는 게 들통 나지 않도록 두 사람을 급히 데리고 나왔는지도 모르겠어요."

에노모토는 팔짱을 끼고 생각에 잠겼다.

"에노모토 씨. 타카자와가 뭔가를 주웠다니 무슨 뜻이에요? 도대체 뭘 주웠다는 거예요?"

"확실하게는 모르겠지만 보조자물쇠의 섬턴을 돌려서 방을 밀실로 만들기 위해 무슨 트릭을 썼을 겁니다."

그렇게 말하면서도 에노모토는 확신이 없는 듯했다.

"어떻게 안쪽에다 테이프를 붙였는지는 아직 모르겠지만, 먼저 보조자물쇠를 잠근 방법을 생각해보죠. 만약 안쪽에 붙인 테이프가 없었다면 보조자물쇠의 섬턴에 감은 낚싯줄을 문틈을 통해 밖에서 당겨 잠글 수 있었을지도 몰라요. 하지만 틈은 테이프로 완전히 막혀 있었으니 이 방법은 불가능합니다."

"경찰도 일단 그 정도는 조사했습니다."

아이다가 준코를 향해 보충 설명했다.

"원래 이 문은 닫으면 틈이 거의 생기지 않아서 낚싯줄을 쓰기는 무리인가 봐요. 게다가 테이프까지 단단히 붙여놓았으니."

"그렇다면 무슨 장치랄까……, 기계장치가 있었지 않았을까 싶은데요."

에노모토는 섬턴에 손을 댔다.

"문 바깥에서 전파를 보내 원격조작으로 잠그는 장치요. 과학 교사니까 그 정도는 만들 수 있지 않겠어요?"

에노모토는 섬턴을 비틀어 보조자물쇠를 잠갔다. 그 순간 눈썹을 찡그리며 의아하다는 표정을 지었다.

이번에는 보조자물쇠를 열었다. 데드볼트가 들어가는 금속음이 울려 퍼졌다. 또 잠갔다가 다시 열었다. 어째선지 고개를 거듭 갸웃거렸다.

"다만 그렇다면 아이다 씨가 문을 열었을 때 그 장치가 보조자물쇠 주변에 남아 있었을 겁니다. 하지만 두 사람의 증언에 따르면 타카자와가 장치를 회수할 만한 기회는 없었어요."

"그 장치가 문에 달려 있었다면 방에 들어가자마자 단숨에 거두어들인 것 아닐까요?"

문손잡이 언저리라면 자연스럽게 손이 닿는 높이다. 준코는 그렇게 생각했지만 이번에는 아이다가 고개를 저었다.

"아니요, 그건 불가능합니다."

"어째서요?"

"테이프를 뜯어내려고 힘껏 밀어젖혀서 문은 이런 상태였거든요."

아이다는 문을 활짝 열었다. 보조자물쇠가 달린 문 안쪽이 벽에 밀착했다.

"이랬다면 문 안쪽에 달린 장치에는 손도 못 댔겠는데요."

"그렇습니다. 그 남자는 방에 들어오자마자 저희를 끌어당 겼어요. 끌어내는 데 겨우 1~2초밖에 안 걸렸고요. 문에는 손가락 하나 대지 않았고, 뭔가 다른 일을 할 만한 여유도 없 었습니다."

"그 후에 어떻게 했죠?"

"히로키가 죽은 게 확실해서 셋 다 1층으로 내려가 바로 경 찰에 신고했습니다. 경찰이 올 때까지 아무도 현장으로는 돌 아가지 않았고요."

그렇다면 가령 장치가 바닥에 떨어져 있었다고 해도 회수 할 기회는 없었던 셈이다.

준코는 시끄러운 소리를 내는 에노모토를 흘긋 쳐다봤다. 어린아이처럼 몇 번이고 잠갔다 열었다 하면서 보조자물쇠를 조사하는 중이었다. 그러더니 펜 라이트를 꺼내 받이쇠 안쪽 을 비추려고 했다.

"아까부터 도대체 뭐 하는 거예요?"

저도 모르게 악동 때문에 신경이 곤두선 보모 같은 말투가 나왔다.

"재미있는 걸 알아냈어요. 이 소리를 들어보세요."

에노모토는 섬턴을 돌려서 자물쇠를 열었다. 데드볼트가 들어가는 금속음이 울려 퍼졌다.

"그게 어쨌는데요?"

"이번에는 잠그겠습니다."

에노모토는 아까 전과는 반대 방향, 즉 시계 방향으로 섬턴을 돌렸다. 데드볼트가 튀어나와 받이쇠로 들어갔지만 소리가 희미해서 거의 알아들을 수 없었다.

"열 때는 소리가 나는데 잠글 때는 소리가 거의 나지 않죠. 묘하지 않습니까?"

"그게 그렇게 이상한 일이에요?"

"보통은 양쪽 다 비슷한 크기의 소리가 납니다. 이 소리는 보조자물쇠 내부의 메커니즘 때문에 발생하는 소리거든요. 그래서 왜 잠글 때만 소리가 나지 않는지 조사해봤는데요."

에노모토는 다시 한 번 자물쇠를 열더니 문을 조금 열고 다시 자물쇠를 잠갔다. 열 때와 똑같은 금속음이 울려 퍼졌다.

"어? 이번에는 왜 소리가 난 거지?"

옆에서 들여다보던 아이다가 이상하다는 듯이 말했다. 에노모토는 문틀에 달린 받이쇠 속을 펜 라이트로 비췄다.

"비밀은 데드볼트 받이쇠에 있는 것 같습니다. 속에 뭔가 들어 있어요."

에노모토는 핀셋을 꺼내 받이쇠 속에서 하얀 물체를 집어냈다. 어쩐지 어디선가 많이 본 듯한 물체였다.

"뭘까요? ……탈지면?"

"예. 받이쇠에 딱 맞도록 네모나게 잘랐어요."

데드볼트가 탈지면에 막혀서 보조자물쇠 내부에서 부품이 부딪치는 소리가 약해진 모양이다.

"문제는 누가, 왜 이런 짓을 했냐는 겁니다. 죽은 히로키 군이 그랬다고는 보기 힘들어요."

"당연히 범인이겠죠?"

이 보조자물쇠를 히로키가 달았다는 타카자와의 설명 자체가 극히 의심스러우니까.

"아마 그럴 겁니다. 그렇다면 범인은 중대한 실수를 저지른 셈입니다. 받이쇠에서 솜 정도는 언제든지 간단하게 꺼낼 수 있었을 텐데 말이에요. 논리만을 너무 고집하는 게 약점이라고 그랬는데, 준비와 실행은 완벽하지만 뒷정리는 서투른 타입인지도 모르겠네요."

"하지만 그게 그렇게 큰 실수예요? 기껏해야 그냥 탈지면 이잖아요?"

준코가 비꼬듯이 되물었다. 솜에 지문이 찍힌 것도 아닐 테고.

"아니요, 이건 아주 큰 실수입니다. 어쩌면 범인한테는 치명적일지도 몰라요."

에노모토는 진지한 표정으로 대답했다.

"물론 솜 그 자체는 대단한 물증이 아니지만 거기 포함된 정보가 문제죠. 범인은 보조자물쇠 소리를 지울 필요가 있었어요. 그것도 잠글 때만요. 이건 범행의 방법을 추리하는 데 물꼬를 터줄 유력한 실마리입니다."

"저기, 관계있을지 모르겠는데……."

아이다가 스타디움점퍼 호주머니에서 뭔가 꺼내더니 머뭇머뭇 입을 열었다.

"아까 에노모토 씨의 이야기를 듣다가 생각났는데, 혹시 이것도 장치의 일부 아니었을까요?"

세 사람은 기대하는 표정으로 아이다 주위에 모였다.

아이다의 손바닥 위에는 별다를 것도 없이 평범한 하얀색 종이테이프가 얹혀 있었다. 폭은 2센티미터가 안 되고 길이는 7~8센티미터쯤 될까. 양쪽 끝이 갈기갈기 찢어져 있었다.

살짝 잡아당기면 끊어질 만큼 얇은 종이테이프였다. 이걸로 섬턴을 돌릴 만한 장치를 만들 수 있을까.

"이건 어디서 찾으셨죠?"

"문을 연 순간 방 안에서 날아왔습니다."

아이다는 상황을 설명했다. 밀폐된 방의 문을 밀어서 억지로 열었을 때 공기압 때문에 날아오른 모양이다.

"경찰한테는요?"

"일단 참고인 조사를 받을 때 보여주기는 했는데, 전혀 관심을 안 보이더라고요. 경찰은 저를 의심스러워했거든요. 그래서 그대로 호주머니에 넣어두고 지금까지 까맣게 잊고 있었습니다."

에노모토는 아이다에게서 받아든 종이테이프를 유심히 들여다보았다.

"하지만 이런 게 떨어져 있다니 부자연스럽잖아요? 경찰은 어째서 무시했을까요?"

준코는 소박한 의문을 입에 담았다.

"시신을 발견했을 때 방 여기저기에 종이테이프로 만든 장식이 있었거든요. 바닥에도 남은 테이프 조각이 떨어져 있었고요."

그러고 보니 그런 이야기를 들었구나 싶었다. 아이다가 주운 종이테이프의 가치는 완전히 폭락해서 휴지조각으로 되돌아갔다.

하지만 종이테이프를 응시하는 에노모토의 눈은 반대로 점점 더 빛나기 시작했다. 그러더니 갑자기 미키를 향해 질문을 던졌다.

"방에 있던 종이테이프 말인데요. 언제 정리했죠?"

"문에 붙은 테이프를 벗기기 전이었을 거예요. 알고 보니 그 남자가 전부 버렸더라고요. '잘 있어'라는 문장까지도요. 그거 오빠의 유서였을지도 모르는데……."

미키의 눈에 눈물이 글썽거렸다.

"그건 가짜야. 히로키가 그런 걸 만들 리 없잖니."

아이다가 미키를 달랬다.

"그 종이테이프 조각에 무슨 중요한 의미라도 있나요?"

준코가 묻자 에노모토는 의미심장한 미소를 지었다.

"글쎄요. 어쩌면 이거야말로 결정적인 물증일지도 모르겠습니다."

"물증? 무슨 물증이요?"

"타카자와 요시오가 밀실 트릭을 사용했다는 물증이요."

에노모토는 돋보기를 꺼내 종이테이프를 자세하게 살펴보면서 중얼거렸다.

"타카자와 자신의 행동이 무엇보다도 이 종이테이프의 중요성을 나타내는 느낌이 듭니다. 문틈을 막는 데 사용한 접착테이프보다 종이테이프를 서둘러 처리했으니까요."

"하지만 그런 걸로 도대체 뭘 할 수 있다는 거예요?"

평범한 종이테이프 조각으로 이렇게나 견고한 밀실을 만들었다니 준코는 도저히 믿기지 않았다.

"그건 아직 모르겠습니다. 하지만 이 끝부분, 아무리 봐도 이상하지 않습니까? 가위로 자른 것도 아니고 손으로 찢은 것도 아니에요."

에노모토가 준코의 눈앞에 치켜든 종이테이프 끝부분은

확실히 기묘했다. 테이프는 마치 무딘 칼로 난도질 한 것처럼 갈기갈기 찢겨 있었다.

5

아이다와 미키는 쓰레기봉지에 든 'ㅁ' 자 모양 테이프를 신중하게 꺼내서 가능한 한 시신 발견 당시의 상태에 가깝게 만들려는 복원 작업에 애썼다.

그 사이에 준코는 레스큐 법률 사무소에 전화를 걸었다. 조회한 사항에 대해 회답이 있었는지 확인하기 위해서였다. 타카자와 미키와 히로키가 조부모에게서 상속한 유산은 도대체 어떻게 되었는가. 덧붙여 현재 남매와 타카자와 요시오의 법적 관계는 어떠한가.

"고마워. 덕분에 큰 도움이 됐어."

준코는 동료 이마무라 변호사에게 고마움을 표하고 전화를 끊었다. 적어도 동기에 관해서는 상당한 수확을 올렸다고 할 수 있으리라.

그리고 나서 아래층에서 들려오는 소리에 인상을 찌푸렸다. 세 사람이 각각 맡은 임무를 수행하는 동안 에노모토는 괘씸하게도 소파에 앉아 텔레비전을 보고 있었다.

계단을 내려가서 거실로 향했다. 에노모토는 소파 위에서 몸을 내밀고 대형 액정 텔레비전 화면을 뚫어져라 쳐다보고 있었다. 이따금 리모컨으로 영상을 빨리 돌렸다.

"뭐 좀 건졌어요?"

비아냥거리듯이 물어보자 에노모토는 화면에 시선을 고정한 채 고개를 끄덕였다.

"뭐, 여러 가지로요. 특히 타카자와 요시오라는 인물에 대해서는 잘 알았습니다."

에노모토는 화면을 가리켰다.

"인간성은 어쨌든 간에 과학 교사로서는 아주 우수한 것 같아요. 대부분의 실험은 요네무라 덴치로의 실험을 그대로 가져다 썼지만, 이따금 참신한 발상도 눈에 들어옵니다. 하여튼 학생들의 흥미를 끄는 데는 성공한 것 같네요."

에노모토가 세심하게 체크한 것은 타카자와가 중학교에서 실시한 과학 실험을 녹화한 DVD와 타카자와가 집필한 물리 참고서였다.

"라이덴 병|유리병 안팎에 금속박을 붙여서 만든 일종의 축전지 - 옮긴이.을 사용한 정전기 실험이나 빈 캔을 찌그러뜨려서 대기압의 크기를 실감시킨 실험은 자기 식으로 잘 바꿨다고 생각해요. 하지만 특히 흥미로웠던 건 이 책에 실린……."

"타카자와 씨가 유능한 과학 교사라는 건 잘 알겠는데요."

준코는 참다 못해 에노모토의 말을 잘랐다.

"이번 사건에 관련된 힌트는 좀 찾아냈어요?"

"……그렇죠. 이걸 한번 보세요."

에노모토는 DVD 영상을 2배속으로 앞으로 감았다. 백의를 입은 타카자와가 스펀지 공을 손에 들고 뭔가 말하고 있었다. 그리고 엎어둔 컵 세 개 중 하나에다 공을 넣고 천천히 뒤섞었다.

"이거 뭐예요?"

"보시다시피 마술입니다. 그것도 관객 바로 앞에서 펼치는 클로즈업 매직이라는 거죠."

"하지만 그게 뭐 어쨌는데요?"

"과학 실험을 할 때 싫증내는 아이들을 달래려면 마술 같은 프로그램도 필요합니다. 하지만 타카자와 씨는 단순히 마술과 비슷하다는 영역을 넘어서 마술 그 자체를 연출하죠."

에노모토가 무슨 말을 하고 싶은 건지 몰라 준코는 그저 멍하니 화면만 쳐다봤다.

"타카자와 씨는 마술이 취미였나요?"

"예. 참고서 프로필 란에 그렇게 쓰여 있더군요. 대학생 시절에는 마술 동호회 소속이었대요."

"하지만 그게 이번 사건과 무슨 상관인데요?"

"이를테면 이번 사건 그 자체가 클로즈업 매직이었다고 생각합니다."

에노모토는 DVD 영상을 일시 정지했다. 화면에 타카자와의 얼굴이 커다랗게 비쳤다. 입가에는 미소를 머금었지만 안경 속의 눈에는 웃음 한 조각 깃들어 있지 않았다. 준코는 등줄기가 부르르 떨렸다.

"무슨 뜻이에요?"

"범인에게는 관객, 그러니까 목격자가 필요했던 겁니다."

에노모토는 텔레비전을 껐다.

"하필이면 왜 5년 만에 아이다 씨가 방문한 날에 범행을 저질렀을까요? 물론 우연이 아닙니다. 범인, 즉 타카자와 요시오는 처음부터 아이다 씨를 이용할 생각이었어요."

"시신을 발견했을 때 증인으로 내세우려고요?"

"그렇죠. 그리고 한 가지 더. 타카자와는 뭔가가 필요했습니다."

에노모토는 오른손 집게손가락을 세우더니 갈고리처럼 구부려 보였다.

"도둑?"

"섬턴 돌리개요."

에노모토는 젠체하는 얼굴로 말했다.

"범행 현장이 밀실이었음을 경찰의 머릿속에 새겨주려면 방에 손을 대지 않은 상태로 경찰을 부르는 게 최고죠. 하지만 이번에는 그럴 수 없었어요."

히로키의 자살이 의심스러운 상황인 만큼 당연히 바로 문을 열 필요가 있었으리라.

"그래서 범인은 다른 계획을 세웠습니다. 자신이 뚫은 구멍에다 아이다 씨가 섬턴 돌리개를 집어넣어서 자물쇠를 열도록 유도함으로써 자물쇠가 확실히 잠겨 있었다는 증언을 이끌어냈죠. 그렇게 특수한 상황 아래서 '섬턴의 마술사'의 증언은 보통 사람의 증언보다 오히려 신빙성이 높을 테니까요."

"그렇군. 완전히 날 가지고 놀았어."

계단 쪽에서 목소리가 났다. 쳐다보자 아이다가 잔뜩 화가 난 듯이 눈썹을 씰룩이며 서 있었다.

"그 자식, 처음부터 날 이용할 작정이었어!"

"잠깐만요. 하지만 아이다 씨가 섬턴 돌리개를 썼을 때 분명 자물쇠는 잠겨 있었죠?"

준코는 아이다에게 다짐을 두었다.

"그건 틀림없습니다. 제가 그 자물쇠를 열었으니까요. 뭐, 상당히 애먹었습니다만."

"애먹었다고요?"

에노모토가 얼굴을 찡그렸다.

"어째서요? 아이다 씨, 그 정도 자물쇠는 순식간에 해치울 수 있잖아요."

"그야 그렇지. 하지만 어째선지 '아이아이의 가운뎃손가락'이 자꾸 미끄러지더라고. 혹시 섬턴에 기름이라도 발랐나 싶었는데 그런 것도 아닌 것 같고. ……역시 초조해서 그랬나."

"말도 안 돼. '섬턴의 마술사' 실력이라면 순식간에 열 수 있었을 텐데. 도대체 어떻게 된 거지?"

에노모토는 팔짱을 끼고 중얼중얼 혼잣말을 했다. 준코는 기가 막혔다. 지금 그딴 건 아무래도 상관없잖아. 절도 기술 향상을 위한 반성회는 나중에 하란 말이야.

"이야기를 원점으로 되돌리자고요. 아이다 씨가 범인에게 이용당했다는 건 알겠는데, 가장 중요한 밀실 트릭은 하나도 해명되지 않았잖아요?"

에노모토는 씩 웃었다.

"아니요, 이제 반 이상 알아냈습니다."

"정말요?"

"타카자와 씨의 실험 영상을 담은 DVD, 그리고 이 책 속에 중요한 힌트가 있었어요. 문틈을 테이프로 막은 방법과 그 이유는 거의 짐작이 갑니다."

에노모토는 아이다를 보고 물었다.

"문과 창문에 테이프는 다 붙였나요?"

"사건 당시랑 거의 똑같이 만들어놨어."

"그럼 거기서 설명하죠. 제 상상이 옳은지 그른지는 테이프의 상태를 보면 알 겁니다."

문과 창문 주변에는 은회색 테두리가 완성되어 있었다. 테이프의 접착력이 제법 약해졌는지 문과 창문 위에 셀로판테이프를 발라서 고정했다.

"문과 창문의 틈새에는 양쪽 다 폴리염화비닐로 만든 배관용 테이프가 붙어 있었습니다. 다만 각각 다른 방법으로 테이프를 붙였을 겁니다. 아마 창문 쪽은 평범하게 붙였겠죠."

에노모토는 테이프 롤을 들고 테이프를 붙이듯이 손을 움직였다.

"반면 이 문에는 다른 방법으로 붙였습니다. 무슨 트릭을 사용했다고 볼 수밖에 없어요. 미키 양이 아주 주의 깊게 테이프를 벗겨서 보관해준 덕분에 이 두 곳에 어떤 차이가 있는지 한눈에 알아볼 수 있었습니다. 아시겠어요?"

세 사람은 문 주변에 모여 테이프를 찬찬히 관찰했다. 비교하기 위해 일단 창문에 붙인 테이프를 확인하고 나서 다시 문을 쳐다봤다. 준코는 퍼뜩 놀랐다. 다른 두 사람도 마찬가지인 듯했다.

"주름이 잡혔어요!"

미키가 소리를 질렀다.

"작업할 때는 몰랐는데 이쪽, 문 주위의 테이프에만……

보세요, 여기저기 자잘한 주름이 잡혔죠?"

"정답입니다."

에노모토는 박수치는 시늉을 했다.

"이쪽 창문에 붙인 테이프에는 이런 잔주름이 없습니다. 롤에서 테이프를 잡아당기면서 붙이면 이렇게 주름이 많이 생길 리 없죠. 그렇다면 어째서 문에만 주름이 생겼을까요?"

"그건……."

준코는 대답하려다가 망설였다. 머릿속에서 무슨 그림이 보일락 말락 하는데.

"사람이 손으로 직접 테이프를 붙이지 않았다는 뜻인가요?"

에노모토는 고개를 끄덕였다.

"예. 여기를 잘 보세요. 문틀 위에 걸친 부분에만 잔주름이 잡혔습니다. 문에 붙은 부분에는 창문에 붙인 테이프와 마찬가지로 주름이 없어요. 즉 처음에 이 테이프는 문에 세로로 절반만 붙어 있고, 나머지 반은 떠 있는 상태였습니다. 아이다 씨가 아까 실험했을 때와 똑같이요."

범인은 문 가장자리를 따라 절반이 밖으로 튀어나오도록 테이프를 붙이고 문을 닫았다. 그런데 튀어나온 부분을 무슨 수를 써서 문틀에 붙였단 말인가.

"이거 어쩐지 테이프가 저절로 들러붙은 듯한 느낌인데."

미키가 중얼거렸다.

"확실히 그래. 하지만 그냥 내버려뒀는데 테이프가 저절로 붙을 리 없지. 에노모토 씨. 그 녀석은 어떻게 허공에 뜬 테이프를 문틀에 붙인 걸까?"

아이다가 몸을 내밀고 물었다.

"정전기로요."

에노모토는 대수롭지 않다는 듯이 말했다.

"정전기? 분명 비닐테이프는 정전기를 띠기 쉬울지도 모르지만……."

준코는 미간을 찌푸렸다. 정말 정전기 따위로 테이프가 문틀에 달라붙을까?

"실은 이 책 덕분에 가능하다는 걸 알았습니다."

에노모토는 타카자와 요시오가 쓴 물리 참고서를 들어 올렸다.

"여러분, 대전열帶電熱이라는 단어를 아십니까?"

셋 다 고개를 저었다.

"정전기에 대한 자세한 설명은 생략하죠. 하여튼 대부분의 물질은 마주 비볐을 때 플러스나 마이너스로 대전되죠. 대전열이란 정전기를 띠기 쉬운 순서대로 물질을 배열한 표입니다."

에노모토는 참고서를 펼쳐 세 사람에게 보여주었다. 거기에는 이런 표가 실려 있었다.

※주요 물질의 대전열

(+) ←플러스로 대전이 잘된다.

유리

머리카락, 모피

나일론

울

인조견사

목면

비단

비스코스

사람의 피부

아세테이트

폴리에스테르 아크릴

종이(나무)

에보나이트

마

고무

비닐론

폴리스틸렌

폴리에틸렌 셀룰로이드

셀로판

염화비닐

테플론

(−) ←마이너스로 대전이 잘된다.

"이걸 보면 알 수 있듯이 이 테이프의 원료인 염화비닐은 마이너스로 아주 잘 대전되는 성질을 띠고 있습니다. 크라프트지로 만든 검 테이프는 목록 한가운데에 있는 '종이'에 가까워 플러스로도 마이너스로도 대전되기 힘들죠. 그래서 타카자와는 염화비닐 테이프를 골랐을 겁니다."

"하지만 대전시킨다니, 구체적으로 어떻게요?"

준코는 물어보았다. 옛날부터 물리는 잘하지도 못했고 흥미도 없었다.

"어릴 적에 책받침으로 머리를 문질러서 머리카락을 띄워 본 적 없어요? 아까 말한 것처럼 정전기는 다른 물질을 서로 비볐을 때 발생합니다. 염화비닐을 마이너스로 대전시키려면 가능한 한 플러스로 대전되기 쉬운 물질과 비벼야 하죠. 이 경우에는 나일론이나 울이 이상적이겠군요."

에노모토는 자신이 직접 해 보았다. 문에 붙인 테이프를 떼어내고 염화비닐 테이프를 30센티미터 정도 잘라내어 세로로 절반을 문에 붙였다. 그리고 테이프 위를 입고 있던 스웨터 소맷자락으로 문지르고 재빨리 문을 닫았다.

테이프는 문틀이 끌어당기는 듯이 달라붙었다. 자잘한 주름이 수많이 잡혔다.

"한 군데만이 아니라 문 가장자리를 전부 붙이려면 요령이 필요할지도 모르겠네요. 하지만 일부만 문질러도 테이프 전체가 대전될 테고, 테이프 일부분이 문틀에 붙으면 주위의 테이프도 끌려갈 테니까 시간만 지나면 결국 전부 들러붙을 겁니다."

"제기랄!"

아이다가 무서운 목소리로 고함을 질렀다.

"그 자식. 이딴 식으로 사람을 속여 넘기다니……."

준코는 문득 의문이 생겼다.

"잠깐만요. 문 아래쪽은 어떻게 되죠? 옆이랑 달리 바닥과 문 사이에 공간이 없으니까 문을 닫기 전에 달라붙지 않을까요?"

"상상입니다만, 끝부분이 바닥에 달라붙지 않을 만큼 테이프를 가볍게 구부려뒀을 겁니다. 염화비닐은 열을 가하면 잘 구부러지거든요. 테이프 끝부분이 바닥에 쓸려도 파일 직물로 된 카펫이라면 떨어지지 않을 정도로 들러붙지는 않겠죠."

"음……, 그렇군요. 그럼 이걸로 밀실 트릭이 반은 해명된 셈이네요."

준코는 문을 봉인한 테이프를 만지면서 말했다.

"하지만 문을 굳이 이렇게 밀봉한 이유는 뭐죠? 연탄 자살을 실감나게 연출하기 위해서라는 이유 말고 다른 이유가 있다고 그랬죠?"

에노모토는 고개를 끄덕였다.

"실은 창문 틈에도 테이프가 붙어 있다는 말을 들었을 때 뭔가 다른 목적이 있겠거니 했습니다."

"창문이요?"

뜻밖이었다. 문에만 집중하느라 창문은 노마크였다.

"전에도 이야기했을 텐데, 이 사건의 범인은 쓸데없는 짓을 하지 않는 인간이에요. 그저 연탄 자살로 꾸미고 싶었을 뿐이라면 굳이 창문에까지 테이프를 붙일 필요가 없죠. 알루미늄 새시는 방범 성능은 어쨌거나 기밀성은 높거든요."

"기밀성이 뭐야?"

미키가 아이다에게 물었다.

"공기 같은 기체가 새어 나가거나 들어오지 않는다는 뜻이야. ……그렇다면 창문에 붙인 테이프는 방을 밀폐하는 것 말고 다른 역할을 했다는 말이야?"

아이다는 미간에 주름을 잡고 에노모토에게 물었다.

"아니요, 그게 아니에요. 틈을 막는다는 건 역시 기밀성을 높이기 위한 행위입니다."

에노모토는 수수께끼 같은 미소를 지었다.

"괜히 뜸들이지 말고 알아듣게 설명해요!"

준코는 참다못해 소리를 질렀다.

"알겠습니다. 요컨대 범인에게는 연탄 자살에서 요구되는 것 이상의 완벽한 기밀성이 필요했다는 뜻이에요."

"뭐 때문에요?"

"물론 밀실을 만들기 위해서죠."

밀실을 만들기 위해 기밀성을 높일 필요가 있었다. 도대체 무슨 뜻일까? 머리를 굴리던 준코는 문득 다른 의문에 맞닥뜨렸다.

"그만큼 완벽한 기밀성이 필요하다면 역시 이 문 아랫부분은 좀 불안하지 않을까요?"

문 아랫부분은 바닥에서 2센티미터 정도밖에 떨어져 있지 않고, 바닥에는 카펫이 빈틈없이 깔려 있어서 어딘가로 공기가 새어 나갈 것만 같았다.

"그렇군요. 확실히 정전기로 문틀에 테이프를 붙이기만 해서는 완벽하다고 말하기 힘들지도 모르겠어요. 하지만 그 후에 다른 힘이 문에 붙은 테이프를 안쪽에서 세게 내리눌렀습니다. 그 힘 덕분에 마침내 완벽한 밀실이 실현된 거죠."

"다른 힘이라뇨?"

준코는 눈살을 찌푸렸다.

"아까부터 수수께끼 같은 소리만 자꾸 늘어놓는 거 알아요? 좀 더 분명하게 말해달라고요. 범인은 또 무슨."

그때 갑자기 아래층에서 현관문 자물쇠가 열리는 소리가 울려 퍼졌다. 준코는 입을 다물었다.

"돌아왔다……!"

미키가 새파랗게 질린 얼굴로 말했다.

"타카자와 씨? 하지만 아직 수업이 안 끝났을 텐데?"

"몰라요. 하지만 다른 사람일 리 없잖아요. 어떻게 하죠?"

잔뜩 겁을 먹고 혼란에 빠진 미키의 어깨에 아이다가 손을 얹었다.

"괜찮아. 내가 있잖아."

"이건 오히려 좋은 기회일지도 모르겠군요."

에노모토는 아주 차분했다.

"대결합시다."

현관으로 들어온 사람은 한순간 움직임을 멈춘 것 같았다. 아마도 나란히 늘어놓은 신발을 보았으리라.

천천히 계단을 올라오는 발소리.

기척은 문 앞에서 멈췄다.

에노모토가 천천히 문을 안쪽으로 열었다.

"집을 비우신 사이에 실례했습니다. 타카자와 씨죠?"

타카자와 요시오는 에노모토보다 10센티미터도 넘게 키가 컸다. 높고 잘생긴 이마 아래에서 정사각형 티타늄 테 안경이 빛났다. 렌즈 안쪽의 총명해 보이는 눈은 괴물체라도 관찰하듯이 에노모토에게 못 박혀 있었다.

"맞습니다만, 도대체 누구신지요?"

준코는 타카자와가 눈을 거의 깜박이지 않는다는 것을 알아차렸다.

"에노모토라고 합니다. 이쪽은 아오토 준코 변호사고요. 아이다 씨는 잘 아실 테죠?"

"그런데 여기서 뭘 하시는 거죠?"

아무 감정도 깃들지 않은 타카자와의 눈이 준코를 시작으로 아이다를 거쳐 미키 쪽으로 움직였다. 마치 기계가 순서대로 스캔하는 것처럼.

"실은 아이다 씨와 미키 양께 조사를 해달라는 의뢰를 받았습니다. 숨진 히로키 군의 사인이 의문스럽다고 하셔서요."

준코는 상대가 불같이 화를 내리라 각오하고 말했지만, 타카자와의 무표정한 얼굴에는 아무런 변화도 없었다.

"그렇군요. 하지만 그런 일이 있으면 일단 저한테 연락을 주셔야 하는 것 아닌가요? 여기는 제 집입니다. 아무 연락도 없이 굳이 제가 집을 비운 사이에 찾아오다니 너무 몰상식한 행동인데요."

"지당하신 말씀입니다. 무례한 짓을 해서 죄송합니다. 진심
으로 사과드립니다."

준코는 일단 저자세로 나갔다.

"오늘…… 수업은 어떻게 하고 온 거야?"

얼굴은 창백했지만 미키는 타카자와를 똑바로 쳐다보며 물
었다.

"아아. 수업 시간을 줄이기로 했어."

"줄여? 그게 가능해?"

"비상근 강사로 바꿔달라고 했지. 연구에 할애할 시간이
필요했거든."

"경제적으로 불안정한 비상근 강사에서 교사가 되기를 원
하는 선생님은 많은 줄 압니다만, 건강에 문제가 없어 보이
는데 그 반대를 원하시다니 별일이로군요."

에노모토가 빈정거림으로도 받아들일 수 있는 투로 말했
다.

"돈 들어올 구석이 좀 생기셨나 봅니다?"

"과연. 역시 제가 용의자인가 보군요."

타카자와의 시선이 아이다에게 꽂혔다.

"하지만 히로키가 자살한 건 의심할 여지없는 사실이에요.
처남도 알 텐데요. 이 방은 안쪽에서 자물쇠가 잠긴 데다 문
에는 테이프까지 붙어 있지 않았습니까."

"안타깝게도 당신이 쓴 트릭은 벌써 반이나 알아냈어!"

아이다가 분노로 이를 악물며 내뱉듯이 말했다.

"트릭? 도대체 무슨 소린지?"

"당신이 정전기로 문틈에 테이프를 붙인 거 다 알아."

"정전기, 정전기라……. 그렇군. 그건 미처 몰랐네. 확실히 가능할지도 모르겠네요."

타카자와는 천천히 고개를 끄덕였다.

"하지만 가령 그걸로 테이프 문제가 해결된다고 쳐도, 잠겨 있던 자물쇠가 열리는 건 아니죠."

타카자와는 준코를 향해 돌아섰다.

"변호사님이라고 하셨죠. 애당초 저한테는 히로키를 살해할 동기가 없어요. 이런 연극을 꾸민 건 이 아이다 아이이치로라는 남잡니다. 이 남자는……."

타카자와는 뱀 같은 눈으로 아이다를 힐끗 쳐다봤다.

"상습절도범일 뿐만 아니라 5년 전에 사람을 죽여 강도살인죄로 복역했죠. 세상을 떠난 미도리도 행실이 나쁜 동생 때문에 생전에 얼마나 속상해했는지 모릅니다."

"하고 싶은 말은 그게 답니까?"

타카자와가 아무 감정도 담기지 않은 목소리로 대답했다.

"아니요, 아직 더 있어요. 이 남자가 저를 함정에 빠뜨리려는 이유도 대강 짐작이 갑니다. 입에 담기도 무섭습니다만,

친조카이자 아직 중학생인 미키한테 흑심을 품은 겁니다. 히로키가 자살한 걸 기회 삼아 제게 누명을 씌우고 미키를 맡아서 애인으로 삼으려는 거라고요."

미키는 귀를 막았다. 아이다는 타카자와에게 덤벼들려고 했지만 에노모토가 간신히 말렸다.

"변호사씩이나 되시는 분이 이런 남자가 하는 말을 믿고 너무 가볍게 행동하시면 곤란합니다. 아이의 허가를 얻었다지만 경우에 따라서는 가택침입으로 징계청구를 할 수도 있어요."

준코는 혀를 찼다. 이쯤에서 한 번 반격해두어야 하리라.

"타카자와 씨, 히로키 군을 살해할 동기가 없다고 하셨는데 제가 조사한 바로는 꼭 그렇지만도 않은 것 같은데요."

"무슨 조사를 하셨기에?"

"돌아가신 부인, 그러니까 타카자와 미도리 씨의 부모님은 히로키 군과 미키 양에게 막대한 재산을 남기셨더군요."

"그래요?"

미키가 처음 듣는다는 얼굴로 물었다.

"그래요. 금액으로 따지면 약 2억 엔씩."

"그럼 4억 엔?"

미키의 눈이 휘둥그레졌다.

"하지만 우리 말고 삼촌이 먼저 받는 거 아니에요?"

"할아버지와 할머니가 돌아가셨을 때 손자와 손녀에게 물려준다는 유언이 있었어요. 친자식에게는 유류분|일정한 상속인을 위해 법률상 유보된 상속재산의 일정 부분 - 옮긴이|이라는 제도도 있지만, 어머님은 포기하셨고요. 그리고 삼촌은……."

준코는 아이다를 힐끗 쳐다봤다. 상속권 박탈에 대해 굳이 설명할 필요는 없으리라. 실제로 이의 신청도 하지 않았으니.

"역시 상속을 바라지 않았어요. 결과적으로 당신들 남매가 전부 상속하게 됐죠."

준코는 미동도 않고 귀를 기울이는 타카자와 쪽으로 돌아섰다.

"미도리 씨는 전남편이 세상을 떠난 후에 당신과 재혼했어요. 미도리 씨가 돌아가셨으니 당신이 두 사람의 친권자로서 전 재산을 관리하게 되었을 거예요."

"히로키와 미키는 미도리가 남긴 아이들이니 당연히 제가 재산을 관리해야죠. 조사해보시면 아시겠지만 한 푼도 허투루 쓰지 않았습니다."

"그래요. 그건 확실할 거예요. 하지만 히로키 군이 사망하면 당신이 히로키 군의 유산을 모조리 상속하죠……."

"그런가요?"

에노모토가 의아하다는 듯이 물었다.

"촌수로 따지면 오히려 미키 양이나 아이다 씨가 상속해야 할 것 같은데요?"

"아니요. 그렇지 않아요. 왜냐하면 미도리 씨가 돌아가시기 직전에 타카자와 씨가 양자 결연 서류를 제출해서 두 사람의 양아버지가 됐거든요."

"그런……. 전 아무 말도 못 들었어요!"

미키가 헐떡이듯이 말했다.

"미성년자를 양자로 삼을 때는 가정법원의 허가가 필요하지만, 배우자의 아이와 양자결연을 맺을 때는 허가가 필요 없어요. 그냥 서류만 제출하면 되죠. 게다가 아이가 15세 미만일 경우는 의사를 확인하지 않아도 되고요."

미키는 어안이 벙벙한 얼굴로 타카자와를 쳐다봤다.

"따라서 히로키 군의 유산은 직계존속인 타카자와 씨, 당신이 상속합니다. 아닌가요?"

이렇게 몰아붙였는데도 타카자와의 눈에서는 동요하는 기색이 느껴지지 않았다.

혹시 미도리가 사망했다는 사고 역시 타카자와가 꾸민 짓 아닐까? 시커먼 의혹이 쑥쑥 자라났다. 준코는 미키를 슬쩍 쳐다봤다. 물론 확신할 만한 근거도 없이 이런 소리는 입 밖에 낼 수 없지만.

"아아. 의심의 눈으로 보면 제게 동기가 있는 것처럼 느껴질지도 모르겠군요."

타카자와는 여전히 아무 감정도 내비치지 않았다.

"하지만 히로키가 자살했다는 건 객관적 사실입니다. 그 사실에 의문을 끼워 넣을 여지는 없어요."

"그럴까요? 실은 몇 가지 의심스러운 점이 있는데 지금 여쭤 봐도 되겠습니까?"

에노모토가 입을 열었다. 타카자와는 아무 말도 없었다.

"자살에 사용했다는 바비큐 그릴과 연탄 말입니다. 평소에는 어디 놓아두시죠?"

"……차고 안에요."

타카자와는 무표정한 얼굴로 대답했다.

"그렇군요. 미키 양. 당신이 10시 넘어서 아침 식사 쟁반을 들고 갔을 때, 이 방에 바비큐 그릴이 있었습니까?"

"아니요."

미키는 단호하게 고개를 저었다.

"그 뒤에 미키 양은 친구를 만나러 외출했습니다. 타카자와 씨. 당신은 1층 서재에 계셨다죠?"

"그렇습니다."

"그리고 11시쯤에 2층에서 드릴 소리가 들려서 보러 갔더니 히로키 군이 문에 보조자물쇠를 달고 있었고요."

"예."

"그때 방에 바비큐 그릴이 있었나요?"

"글쎄요. 히로키가 바로 문을 닫아서 모르겠네요."

"그 후에 당신은 다시 서재로 돌아갔습니다. 12시쯤에 아침 식사 쟁반을 물리러 갔다고 하셨는데 그때를 제외하면 아무 데도 가지 않았어요. 3시쯤에 아이다 씨가 올 때까지 줄곧 서재에서 교재를 준비하고 계셨죠?"

"맞습니다. 그게 뭐 어쨌다는 겁니까?"

타카자와의 목소리에 처음으로 짜증 같은 것이 섞여 나왔다. 이렇게 감정이 없는 냉혈동물 같은 인간까지 짜증나게 할 정도니까 자신이 때때로 에노모토에게 짜증을 부리는 것도 무리는 아니라고 준코는 묘하게 자기 합리화를 했다.

"히로키 군은 도대체 언제 바비큐 그릴을 방으로 옮겼을까요? 차고는 서재 창문 바로 밖에 있습니다. 타카자와 씨가 줄곧 1층 서재에 계셨다면 히로키 군이 차고에 가서 부스럭거렸을 때 알아차렸을 겁니다. 그 이전에 계단을 내려오기만 해도 소리가 났겠죠. 그런 진술은 일절 안 하셨죠?"

타카자와는 1, 2초 정도 침묵했다.

"……미리 2층에다 그릴을 옮겨놨겠죠."

"그럼 어디에 놓아두었을까요? 적어도 미키 양이 봤을 때는 이 방에 없었습니다. 옷장에도 여유 공간은 없어요. 복도에 광이 있기는 하지만 그곳에 큼지막한 바비큐 그릴을 들여놓기는 도저히 무립니다. 남은 곳은 미키 양의 방뿐인데, 그랬다면 미키 양이 몰랐을 리 없죠."

타카자와는 유리구슬처럼 무미건조한 눈으로 에노모토를 내려다보았다. 미키가 바로 이 으스스한 눈을 가리켜 아나콘다 같다고 표현했구나. 준코는 내심 납득했다.

"제 해석을 들려 드리죠."

몸집이 작은 에노모토는 마치 뱀의 움직임을 파악하려는 몽구스 같았다.

"생각할 수 있는 시나리오는 하나뿐입니다. 당신은 히로키 군이 수면제를 탄 커피를 마시고 잠든 걸 확인하고 나서 차고에서 이 방으로 바비큐 그릴을 옮겼습니다. 연탄에는 그 전에 불을 붙였을지도 모르겠군요. 하여튼 그렇게 일산화탄소를 발생시켜서 히로키 군을 일산화탄소 중독으로 죽음에 몰아넣었습니다."

"비약이 심하군요. 히로키가 죽었을 때 이 방은 완전한 밀실이었는데요? 제가 도대체 어떻게 방에서 나왔다는 겁니까?"

"평범하게 이 문을 열고요."

에노모토는 태연하게 대답했다.

"그것 참 이상하군요. 분명 정전기로 테이프를 붙일 수 있었을지는 모릅니다. 하지만 문은 안쪽에서 자물쇠로 잠겨 있었어요."

"정말로 그럴까요?"

에노모토는 반문했다.

"저는 그 시점에서는 자물쇠가 잠겨 있지 않았다고 생각합니다."

에노모토의 말은 천천히 그 자리에 있던 사람들의 의식 속으로 침투해 들어갔다. 터무니없다고 느껴졌지만 준코는 목구멍까지 올라온 말을 꿀꺽 삼켰다.

"아이다 씨가 문이 잠겼다고 영락없이 믿은 건 아무리 밀어도 문이 열리지 않은 데다 히로키 군이 문에 보조자물쇠를 달았다는 말로 당신이 암시를 주었기 때문입니다. 하지만 실제로는 잠겨 있지 않았죠."

"……그럼 왜 문이 안 열린 거죠?"

결국 자제심이 한계에 달한 준코가 물어보았다.

"기압차 때문입니다."

"기압차?"

"이 방의 문은 안쪽으로 열립니다. 안쪽 기압이 바깥쪽보다 훨씬 높으면 안쪽에서 문에 압력이 가해지니까 사람의 힘 정도로는 밀어봤자 열리지 않아요."

"하지만 어떻게 하면 안쪽 기압을 높일 수 있죠?"

제일 서투른 분야인지라 준코는 당황했다. 진공 펌프라도 사용한 걸까?

"간단합니다. 에어컨을 설정해서 방 안 온도를 고작 2~3도만 올리면 돼요."

"겨우 2~3도? 그거면 돼요?"

에노모토는 또다시 타카자와가 쓴 물리 참고서를 들어 올렸다.

"전부 여기 쓰여 있습니다."

※샤를의 법칙:

찌그러진 고무공을 뜨거운 물에 담그면 원래대로 부풀어 오르죠. 공기는 온도가 높아지면 부피가 커지는 성질이 있기 때문입니다. 그럼 그 비율은 어느 정도일까요?

여기서 바로 '샤를의 법칙'이 등장합니다.

기체는 온도가 1도 올라가면 그 기체가 0도일 때를 기준으로 약 273분의 1만큼 팽창합니다. 좀 번거롭지만 예를 들어 20도의 기체가 30도가 되었을 때 부피가 얼마나 변화하는지 계산해봅시다.

0도를 기준으로 20도일 때는 273분의 20만큼 부피가 커집니다. 즉 0도일 때의 273분의 293배가 되는 셈입니다.

마찬가지로 30도일 때는 0도일 때의 273분의 303배입니다.

즉, 20도에서 30도로 변하면 293분의 303배, 쉽게 말해

1.034배 팽창합니다.

"하지만 그렇게 조금 팽창했을 뿐인데 문이 안 열린다고
요?"

준코는 참고서를 훑어보았지만 도저히 이해가 가지 않았
다. 온도가 10도나 상승했는데 고작 1.034배라면 2~3도 정
도로는 아무 소용도 없지 않을까?

"가령 범행 당시 이 방의 온도가 10도였는데 13도로 올렸
다고 칩시다. 아까 잠깐 계산해봤는데요."

에노모토는 참고서 여백에 휘갈겨 쓴 글자를 쳐다봤다.

"샤를의 법칙에 따르면 방 안 공기의 부피는 283분의 286,
즉 약 1.011배 팽창하려고 할 겁니다. 하지만 방의 크기는 변
함없으니 팽창하지 못한 공기가 원래 크기로 압축된 셈이죠.
보일의 법칙에 따르면 기체의 부피에 압력을 곱한 값은 일정
하니까 방 안의 압력은 1기압에서 1.011기압으로 상승했겠
죠. 방 밖은 1기압이니까 안팎의 차는 0.011기압입니다. 이
책에 따르면 1기압은 1평방센티미터당 1킬로그램이니까 안에
서 문을 누르는 압력은 1평방센티미터당 0.011킬로그램인 셈
입니다."

타카자와는 거듭 "샤를의 법칙은 압력이 일정하지 않으면
적용할 수 없어요."라든가 "보일의 법칙은 온도가 일정해야

합니다."라면서 툴툴거렸지만 정면으로 반박하지 않는 것으로 보아 아무래도 에노모토의 계산 자체는 틀리지 않은 모양이다.

"아까 이 문의 크기를 재봤더니 세로가 190센티미터, 가로가 80센티미터더군요. 면적은 190센티미터 곱하기 80센티미터, 즉 1만 5200평방센티미터죠. 여기에 아까 계산한 1평방센티미터당 0.011킬로그램을 곱하면 167.2킬로그램입니다. 요컨대 안에서 167킬로그램이라는 강한 힘으로 문을 짓누르고 있었으니 아무리 밀어도 열리지 않는 게 당연합니다."

"그렇게 강한 압력을 받으면 문이 부서지지는 않을까요?"

오지랖 넓게도 필요 없는 걱정까지 하고 싶어졌다.

"문이나 창문은 고르게 가해지는 압력에는 상당히 잘 견딥니다. 하지만 실제로 어느 정도의 온도와 압력이 가장 알맞는지는 저도 모르겠습니다. 그거야말로 실험의 명인인 타카자와 선생님께 여쭤 봐야겠죠."

"잠깐만요! 보통 난방을 할 때는 방의 온도를 훨씬 더 높이지 않나요? 어째서 문이 괜찮은 거죠?"

준코는 머릿속이 뒤죽박죽되었다.

"우리가 보통 머무는 방은 기밀실이 아니니까요. 방의 온도가 높아져서 공기가 팽창하면 팽창한 만큼 빈틈으로 새어 나갑니다."

에노모토는 문과 창틀 사이를 가리켰다.

"그래서 이 방에 테이프를 붙일 필요가 있었던 거죠. 방을 밀폐해서 생긴 기압차로 문을 막아서 마치 자물쇠가 잠긴 것처럼 위장하기 위해서요."

"앗, 그랬구나!"

아이다가 뭔가 생각난 듯이 소리를 쳤다.

"문손잡이를 붙잡고 문을 열려고 했을 때 감촉이 이상하다 싶더니만. 아무리 밀어도 꿈쩍을 안 했어. 마치 맞은편에서 거인이 문을 꽉 누르고 있는 듯한 기분이었지. 만약 보조 자물쇠가 잠겨서 열리지 않았다면 문이 조금쯤은 덜컥거렸을 텐데!"

에노모토도 고개를 끄덕였다.

"그리고 지금 계산을 생각해보면 히로키 군이 연탄으로 자살했다는 시나리오는 말도 안 된다는 걸 알 수 있습니다. 틈이라는 틈을 죄다 막아 밀폐된 실내에서 연탄을 피우면 온도는 10도도 넘게 올라갈 겁니다. 가령 10도라고 해도 문에 가해지는 압력은 5백 킬로그램이 넘어요. 문이나 창문이 날아가든지, 하다못해 금이라도 갔을 겁니다. 하지만 그런 흔적은 남아 있지 않았어요. 이 모순을 설명할 수 있는 시나리오는 하나밖에 없습니다. 누군가가 연탄으로 일산화탄소를 발생시켜 히로키 군을 죽였습니다. 그리고 그때는 아직 문과 창문이 테이프로 막혀 있지 않았고요. 범인은 히로키 군이 사망한 것을 확인하고 타던 연탄을 연탄재로 바꿔친 다음, 에어컨 온도를 실온보다 2~3도 높게 설정했습니다. 그리고 나갈 때 정전기로 방을 밀봉한 거예요."

타카자와는 희미하게 웃었다.

"허튼 소리 좀 그만하십시오. 히로키는 연탄으로 자살한 게 틀림없어요. 다만 방이나 테이프 일부에 아주 작은 틈이 있어서 실내의 공기압이 별로 높아지지 않았겠죠. 아무 모순도 없습니다."

"조사해보면 방에 틈이 없다는 건 금방 알 수 있을 겁니다. 그리고 당시 문틈을 막았던 테이프는 여기에 완벽한 형태로 남아 있고요."

에노모토는 테이프의 잔해가 들러붙은 문 안쪽을 가리켰다. 타카자와는 힐끗 쳐다보더니 미키에게 얼음처럼 차가운 시선을 날렸다. 미키는 겁먹은 듯이 고개를 돌렸다.

"이 방에서 공기가 달아날 길이 없었다는 건 증명이 가능합니다. 높아진 실내 기압이 정전기 때문에 들러붙은 테이프를 안에서 세게 짓눌러서 방은 완전히 밀폐된 상태였으니까요."

그렇다면 테이프에 작용한 다른 힘이란 기압차였다는 말인가. 준코는 겨우 납득이 갔다. 테이프 덕분에 실내 기압이 높아졌고, 높아진 기압이 테이프를 더욱 단단히 붙인 것이다.

"그렇다면 어째서……?"라고 말하다가 타카자와는 갑자기 입을 다물었다.

"그렇다면 어째서 문이 열렸느냐고요? 그 질문은 긁어 부스럼이었습니다. 답은 물론 당신이 드릴로 문에 구멍을 뚫었기 때문이죠. 뚫린 구멍으로 공기가 달아나자 실내 기압이 1기압으로 돌아왔고, 따라서 문에 가해지던 압력도 사라졌습니다."

"하지만 그러면 공기가 엄청난 기세로 뿜어져 나오지 않았을까요?"

준코는 문득 생각이 나서 질문했다.

"그야 그렇지만 드릴 소리와 진동으로 얼버무릴 수 있었을 겁니다. 구멍을 가로막으면 뿜어져 나오는 공기를 몸으로 받아낼 수도 있었을 테고요."

"……그러고 보니 드릴이 문을 뚫었을 때 톱밥이 꽤 뒤쪽까지 날아왔어. 평범하게 드릴을 돌렸을 뿐인데 그렇게 힘차게 날아올 리 없지."

아이다가 턱에 손을 대고 중얼거렸다.

"……어쨌거나 문제는 그런 게 아닐 텐데요?"

타카자와가 에노모토에게 한 발 다가섰다. 렌즈 안쪽의 눈에서는 얼어붙을 듯이 차가운 빛이 뿜어져 나왔고, 입가에는 사악한 미소가 걸려 있었다. 무표정한 가면이 벗겨져 나가자 그 아래에서 서서히 악마의 얼굴이 드러났다.

"보조자물쇠는 잠겨 있었어요. 그건 이 남자가 제일 잘 압니다."

타카자와는 아이다를 가리키며 말했다.

"이 남자가 섬턴 돌리개로 보조자물쇠를 연 덕분에 방에 들어갈 수 있었습니다. 본업이 도둑이니 그 감촉은 누구보다도 잘 알겠죠. 아니면 제게 죄를 뒤집어씌우려고 이제 와서 위증할 생각입니까?"

"에노모토 씨. 안타깝지만 이 녀석의 말이 맞아······."

아이다가 분한 듯이 말했다.

"보조자물쇠는 분명히 잠겨 있었어. 그걸 내가 '아이아이의 가운뎃손가락'으로 열었어. 그것만은 의문의 여지가 없다고."

"아이다 씨의 말이 맞겠죠. 하지만 보조자물쇠가 잠긴 건······."

에노모토가 대답하려 했을 때 준코는 저도 모르게 소리를 질렀다.

"잠깐만. 알았어요!"

"정말로요?"

이야기의 맥이 끊긴 에노모토가 의심스럽다는 듯이 물었다.

"그럼요. 자물쇠를 잠그고 여는 방향이 반대였다는 게 중요해요. 아이다 씨는 그걸 착각했던 거예요."

"무슨 뜻입니까?"

"그러니까 기압차 때문에 문이 열리지 않은 거잖아요? 그렇다면 보조자물쇠는 열려 있었어요. 하지만 아이다 씨는 그걸 몰랐죠. 처음부터 자물쇠가 잠겨 있다고 굳게 믿었으니까요. ……아이다 씨. 열고 잠그는 방향은 자물쇠에 따라 다르지 않나요?"

아이다는 매정하게 고개를 저었다.

"분명 잠그고 여는 방향이 반대인 것도 있습니다. 좌우로 데드볼트가 나오는 타입일 경우, 위아래를 거꾸로 달면 반대가 될 테고요. 하지만 저는 이 보조자물쇠의 개폐 방향은 착각하지 않았어요. 게다가 그 이야기는 근본적으로 이상합니다."

"어째서요?"

"보조자물쇠가 원래 열려 있었다면 저는 그걸 잠근 셈이죠? 그렇다면 문은 열리지 않아요."

준코는 입을 떡 벌린 채로 굳어버렸다. 그렇게 당연한 걸 깜빡하다니.

에노모토가 헛기침을 했다.

"아이다 씨. 섬턴을 돌리려고 했을 때, 상당히 미끄러웠다고 그랬죠?"

"그래. 좀처럼 밀착되지 않아서 애먹었어."

"하지만 이 섬턴을 보세요. 별달리 미끄러울 이유가 없는데요."

"나도 그게 참 이상하단 말이야……."

"혹시 이 섬턴에 뭔가 감겨 있었다면 어떨까요? 예를 들어 종이테이프 같은 거요. 아무리 밀착력이 강한 '아이아이의 가운뎃손가락'이라도 섬턴을 붙들 수 없었겠죠?"

"그건…… 확실히 그렇군. 음. 종이테이프란 말이지."

에노모토는 아주 의미심장하게 타카자와 쪽으로 시선을 던졌다. 에노모토를 따라 그쪽을 쳐다본 준코는 깜짝 놀랐다. 타카자와의 얼굴이 이렇게 창백해질 줄이야.

"타카자와 씨. 드릴을 문에 댔을 때 어떻게 위치를 결정했습니까?"

"……감으로요."

간신히 대답했지만 목이 잠겼는지 목소리는 아주 나지막했다.

"그런데 잘도 보조자물쇠 바로 아래에다 구멍을 뚫었군요. 정말 기막힌 재간입니다. 혹시 구멍을 뚫어야 할 위치를 미리 정확하게 측정해서 표시해둔 것 아닙니까?"

타카자와는 아무 대답도 하지 않았다.

"에노모토 씨. 무슨 소리예요? 나는 전혀 이해가 안 간단 말이에요."

준코는 점점 더 초조해져서 말했다.

"개구부가 전혀 없는 문을 도대체 어떻게 잠갔는지 요점만 빨리 말해주면 안 돼요?"

"개구부가 없기는 왜 없어요."

에노모토는 천연덕스럽게 말했다.

"예?"

"이 구멍 말입니다."

"하지만 그건······."

머릿속에서 번갯불이 번쩍했다. 그랬구나. 타카자와는 마지막 순간에 목격자가 지켜보는 바로 앞에서 감쪽같이 자물쇠를 잠근 것이다. 이것이야말로 클로즈업 매직 아닌가.

"아아, 그렇구나. ······이번에야말로 알았어요!"

"예예. 말씀하세요."

에노모토가 변함없이 전혀 믿음이 가지 않는다는 얼굴로 재촉했다.

"섬턴에다 실을 감아둔 거예요! 문에 구멍을 뚫고 재빨리 구멍으로 실을 잡아당기면 섬턴이 돌아가겠죠. 그렇게 잠근 것 아닌가요?"

"아니요, 그건 말도 안 됩니다."

"절대로 무리예요."

아이다와 미키가 이구동성으로 오답 판정을 내렸다.

"저랑 미키는 타카자와가 뭘 하는지 가만히 쳐다보고 있었거든요. 만약 수상한 짓을 했다면 바로 알아차렸을 겁니다. 손을 그런 식으로 움직였다면 절대로 못 보고 넘어갔을 리 없어요."

준코는 기가 팍 죽었다. 이번에야말로 정답인 줄 알았는데.

"……굳이 그런 묘기를 부릴 필요는 없습니다. 이 구멍은 절묘한 위치에 있으니까요. 지켜보는 사람이 수상하게 여기지 않도록 아주 자연스럽게 잠글 수 있었을 겁니다."

에노모토는 호언장담했다.

"자연스럽게?"

"섬턴을 돌리는 건 회전운동입니다. 그리고 드릴 끝부분인 드릴 비트 역시 회전하죠."

준코는 자신도 모르게 앗, 하고 소리를 질렀다.

"섬턴에다 종이테이프를 두껍게 감아두었을 겁니다. 보조 자물쇠 본체보다 조금 더 바깥쪽으로 튀어나오게요. 오른쪽으로 돌려야 자물쇠가 잠기니까 종이테이프도 같은 방향으로 감아둡니다. 종이테이프에 닿은 드릴비트를 저속 회전시키면 톱니바퀴처럼 섬턴에 회전이 전해져서 자물쇠가 잠깁니다."

에노모토는 마치 물리 수업처럼 담담하게 트릭의 비밀을 밝혔다.

"설령 드릴 비트의 날에 종이테이프가 절단되더라도 감아둔 테이프를 졸라매는 방향으로 회전시키고 있으니 남은 테이프는 떨어지지 않죠. 문제는 자물쇠가 잠길 때 커다란 금속음이 난다는 것뿐입니다. 그래서 자물쇠가 잠긴 줄 모르도록 데드볼트 받이쇠에 미리 탈지면을 넣어놓은 거예요."

에노모토를 제외한 다른 네 사람은 입도 뻥긋할 수 없었다.

"그 다음은 상상인데요. 자물쇠를 잠그고 나서 드릴 비트 측면으로 종이테이프를 문질러서 완전히 절단했겠죠. 섬턴에 감은 종이테이프는 마지막 끝부분에만 풀을 바르거나 셀로판테이프를 붙여두었을 겁니다. 그러므로 한 겹만 잘라내면 종이테이프를 고정하는 것은 없어집니다. 드릴 비트를 떼면 종이테이프는 태엽이 풀리는 것처럼 허물어져서 자연스럽게 떨어져 나갈 거예요. 확실하게 마무리 짓기 위해 역회전시킨 드릴을 갖다 대서 종이테이프가 더 빨리 풀려서 떨어지게 했는지도 모르겠습니다만."

에노모토는 씩 웃었다.

"잠깐만. 그럼 그때는 그 종이테이프가?"

아이다가 외쳤다.

"그렇습니다. 절단된 종이테이프 몇 겹은 바닥에 떨어졌겠지만, 어쩌다 보니 일부가 떨어지지 않고 섬턴 위에 남아 있었던 것 같습니다. '아이아이의 가운뎃손가락'으로 그 위를 누르려고 했으니 미끄러지는 것도 당연하죠. 하지만 결과적으로 아이다 씨가 테이프를 긁어서 떨어뜨린 덕분에 경찰은 아무 의심도 품지 않았습니다만."

"제기랄! 뭐가 '섬턴의 마술사'야! 이 자식이 그린 그림대로 놀아나다가 도와주기까지 했잖아!"

아이다는 눈물 섞인 목소리로 소리를 지르다가 입을 다물었다.

준코는 온몸의 털이 거꾸로 솟는 듯한 기분으로 타카자와를 쳐다봤다.

이 악마는 섬턴 돌리개로 자물쇠를 열 구멍을 뚫는 척하면서 목격자 두 명 앞에서 당당하게 드릴로 방의 공기를 빼내 문이 열리도록 했다. 게다가 그와 동시에 자물쇠까지 잠갔단 말인가.

"그 종이테이프는 당신한테도 마지막까지 남은 문제였을 겁니다. 이것만은 경찰이 오기 전에 회수할 기회가 없었으니까요. 그래서 당신은 테이프 조각이 바닥에 떨어져 있어도 의심받지 않도록 온 방을 종이테이프로 장식하고 벽에 테이프로 유서까지 남긴 겁니다. 고육지책이라고는 하나 그로테

스크하기 그지없는 연출이로군요."

"……재미있는 이야기지만 전부 억측에 지나지 않아요. 증명이 불가능한 억측에는 아무 가치도 없습니다."

타카자와는 딱딱한 미소를 지으면서 애써 방어 태세를 재정비하려고 했다.

"그럴까요? 자살이라고 생각했을 경우, 수상한 점과 모순은 수없이 많습니다. 예를 들어, 문틈을 막은 테이프 말인데, 분명 히로키 군의 지문은 어디에서도 나오지 않겠죠. 바비큐 그릴을 언제 옮겼느냐는 의문에도 이해가 될 만한 답을 내기는 어렵고요."

에노모토는 담담하지만 가차 없이 말을 이었다.

"한편, 살인이라면 범행은 당신 말고는 불가능합니다. 동기도 분명하니까, 밀실이 깨진 이상 이제 당신을 지켜줄 방패는 없어요. 경찰이 마음먹고 조사하면 증거야 잇달아 나오겠지만, 당신한테는 이거 하나만으로도 치명적입니다."

에노모토는 아이다가 주운 종이테이프를 들어 올렸다.

"기적적으로 남아 있던 종이테이프 조각이에요. 갈기갈기 찢어진 양 가장자리가 드릴 비트에 절단된 흔적임이 바로 밝혀질 겁니다."

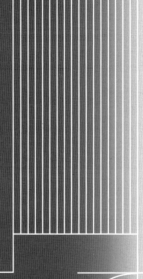

貴志祐介

鍵のかかった部屋

비뚤어진 상자

1

"오늘 운동장 연습은 중지다."

워밍업이 끝났을 때를 노려 스기사키 순지는 일부러 차갑게 선언했다.

"엇!"

야구부원들 사이에서 순식간에 불만어린 목소리가 터져 나왔다.

"저번 연습 시합 때 너희들도 절실히 느꼈을 텐데. 기초체력 부족이야. 투수는 5회부터 녹초가 됐고, 수비랑 타격도 후반부는 엉망진창이었어. 따라서 추계 대회에 대비해 지구력과 하체를 강화하기 위한 기초 훈련에 전념한다. 일단 러닝이다. 평소에 뛰던 강가 코스를 세 바퀴 뛰고 와."

"세 바퀴라니…… 진심이세요?"

"으아아, 죽었다."

"두 시간 넘게 걸리지 않나?"

이번에는 비명과 웅성거림이 교차했다.

"오늘 안 쓸 운동 도구는 전부 정리해. 뛰고 나면 스트레칭이다. 그리고 트레이닝 룸에서 근력 훈련을 할 거야. ……눈물이 쏙 빠지도록 굴릴 거니까 각오 단단히 해."

부원들은 마지못해 꺼내놓은 글러브와 공, 야구방망이, 피칭머신, 피칭망 따위를 정리하기 시작했다.

학생들이 줄을 맞춰 교문을 나가는 모습을 지켜보는데 누가 뒤에서 말을 걸었다.

"스기사키 선생님."

목소리만 듣고서도 카나임을 알아차린 스기사키는 가슴이 뛰었다.

"이쿠라 선생님! 토요일인데 어쩐 일이세요?"

"깜빡하고 두고 간 물건을 가지러 왔어요. 야구부 지도하기 힘드시겠어요."

카나는 미소를 띠며 말했다. 변함없이 화장기 없는 통통한 뺨에 볼우물이 생겼다. 영어 수업 때는 물론 자신이 담당한 테니스부 연습 때도 엄하게 가르친다고 소문이 자자했지만, 그래도 남학생들의 인기투표에서 부동의 1위를 유지하는 건 누구나 이 미소에 매료되기 때문이리라.

"아니요. 뭐, 별거 아닙니다."

야구부원들이 선망이 섞인 휘파람을 불며 놀려댔다.

"이 녀석들! 꾸물대지 말고 빨리 가!"

스기사키는 소리를 버럭 질렀다.

"……애들이 참 말도 잘 듣고 귀엽네요."

"그런가요?"

스기사키는 달려가는 야구부원들의 뒷모습을 보면서 일부러 떫은 표정을 지었다.

"저 녀석들은 호승심이 없다고 할까, 내버려두면 편한 것만 찾아요."

"어머, 요즘 애들은 다 그래요. 그래도 쟤들은 시키는 대로 하니까 얼마나 착해요."

그렇게 말한 카나의 눈빛이 갑자기 진지해졌다.

"저기, 스기사키 선생님. 새 집 말인데요."

"아아……. 괜찮아요. 걱정할 필요 전혀 없습니다."

스기사키는 억지로 미소를 지었다.

"오래 살 집이니까요. 세세한 부분까지 여러모로 확인해봤는데, 역시 전부 깔끔하게 고치려고요. 지금 건축사무소 사장님이랑 교섭 중이지만 문제없어요. 금방 정리될 거예요."

이야기하면서도 그녀에게 거짓말을 한다는 생각에 마음이 편치 않았다.

"그런가요. 죄송해요. 이것저것 다 맡겨놓기만 해서."

"아니요, 이 정도는 당연히 해야죠. ……새 집에는 문턱이 전혀 없어요. 분명 어머님을 간호하기에도 편할 거예요."

"고마워. ……순지 씨."

학교에 있을 때는 서먹서먹하게 서로 선생님이라는 호칭을 붙여서 부르지만, 지금은 주위에 아무도 없으니 남의 눈을 꺼릴 필요가 없다.

두 사람은 짧지만 열정적인 입맞춤을 나누었다. 짝사랑한 시간이 길었던 만큼 겨우 그녀를 차지했다는 감개가 해일처럼 밀어닥쳤다. 스기사키는 더 세게 끌어안으려고 했지만 카나는 슬그머니 몸을 뗐다.

"나 이제 병원에 가야 돼."

"아아, 맞다. 어머님, 꽤 많이 회복되셨지? 빨리 퇴원하시면 좋겠다."

카나는 생긋 웃으며 고개를 끄덕였다.

카나가 자전거를 타고 사라지자 스기사키는 손목시계를 들여다보았다. 오전 9시. 야구부원들은 11시쯤에는 돌아오겠지만 두 시간 정도면 모조리 정리할 수 있을 것이다. 문제는 그 남자가 약속 시간에 나타나느냐 마느냐.

스기사키는 계획에 필요한 준비를 마친 후에 주차장에 가서 트렁크에 짐을 싣고 애차인 닛산 티아나를 출발시켰다.

신축한 집은 근무하는 고등학교와 아주 가까워서 차를 타면 5분밖에 안 걸렸다. 그렇지만 결혼하고 나면 같은 학교에서 일할 수 없으니 스기사키가 전근 갈 계획이다.

처음으로 마련한 내 집. 그것도 신혼생활을 할 집이다. 원래 같으면 가까이 가기만 해도 가슴이 설레어야 마땅하다. 하지만 스기사키의 가슴은 정반대로 꽉 막힌 듯이 답답하기만 했다.

정연하게 구획된 공터에 완성 직전으로 보이는 분양주택 몇 채가 서 있지만 입주가 끝난 집은 아직 없는 듯했다.

자신이 세운 계획에 꼭 알맞은 상황이다. 스기사키는 천천히 차를 몰면서 주변을 살폈다. 불황 탓인지 둘러보러 오는 사람도 눈에 띄지 않았다. 하늘이 자신의 편인지도 모르겠다 싶었다. 어찌 보면 당연한 일이리라. 정의는 내게 있으니까.

늘어선 분양주택 안쪽으로 새 보금자리가 될 집이 보였다. 휘우듬하게 구부러진 지붕을 인 현대적인 디자인. 외관에서 세련된 부분이 눈에 띌수록 오히려 불쾌해지다니 아이러니했다. 스기사키는 한숨을 쉬고 핸들을 확 꺾었다. 기분 탓인지 방향지시등 소리가 평소보다 훨씬 더 크게 들리는 것 같았다.

자동차 두 대가 너끈히 들어가는 주차공간에 신아이 건축사무소 로고가 박힌 미니 밴이 세워져 있었다.

그 너구리 같은 영감탱이도 시간만은 엄수하는 모양이다. 그렇다면 다음 걱정거리는 과연 혼자서 왔느냐다. 굳이 젊은 사원을 데려올 이유도 없고, 너구리 역시 오늘 이야기가 다른 사람 귀에 들어가지 않기를 바랄 것이다. 정말 혼자 왔는지 확인할 때까지는 안심할 수 없지만.

스기사키는 미니 밴 옆에 티아나를 세웠다. 조용히 내려서 문을 닫고 현관으로 향했다.

살짝 건드리기만 했는데 현관문이 천천히 열렸다. 안쪽으로 열리는 문이 문틀에 딱 들어맞지 않아서 그렇다. 문틀이 뒤틀린 탓에 닫으려고 해도 걸리고 만다. 안쪽에서 두드리거나 걷어차면 겨우 문틀에 끼워 넣을 수 있지만, 그러면 이번에는 열 때 애를 먹는다. 그래서 보통은 문을 잠그지도 않고 내버려두었다.

보기만 해도 입 안이 씁쓸했다. 이 문 하나를 고르려고 카나와 상의에 상의를 거듭한 끝에 큰맘 먹고 비싼 천연목 수입품을 구입했다. 교사 월급으로는 분수에 맞지 않게 느껴지기도 했지만 이 문은 새 집의 얼굴이자 오랜 세월 스기사키가의 상징이 될 물건이었다.

그런데 설마 이 지경이 될 줄이야.

스기사키는 문을 밀어서 열고 넓은 현관으로 들어갔다. 인조 대리석이 빈틈없이 깔린 넓은 공간. 하지만 문제는 여기에도 있었다. 금이 가서 차마 눈 뜨고 못 볼 정도로 무참했다.

신발 벗어놓는 곳에 타케모토의 신발은 없었다. 복도에 비닐이 깔려 있기는 하지만 흙발로 들어간 모양이다.

분노가 스멀스멀 솟아올랐다.

스기사키는 크게 심호흡을 하고 신발장에 준비해둔 새 운동화를 꺼내 갈아 신었다.

활짝 열린 거실 문을 통해 복도로 불빛이 새어 나왔다.

"타케모토 씨, 계세요?"

스기사키는 큰 소리로 부르면서 집 안으로 들어갔다. 복도가 왼쪽으로 기울어서 몹시 걷기 힘들었다.

"아아, 여깁니다."

거실 안에서 타케모토의 목소리가 들려왔다.

스기사키는 마침 잘됐다 싶었다. 타케모토를 거실로 유도하지 않아도 되니까 2, 3분은 벌 수 있으리라.

거실문은 안쪽으로 활짝 열어두었다. 현관문과 마찬가지로 문틀이 뒤틀려서 꼭 닫으려면 안에서 문 여기저기를 밀거나 두드리며 한동안 고생해야 하기 때문이다.

신아이 건축사무소 사장 타케모토 케사오는 약 열 평쯤 되는 직사각형 거실 한가운데에 서 있었다. 팔다리가 짧고 땅딸막한 그는 오만하게 팔짱을 낀 모습으로 반대편을 보고 있었다.

혼자였다. 스기사키는 안도의 한숨을 내쉬었다. 이걸로 그 계획은 언제든지 실행할 수 있다. ……만약 실행하지 않고 원만하게 넘어간다면 그게 최고지만.

"어떻습니까? 이 집이 어떤 상황인지 잘 보셨죠?"

스기사키는 될 수 있는 한 평정을 유지하려 애쓰며 물었다. 건축 현장용 덧옷을 입은 타케모토는 팔짱을 낀 채 뒤를 돌아보았다. 코 아래가 길어서 하마가 연상됐다. 언뜻 보기에는 사람 좋게 느껴지지만, 돋보기안경 너머로 이쪽을 살피는 가느다란 눈은 교활하게 빛났다.

"아아, 이거요. 바닥이 상당히 기울었네요."

타케모토는 남 일 이야기하듯이 말했다. 스기사키는 필사적으로 분노를 억눌렀다.

"상당히 정도가 아니죠. 도대체 이런 곳에서 사람이 어떻게 삽니까!"

일반적으로 바닥 기울기가 1000분의 6을 넘으면|10미터당 6센티미터 - 옮긴이| 주택에 결함이 있을 가능성이 높다고 일컬어지는데, 이 거실 바닥은 그 열여덟 배인 1000분의 105, 도수로 따지면 약 6도나 기울어져 있다. 구슬이나 수평기로 기울기를 잴 필요도 없다. 서 있기만 해도 불안하고 다리가 피곤해질 정도다.

"여기는 도대체 왜 그런 겁니까?"

타케모토가 바닥을 가리켰다. 1미터 정도 폭으로 마루청을 뜯어낸 곳이다. 직상直床 공법 [콘크리트 바닥 슬래브 따위의 구조 부재 위에 직접 마감재를 까는 공법 – 옮긴이]이라 콘크리트 바닥 슬래브가 그대로 드러났다.

"왜 기울어졌는지 살펴보려고 뜯어냈습니다. 보세요. 그쪽 콘크리트에 금이 갔잖아요."

"하아. 왜냐고 따져봤자……. 이렇게 당치도 않은 짓을 하면 나중에 복구하기 힘들다고요."

"그런 말씀 하실 때가 아닐 텐데요? 바닥이 얼마나 기울었는지 좀 보라고요!"

"그건 그렇고 하필이면 왜 이렇게 어중간한 곳을 뜯어냈담."

타케모토가 미심쩍다는 듯이 구시렁댔다.

"이 마루청은 스기사키 씨가 멋대로 뜯었으니까 우리는 일절 책임지지 않겠습니다."

또 분노가 폭발할 뻔했지만 스기사키는 겨우 자제했다.

"알겠습니다. 그런 건 아무래도 상관없어요. 문제는 이 기울어진 바닥이라고요! 도대체 어떻게 할 겁니까?"

타케모토는 고개를 저으면서 거듭 방 안을 둘러보았다.

"……창문을 비닐로 덮어둔 의미도 잘 모르겠네요. 그리고 바닥은 왜 이렇게 젖었습니까? 물이라도 뿌리셨어요?"

"비가 샜습니다."

스기사키는 달려들듯이 대들었다.

"이 집의 결함은 바닥에만 있는 게 아닙니다. 보면 알 텐데요? 문은 안 닫히고, 창문은 열리지도 않아요. 게다가 천장은 구멍투성이 아닙니까."

"비가 샜다고요?"

타케모토는 고개를 갸웃했다.

"이상하네요. 어제는 분명 해가 쨍쨍했을 텐데."

"그저께 밤에 내린 비입니다."

"그걸 지금까지 그대로 내버려뒀단 말입니까?"

타케모토의 눈에 비난하는 기색이 떠올랐다.

"당연하죠. 이런 결함 주택을 열심히 쓸고 닦을 기분이 나겠어요?"

"저기, 잠깐만요. 결함 주택, 결함 주택 하시는데 그럼 곤란합니다. 말을 좀 더 신중하게 하셔야죠."

타케모토가 뻔뻔스러운 웃음을 지었다.

"이 집은 제대로 시공해서 넘겼으니까요. 스기사키 씨도 확인하셨잖아요?"

"확인이라고 해도 구석구석까지 검사한 건 아닙니다."

"그건 그렇지만 넘겼을 때는 아무 하자도 없었습니다. 그런데 지진이 일어난 뒤부터 문제가 발생했으니 이건 천재지변에 따른 파손이라고 봐야 해요."

"지진이라고 해봤자 고작 진도 4였는데요? 집을 제대로 지었다면 겨우 그 정도로 이 꼴이 나겠습니까?"

스기사키는 단숨에 닦아세웠다.

"알고 지내는 건축사한테 뭐가 문제인지 지적해달라고 부탁했습니다. 일단 택지 조성에 문제가 있었던 것 같더군요. 물 빠지는 구멍과 배수로를 제대로 만들지 않은 탓에 땅속에 빗물이 고였고, 그 결과 가벼운 지진을 계기로 부등침하가 일어난 겁니다. 덧붙여 기초에 사용한 콘크리트의 질이 최악이었다고 하더군요. 물을 듬뿍 섞어서 묽어진, 이른바 물 먹인 콘크리트라서 정상적인 콘크리트와 비교하면 강도가 반밖에 안 된답니다. 주로 이 두 가지 원인 때문에 한쪽을 힘껏 누른 것처럼 건물이 비뚤어진 거라고요! 이거 전부 당신 건축사무소가 날림 공사를 해서 그런 것 아닙니까?"

하지만 타케모토는 동요하는 기색이 전혀 없었다.

"우리는 택지 조성과 기초공사 때 법령의 기준을 준수했습니다. 기분은 잘 알겠지만, 건물을 넘긴 후에 일어난 천재지변 때문에 이렇게 된 게 분명하니까 우리한테는 법적 책임이 전혀 없어요."

스기사키가 한 발 앞으로 다가서자 타케모토는 자자, 하고 말리듯이 손바닥을 내밀었다.

"……뭐, 애써 지은 집인데 건축주가 기분 좋게 살지 못하면 이쪽으로서도 안타까우니까요. 게다가 스기사키 씨는 미사코의 조카니까. 그래서 제가 이렇게 시간을 쪼개서 나온 것 아닙니까."

지금까지 몇 번을 전화해도 불만 처리 담당자에게 대응을 떠맡기고 단 한 번도 현장을 보러 오지 않았던 주제에 잘도 떠든다 싶었다. 생색을 내는 말투에 화가 울컥 치밀었지만 그래도 일단 타케모토의 제안을 들어보아야 했다.

"그래서 어떻게 하겠다는 겁니까?"

타케모토의 눈이 교활하게 빛났다.

"요컨대 기울어진 집을 고치면 되는 거죠? 기중기로 들어 올리고 기초를 모르타르로 수평이 되게 보수하면 됩니다. 그 공사를 우리가 도급 맡겠습니다."

"도급 맡아요? 무슨 소립니까? 이건 당신 회사가 부실 공사를 해서 그런 거니까 당연히 무료로 보수해야 하잖아요?"

타케모토는 인상을 찌푸렸다.

"이건 새 공사니까 원래는 공사 대금을 받아야 합니다. ……아니, 아니, 자, 자, 끝까지 들어보세요."

타케모토는 다가서려는 스기사키를 다시 손으로 제지했다.

"그렇지만 아까도 말씀드렸듯이 우리는 건축주의 행복을 최고로 생각하는 회사거든요. 천재지변이라고는 하나 심려하

시는 모습을 보니 제 일처럼 가슴이 아픕니다. 그래서 이번
만은 보수 공사 대금을 받지 않고 특별히 서비스하겠습니다.
……이것 참, 이런 호인이 또 어디 있나. 눈 뜨고 코 베어가
는 세상인데 이렇게 어수룩해서야."

호인은 무슨, 이 돈독 오른 너구리야. 스기사키는 타케모
토를 노려봤다.

"문제는 바닥만이 아닙니다. 비도 새는 데다 문이랑 창문
도 문제라고요."

"비가 새는 곳은 급한 대로 일단 보수하겠습니다. 문이랑
창문은 건물이 똑바로 서면 아마 괜찮아지지 않겠습니까."

"아마, 가지고는 곤란한데요."

"보수 공사를 한 후에도 여전히 상태가 안 좋으면 어떻게든
하겠습니다. 이야, 이렇게 고객의 불평을 끽소리 없이 다 들
어주다니 다른 건축사무소 같았으면 상상도 못할 일이에요.
뭐, 성의를 다한다는 증거로 받아들여주시면 감사하겠습니
다."

타케모토는 넉살좋게 말을 술술 늘어놓았다.

"다만 보수 공사 착공에는 조건이 있습니다."

"조건?"

"일단 건물 대금 말인데요. 이미 완공했으니 잔금을 빨리
지불해주셨으면 합니다."

집의 구입 대금은 계약할 때 10퍼센트, 착공했을 때 30퍼센트를 지불한 상태였다. 잔금은 집을 넘겨받을 때 지불할 예정이었지만 마침 무슨 착오가 생겨 계좌이체가 늦었고, 지불하기 직전에 지진이 발생했다. 이 점만은 행운이었는지도 모른다.

"잠깐만요……!"

"그리고 이 집에 발생한 문제에 대해 우리 회사의 책임이 없다고 인정하는 취지의 각서를 한 장 써주셔야겠습니다. 덧붙여 앞으로 새로이 발견될 문제에 대해서는 일절 이의를 제기하지 않겠다는 각서도 부탁드립니다. 제가 아무리 호인이라도 보수 공사 공짜로 해줘, 나중에 또 불만을 들어, 이래서야 견뎌낼 재간이 없죠."

타케모토는 태연자약하게 나불댔다.

스기사키는 크게 숨을 내쉬고 미소를 머금었다. 화도 이 정도까지 솟구치면 도리어 평정이 되돌아오는 법이다. 자신의 망설임을 싹둑 잘라내고 계획을 밀어주기 위해 타케모토가 이렇게 밉살스러운 태도를 취한다고 생각하자 차라리 마음이 편했다.

"그럼 이쪽 요구를 말하죠. ……보수 공사는 안 해도 상관없습니다."

"호오. 어째서요?"

"아무리 손을 봐도 이런 결함 주택에서는 도저히 못 삽니다. 지반이 불안정한 상태에서 집만 고쳐봤자 어차피 또 똑같아질 테니까요."

스기사키는 타케모토의 코끝에 손가락을 들이댔다.

"아주머니께 전화로 사정을 설명했더니 깜짝 놀라시더군요. 정말로 면목 없고 계약은 취소하겠다고 하셨어요. 그러니까 바로 계약금과 착수금을 반환하고 위약금을 지불해주셨으면 합니다."

타케모토의 표정이 싹 바뀌었다.

"웃기지 말아요. 이쪽은 제대로 만들어서 건물을 넘겼단 말이오! 그리고 어째서 내가 아니라 미사코한테 전화한 겁니까? 미사코는 명의는 부사장이지만 공사 일은 하나도 몰라요! 조카인 당신을 동정해서 무심코 그런 말을 했을 뿐일 텐데? 그런 구두 약속은 법적으로 아무런 효력도 없어!"

타케모토는 붉으락푸르락하는 얼굴로 이를 악물고 악을 썼다.

"정말이지 머릿속에 뭐가 든 거야! 일에는 참견하지 말라고 그만큼 신신당부했는데. 친척이라고 해서 간이고 쓸개고 다 빼주면 우리 회사는 망한다고!"

스기사키는 타케모토가 미사코에게 폭력을 휘두른다는 소문이 떠올라서 속이 쓰렸다.

"타케모토 씨. 당신, 우리 집에 찾아왔을 때 생각 안 납니까? 사무소 상황이 어렵다면서 무릎 꿇고 머리를 조아려 부탁하지 않았습니까. 성심성의껏 온 정성을 다해 멋진 집을 짓겠다고 했잖아요. 그 말을 믿고 택지 조성에서 시공까지 모조리 맡긴 거라고요. 그 보답이 이겁니까?"

"그래서 이쪽으로서도 최대한의 성의를 보였을 텐데요. 천재지변 때문에 집이 망가졌으니 원래 우리한테는 책임이 없는데도 무료로 보수 공사를 해주겠다고 제안했잖아요. 도대체 더 이상 뭘 어쩌라는 겁니까?"

타케모토가 싸움도 마다 않겠다는 듯이 아래턱을 내밀자 하마라기보다 도사견과 진배없어 보였다. 결국 본성이 드러난 것이다.

"그렇군요. 일단 친척이니까 원만하게 해결하려고 했는데 안 되겠어요. 법적으로 해결할 수밖에 없을 것 같네요."

"호오, 고소라도 하시겠다?"

"예. 실은 아는 사람한테 변호사를 소개받아서 상담했습니다. 아까 전에 말한 건축사의 보고서를 보여 드렸더니 다소 시간은 걸리더라도 이길 수 있겠다고 하시더군요."

최후통첩은 허세였다. 여자 변호사는 이기더라도 재판에는 3, 4년의 세월과 막대한 비용이 필요할 거라고 경고했고, 스기사키도 그런 진창 같은 소송에 발을 들여놓을 생각은 없었다. 그런 짓을 하다가는 카나와의 결혼에 문제가 생길지도 모르고, 설령 승소해도 그 전에 경영 상태가 불안정한 타케모토의 회사가 도산하면 아무 의미도 없다.

그렇다면 화해라는 선택지가 현실적이겠지만, 대규모 보수 공사 정도로는 만족할 수 없었다.

탈이 난 새 보금자리에 더 이상 미련은 없었다. 어떻게든 이 너구리 영감탱이에게 지금까지 한 마음고생을 모조리 되돌려주고 싶었다.

"소송에 얽히면 당신 건축사무소의 신용은 그야말로 바닥에 떨어질 겁니다. 인터넷을 통해 결함 주택을 만드는 업자라는 악명이 널리 퍼지겠죠."

스기사키는 타케모토의 표정을 살폈다. 안 그래도 불황으로 죽을 지경인데 그런 소문까지 나면 그야말로 타격이 엄청날 것이다. 상대가 이쯤에서 꺾여 이쪽 요구를 들어준다면 계획을 실행할 필요는 없다.

"흠. ……그런 짓은 안 하는 게 좋을 텐데."

어째선지 타케모토는 희미하게 웃는 것처럼 이상야릇한 표정을 지었다.

"댁도 곤란해질 테니 말이오."

"곤란해져? 무슨 소립니까?"

예상외의 반응에 스기사키는 눈살을 찌푸렸다.

"그쪽도 겉으로 드러내기 싫은 사정이 있을 거 아니냐는 말입니다."

"무슨 소린지 모르겠는데요."

"나도 이것저것 들은 얘기가 많거든요. 이보쇼, 댁도 교사가 되기 전에는 제법 망나니짓을 하고 다닌 모양이던데. 경찰서에 들락거린 적도 한두 번이 아니라던가. 그런 과거를 가진 인간이 공립 고등학교 교사로 있어도 되나 몰라. 교육위원회에서는 어떻게 생각하려나?"

너무나도 황당한 말에 스기사키는 어안이 벙벙했다.

"다 옛날 일입니다. 그리고 이번 문제하고는 아무 상관도 없을 텐데요."

"인터넷에다 우리 회사의 험담을 늘어놓겠다고 협박한 건 그쪽 아니시던가? 그렇다면 이쪽도 맞서는 수밖에요. 이 동네 이야기니까 잠깐만 조사하면 금방 알 수 있겠지. 댁한테 불리한 이야기가 고구마 줄기 캐듯이 줄줄 쏟아져 나오지 않을까 싶은데 말이야."

스기사키는 한숨을 쉬었다.

이 자식이 그 사건을 알 리 없다. 하지만 우연히 급소를 찌르다니, 서로에게 불행한 일이다.

이제 와서 사건이 발각돼도 법적으로는 이미 결말이 났으니 실직할 염려는 없으리라. 하지만 적어도 학생들이 자신을 바라보는 눈은 극적으로 바뀔 것이다.

덧붙여 카나도. 자신보다도 더 결벽이 심한 그녀의 성격으로 보아 사고로 판정이 났다고는 하나 폭력을 휘둘러 동급생을 죽인 인간과 결혼할 리 없다.

이제 망설이기도 지쳤다. 이 더러운 악당에게 인정을 베풀여지는 없다.

마음이 정해지자 자연스럽게 미소가 떠올랐다.

이것은 비뚤어진 세상을 교정하기 위한 정의의 철퇴다.

"……그, 아까 말씀하신 보수 말인데요."

그 즉시 타케모토의 얼굴에 안도하는 표정이 번졌다. 그리고 갑자기 두 손을 비비며 알랑거리는 듯한 태도를 취했다.

"예예. 물론 지금 당장이라도 해 드려얍죠."

"기운 바닥은 보수한다고 쳐도 저쪽은 괜찮을까요?"

"어디 보자, 저쪽이라면 어디쯤인가요?"

"저쪽 말입니다."

스기사키는 천장 한구석을 가리키며 타케모토를 미리 정해두었던 위치로 유인했다.

타케모토 바로 뒤에 마루청을 떼어낸 곳이 위치하도록.

"저쪽? ……음. 도대체 어디 말씀이신지."

"조금만 더 올려다보세요."

땅딸막해서 스기사키보다 10센티미터 넘게 키가 작은 타케모토는 발돋움을 하다시피 하며 위를 쳐다봤다. 금방이라도 뒤로 휘청할 것 같았다.

"비가 새는 거라면 아까 전에 말씀드렸듯이 간단히 고칠 수 있습니다. 보자, 저쪽의 균열이 걱정되신다면……."

스기사키는 오른손으로 타케모토의 덧옷 옷깃을 붙잡고 몸을 재빨리 낮추며 왼손으로 상대의 오른쪽 오금을 걷어 올렸다.

"어? 잠깐……!"

타케모토가 소리를 질렀을 때는 이미 늦었다.

그대로 타케모토의 몸을 뒤로 넘어뜨렸다. 일찍이 스기사키의 장기였던 오금잡아메치기라는 유도 기술이다.

타케모토는 우뚝 선 채 똑바로 쓰러졌다.

타케모토의 얼굴을 눌러 드러난 콘크리트 부분에 뒤통수를 힘껏 내리찍었다.

짜릿한 손맛과 함께 두개골이 깨지는 소리가 귀에 닿았다.

바닥에 드러누운 타케모토는 꿈쩍도 하지 않았다. 즉사한 것이 분명하다. 다행히 피는 거의 나지 않았다. 많이 흘러나왔다면 계획에 방해가 될지도 모른다.

기울어진 데다 바닥이 비에 젖어 발이 미끄러지는 바람에 뒤통수를 부딪쳐 사망. 아주 자연스러운 시나리오다. 이 사건은 불행한 사고로 처리되리라.

이건 전부 밀실에서 벌어진 일이니까.

이 불쾌한 결함 주택, 비뚤어진 상자야말로 이 남자에게 가장 어울리는 관이다.

2

"정말이지 이런 바보 같은 일이 또 어디 있겠어요. 경찰이 도대체 뭘 의심하는지 짐작도 안 간다니까요. 물론 저는 구린 구석이 하나도 없으니 언젠가 혐의가 풀리리라고 믿습니다만."

스기사키는 조수석에서 절절하게 하소연했다.

"오늘로 그 사고가 일어난 지 일주일이나 지났는데, 이렇게 몇 번이고 불러내서 조사하다니 솔직히 말해 고역입니다. 수업에도 지장이 있고, 교장 선생님이랑 교감 선생님도 싫은 소리를 하시더라고요. 아니, 그것보다 문제는 학생입니다. 제가 마치 중요참고인 같은 취급을 받는 걸 알면 애들이 어떻게 생각할지 걱정이에요."

사실 스기사키가 제일 걱정스러웠던 것은 이쿠라 카나의 반응이었다. 경찰이 호출하기 시작하자 기분 탓인지 태도가 서먹서먹해진 듯한 기분이 들었다. 하지만 여기서 그런 이야기를 꺼낼 생각은 없었다.

"확실히 천부당만부당한 처사인 것 같군요."

아우디 A3의 운전대를 쥔 아오토 준코라는 변호사는 고개를 크게 끄덕였다.

옆에서 보니 속눈썹이 길었다. 지적이고 청초한 모습만 보면 진짜 변호사라기보다 변호사를 연기하는 여배우 같았지만, 눈에 깃든 강한 빛에는 의뢰인을 위해 끝까지 싸우겠다는 투쟁심이 배어 있었다.

"명목상 임의진술이지만 학교까지 끌어들여 유형무형의 압력을 가해 실제로는 거절하지 못하게 하죠. 게다가 형사가 하는 질문은 태반이 똑같은 말의 반복……. 괴롭히는 거나 다름없어요."

아오토 변호사는 동정하듯이 미소를 지었다. 다가서기 힘들게 느껴지던 이지적인 미모가 대번에 풀어지며 차 안은 꽃이 핀 듯한 분위기에 감싸였다.

스기사키는 아오토 변호사를 만날 때마다 자신이 그녀를 카나와 비교한다는 사실을 깨달았다. 둘 다 용모가 단정할 뿐만 아니라 진짜 매력은 내면에서 배어나는 것처럼 느껴졌다.

"사실 스기사키 씨 같은 처지에 처한 분들이 아주 많답니다. 경찰의 입맛에 따라 인권이 무시당하는 건 물론이고, 그

냥 내버려두면 원죄|冤罪, 억울하게 뒤집어쓴 죄 − 옮긴이|의 온상이 될지
도 몰라요. 이참에 경찰한테 따끔한 맛을 보여줘야겠어요."

"아오토 선생님 같은 변호사께 의뢰할 수 있어서 정말로
다행입니다."

스기사키는 진심으로 말했다.

"결함 주택의 문제가 겨우 정리되는가 싶더니만 이번에는
살인 사건 용의자라니. 산 넘어 산이에요."

아오토 변호사가 미간을 살짝 찌푸렸다. 스기사키는 움찔
했다. 뭔가 해서는 안 되는 말을 한 걸까.

"해결됐나요? ……그 결함 주택 문제는."

"예……. 아니, 뭐 아직 완전히 결론이 난 건 아니고요."

스기사키는 입술을 핥았다. 창밖을 바라보며 일단 동요를
가라앉혔다.

"타케모토 사장님이 돌아가셨으니 아마 친척 아주머니가
신아이 건축사무소의 사장 자리에 앉으실 겁니다. 아주머니
는 그 집이 결함 주택이라고 처음부터 인정하고 사과를 하셨
으니까요."

"그렇다면 스기사키 씨께는 살인 동기가 있었던 셈이네요."

아오토 변호사는 골똘히 생각하는 투로 말했다.

"어휴, 그 정도 문제로 사람을 죽이다니요. 아직 본격적으
로 교섭도 시작하지 않은걸요. 게다가 흉금을 털어놓고 이야

기하면 반드시 해결될 거라고 믿었습니다."

스기사키는 열심히 둘러댔다. 젠장. 무심코 입을 잘못 놀리고 말았다.

"하여튼 현장의 상황만 봐도 사고가 분명합니다. 타케모토 사장님이 돌아가셨을 때 그 집은 이른바 밀실이었거든요."

"밀실⋯⋯이요?"

아오토 변호사는 이유는 모르지만 한순간 몹시 지긋지긋하다는 표정을 지었다.

"예. 그걸 아오토 선생님께 보여 드리려고요. 일단 보시면 제 말을 이해할 겁니다."

스기사키는 그 점에 대해서는 절대적인 자신감을 품고 있었다.

"하지만 문이 잠겨 있었다고 해도 무고함이 증명된다는 보장은 없어요."

"아니요, 문이 잠겨 있었던 게 아닙니다. 그렇다기보다 그 집은 문이 잠기지 않았어요."

스기사키는 요령 있게 상황을 설명했다. 고심하고 또 고심해서 머릿속에 새긴 계획이었고, 교사란 뭔가를 알기 쉽게 설명하는 데 프로다.

"⋯⋯그렇군요. 그렇다면 확실히 누가 타케모토 사장님을 살해하고 현장에서 도주했다고는 보기 어려울지도 모르겠네

요."

아오토 변호사도 감명을 받은 것 같았다.

"그것도 이중 밀실이네요. 현관문과 거실 문 둘 다 실제로 보기 전에는 단적으로 결론을 내리기 뭐하지만요."

"물론이죠."

스기사키는 지당하다는 듯이 얌전하게 고개를 끄덕였다.

"하지만……, 그렇다면 경찰은 뭘 의심하는 걸까요?"

그것은 스기사키 자신도 품고 있던 최대의 의문이었다.

"저도 그게 정말 이해가 안 돼서요. 아……, 저쪽 앞입니다. 저기 지붕이 아치인 집이요."

마지막 말은 사족이었던 듯하다. 집 앞에 경관이 서 있었고 현관에는 노란 출입금지 테이프가 붙어 있었다.

아오토 변호사는 운전대를 휙 돌렸다. 두 대가 너끈히 들어가는 주차 공간에 경찰차가 아니라 하얀 스즈키 짐니가 서 있었다. 차체에는 'F&F 시큐리티 숍'이라는 글자가 그려져 있었다.

그 바로 옆에 아우디 A3을 세운 아오토 변호사는 차에서 내려서서 짐니를 가만히 응시했다.

"아오토 선생님? 왜 그러세요?"

스기사키가 묻자 아오토 변호사는 악몽에서 깨어난 것 같은 얼굴로 "아무것도 아니에요."라고만 대답했다.

집 안으로 들어가기 전에 경관과 승강이를 벌여야 했지만 목소리를 들었는지 현관문이 열리더니 안에서 상고머리를 한 남자가 딱딱한 표정으로 나타났다.

벌써 지겨울 만큼 얼굴을 마주한 요코타라는 이름의 형사다. 스기사키는 인상을 찌푸리며 눈인사를 했다.

아오토 변호사가 의뢰인 스기사키의 무고함을 증명하기 위해 범행 현장을 보고 싶다고 요구하자 요코타 형사는 김이 확 샐 만큼 선선히 승낙했다.

"뭐, 알겠습니다. 현시점에서 특별히 스기사키 씨를 용의자로 점찍은 건 아닙니다⋯⋯. 하여튼 아직 사건인지 사고인지 결론이 나지 않았으니 부디 현장은 훼손하지 마십시오."

"알겠습니다."

아오토 변호사는 어째선지 요코타 형사가 아니라 집 안쪽을 힐끗 쳐다봤다.

"⋯⋯그리고 지금 외부 전문가가 조사하는 중이니까 그쪽 일은 절대로 방해하지 마시고요."

스기사키는 깜짝 놀랐다. 경찰이 조사를 민간인에게 외주하다니, 그게 말이 되는 소리인가.

"알겠어요."

아오토 변호사는 자못 당연하다는 듯이 대답했다.

그때, 집 안에서 하얀 작업복 같은 것을 입은 사람이 나타났다.

"아오토 선생님. 오랜만입니다."

키는 170센티미터를 밑돌 정도일까. 피부가 하얗고 비쩍 말라서 인상은 허약해 보였지만 그다지 깜박이지 않는 커다란 눈에는 강한 빛이 깃들어 있었다. 흔히 말하길 눈빛이 강렬하다고 하는데, 그 점은 아오토 변호사와 똑같았다.

"설마 여기서 뵐 줄은 몰랐네요. 혹시 밀실이라는 말을 듣고 애간장이 타서 부리나케 달려오신 건가요?"

아오토 변호사는 크게 헛기침을 해서 남자의 말을 막았다.

"에노모토 씨. 일단 한 가지 물어봐야겠네요. 당신은 지금 경찰을 위해 일하는 건가요?"

"그런데요."

에노모토라고 불린 남자는 고개를 끄덕였다.

"타케모토 케사오라는 사람이 사망했을 때 이 집은 밀실이었다는군요. 다만 사고로 단정하기에는 의문점이 너무 많아서 혹시 범인의 출입이 가능했는지 조사하고 있었습니다."

"그래서 결론은 뭐죠?"

에노모토는 그 질문에 대답하지 않고 감정이 담기지 않은 눈으로 스기사키를 쳐다봤다.

"이 분이 혹시 이 집 건축주이신 스기사키 씨?"

"예, 그런데요."

스기사키는 당황스러웠지만 자기 입으로 대답했다. 이 남자의 정체가 뭔지 짐작도 가지 않았다.

"스기사키 씨. 이쪽은 방범 컨설턴트 에노모토 씨예요. 예전에도 밀실 사건을 다룬 적이 있는데 그때 여러모로 귀중한 조언을 얻었습니다."

아오토 변호사가 설명해주었다.

스기사키는 찜찜한 예감이 들었다. 방범 컨설턴트라는 직업도 수상쩍었지만, 이 에노모토라는 남자는 어쩐지 실체를 가늠하기 힘들었다. 지금까지 순조롭게 잘 흘러왔는데, 혹시 이 남자가 예상치도 못한 파문을 일으키지는 않을까?

"괜찮으시다면 제가 지금까지 조사한 내용을 아오토 선생님께 자세하게 가르쳐 드리겠습니다. 그러면 현장이 밀실이었는지 아닌지 훨씬 쉽게 판정할 수 있을 겁니다."

에노모토가 스기사키 입장에서는 달갑잖은 제안을 했다.

"친절도 하셔라. 하지만 당신은 지금 경찰 쪽 사람 아니에요?"

아오토 변호사가 의심스럽다는 듯이 지적했다. 거침없는 태도가 무덤덤하기보다는 친밀하게 느껴져서 스기사키는 어째선지 질투가 났다.

"어디서 의뢰를 하든 저는 조사할 때 항상 중립을 추구합니다."

에노모토는 가볍게 받아넘겼다.

"범행이 가능했느냐 불가능했느냐. 사실은 둘 중 하나죠. 결론이 왜곡되는 일은 없습니다."

"그래서 이번에는 어느 쪽이었는데요?"

"해답을 찾으려면 포인트를 하나씩 검증할 필요가 있습니다."

에노모토는 또다시 포커페이스로 질문을 어름어름 넘겼다.

"첫 번째 관문은 이 현관문이에요. 보세요. 푸조 나무 천연목으로 만든 수입품 같은데, 일본에서는 보기 드물게 안쪽으로 열리는 문입니다."

"안쪽으로 열린다고요? 왜 굳이 그렇게 하셨어요?"

아오토 변호사가 궁금하다는 듯이 물었다. 문이 안쪽으로 열리면 신발을 벗어놓는 공간이 좁아지므로 일본에서는 인기가 없다.

"해외에서는 안쪽으로 열리는 문이 주류인가 봐요. 아는 건축사한테 추천을 받았거든요. 분명 안쪽으로 열리는 문이 재해에 강하다 그랬던 것 같기도 하고……"

스기사키는 불확실한 기억을 되짚어 이유를 댔다. 밀실을 만들 때는 이 문이 안쪽으로 열려서 일을 진행하기 쉬웠지만, 애초에 왜 안쪽으로 열리게 만들었는지는 기억이 애매했다.

"방재보다도 오히려 방범이라는 측면에서 볼 때 안쪽으로 열리는 문이 더 낫습니다."

에노모토가 대신 설명했다.

"위급할 때는 안에서 문에 몸을 부딪쳐 닫을 수 있고, 경첩을 안쪽으로 숨길 수 있는 것도 이점이죠. 밖으로 열리는 문은 경첩이 밖에 노출되어 있어서 축을 뽑거나 절단하면 문을 간단히 떼어낼 수 있거든요."

과연 그렇구나 싶었다. 건축사도 분명 그렇게 말했던 것 같다.

그건 그렇고 이 남자는 방범 컨설턴트라기보다 도리어 도둑처럼 보인다.

에노모토는 현관 밖에서 문손잡이를 잡고 문을 잡아당겼다. 문틀에 부딪쳐서 완전히 닫히지 않았다.

"보시다시피 문틀이 비뚤어져서 문이 제대로 닫히지 않습니다. 왜냐하면……."

"지반침하로 집 전체가 비스듬히 기울었기 때문이죠. 스기사키 씨한테 들었어요."

아오토 변호사가 에노모토의 이야기를 막듯이 대답했다.

"그런가요. 그럼 일단 안으로 들어가시죠."

에노모토가 스기사키와 아오토 변호사를 안으로 불러들였다. 원래대로라면 여기는 자신의 집인데. 복잡한 심경이 스기사키의 가슴속을 스치고 지나갔다.

"타케모토 씨의 시신이 발견되었을 때 이 문은 완전히 닫혀 있었다고 합니다. 그게 참 이상하더군요. 아까까지 여러 방법으로 시도해봤는데 밖에서는 무슨 수를 써도 안 닫혔거든요. 하지만 안에서는 닫을 수 있었습니다."

"어떻게요?" 아오토 변호사가 물었다. 묘하게 호흡이 척척 맞는다.

"안에서 문 가장자리를 두드려 문틀에 억지로 끼워 맞추는 겁니다. 몇 군데를 합쳐서 열몇 번이나 힘껏 두드려야 했어요. 저는 이걸 썼습니다만……."

에노모토가 망치 같은 도구를 보여주었다.

"그런 걸로 두드리면 문이 상하지 않을까요?"

아오토 변호사가 눈살을 찌푸렸다.

"걱정 마세요. 이건 대가리를 우레탄으로 감싼 소프트 해머거든요."

에노모토는 자신 있게 말했다. 소프트 해머든 뭐든 간에 비싼 나무문을 힘껏 두드렸는데 상하지 않을 리 없다. 스기사키는 울컥했지만 불평은 하지 않았다. 어차피 이 집은 반품할 거니까. 그리고 이 남자는 첫인상과는 반대로 복잡한 상황을 정리해서 아오토 변호사에게 설명하는 데 도움이 될지도 모른다.

"결론적으로 말해 이게 살인 사건이었다고 쳐도 범인은 이 문으로는 도주할 수 없었습니다. 밖에서는 문손잡이를 아무리 잡아당겨도 문이 안 닫히니까요."

잘됐다. 그 점은 스스로 힘주어 주장하기보다 제삼자가 객관적으로 설명하는 편이 훨씬 설득력 있다. 더구나 이 에노모토라는 남자는 경찰이 고용한 사람이니까.

아오토 변호사는 잠시 안팎을 오가며 문을 조사했다. 그녀는 밖에서 문을 닫아보려 애썼지만 결국 포기했다.

"……그러게요. 정말로 안 되는 것 같네요."

"즉, 범인이 존재했다면 문 말고 다른 곳으로 탈출한 셈이죠. 그런데 그것도 상당히 어려운 상황이에요."

에노모토는 신발에 비닐 커버를 씌우고 집으로 들어갔다. 두 사람도 커버를 받아들고 말없이 뒤를 따랐다. 스기사키는 커버가 처음부터 사람 수대로 준비되어 있다니 수상하다고 느꼈지만 우연일 거라고 애써 의식 한구석에 밀어두었다. 복도는 옆으로 몹시 기울어서 미끌미끌한 커버를 씌우고 걸으려니 발밑이 몹시 불안정했다. 엉겁결에 손으로 벽을 짚고 싶어졌다. 아오토 변호사는 듣던 것보다 훨씬 심각한 결함 주택의 실태에 놀란 것 같았다.

"문을 제외하면 이 집에서 사람이 빠져나갈 수 있는 개구부는 창문뿐입니다. 그런데 거의 모든 창문이 잠금장치가 달린 크레센트 자물쇠로 단단히 잠겨 있었어요."

"지금 거의 모든 창문이라고 그랬어요?"

아오토 변호사가 검찰 측 증인을 대하듯이 의심스럽다는 눈으로 쳐다보며 물었다.

"예. 실은 잠기지 않은 창문이 딱 하나 있었습니다. 부엌 창문인데요."

세 사람은 복도를 똑바로 나아가다 왼쪽으로 꺾어 부엌으로 들어갔다.

"저 창문입니다. 사람이 빠져나가기에 충분할 만큼 크고 크레센트 자물쇠는 잠겨 있지 않았어요."

에노모토는 부엌 제일 안쪽에 있는 창문을 가리켰다. 폭 1미터, 높이 60센티미터 정도다. 두 짝짜리 미닫이 창문은 한쪽이 1~2센티미터 정도 열려 있었다.

"그럼 범인은 저 창문으로 도망친 것 아닌가요?"

아오토 변호사는 화가 치민 것처럼 에노모토를 다그쳤다. 미간에 새겨진 굵은 세로 주름 때문에 예쁜 얼굴이 망가졌다.

"그런데 말입니다. 이 창문은 아무리 밀고 당겨도 꿈쩍도 안 해요."

에노모토가 새시에 손을 대고 말했다.

"그건 사실입니다. 지진이 난 뒤로 이 창문은 더 이상 열리지 않아요. 깜빡하고 자물쇠를 안 잠근 게 아닙니다. 살짝 열린 상태라서 잠글 수가 없어요."

스기사키도 에노모토에게 동의하듯이 증언했다.

"아무래도 지반침하로 집 전체가 비스듬히 기운 탓에 새시가 위아래로 강한 압력을 받는 것 같습니다. 이건 인간의 힘으로는 도저히 못 열어요."

에노모토가 스기사키의 말끝을 이어받아 덧붙였다.

스기사키는 내심 쓴웃음이 나왔다. 마치 자신과 에노모토 둘이 한편이 되어 아오토 변호사를 설득하고 있는 것 같았다.

"그렇군요. 그렇다면 이 집은 역시 밀실이었다는 말인가요?"

아오토 변호사는 팔짱을 끼고 온몸으로 불신감을 표현하며 물었다.

"아니, 아직 그런 결론을 내리기는 시기상조죠. 이제 타케모토 씨의 시신이 발견된 거실을 보러 갑시다."

에노모토는 재빨리 부엌에서 나가더니 복도를 되짚어갔다. 할 수 없이 두 사람도 뒤를 따랐다. 이 남자는 도대체 무슨 생각을 하고 있는 걸까. 다시 불안해지기 시작했다.

"거실에는 문이 두 개입니다. 하나는 복도를 마주하고 있고, 다른 하나는 아까 전에 봤던 부엌 겸 식당으로 직접 연결

되죠."

에노모토는 복도 서쪽의 거실로 들어가는 문을 가리켰다. 현관문과 똑같이 안쪽으로 열리는 방식이고, 역시 꽉 닫히지 않는다. 에노모토가 문을 열고 모두 함께 안으로 들어갔다.

"거실이 제법 크네요."

아오토 변호사가 중얼거렸다.

"동서 방향으로 길 뿐이에요. 그래도 열 평은 넘습니다."

스기사키는 웅얼거리듯이 설명했다. 자랑거리로 삼을 만한 거실이었는데. 동료 교사들을 초대할 날을 몇 번이나 꿈꾸었던가.

"그건 그렇고, 복도에서도 놀랐지만 바닥이 너무 심하게 기울었네요."

아오토 변호사는 깜짝 놀란 모양이다.

"예. 서쪽으로 약 6도나 기울었어요. 스키장에 가면 초급자용 완경사 슬로프 중에 이 정도 기울어진 곳도 있지 않나요?"

스기사키는 자조하듯이 말했다.

"……타케모토 씨의 시신이 발견되었을 때 이 방은 밀실 상태였습니다. 순서대로 검증하죠. 일단 거실 북쪽의 부엌과 연결된 이 문부터요."

에노모토는 아오토 변호사의 관심을 방 북쪽에 있는 문으로 돌렸다.

"집이 내려앉아 비뚤어졌을 때 아무래도 하중을 제대로 받는 위치에 있었는지 아무리 힘을 줘도 열리지 않았습니다."

"잠깐만요! 이 문을 열려고 했습니까?"

스기사키는 불끈 화를 내며 항의하는 연기를 했다.

"위험하니까 문을 건드리지 말라고 경고하는 종이를 붙여놨잖아요? 그리고 일부러 검 테이프로 막아두기까지 했는데!"

스기사키는 '위험! 문을 열지 말 것!'이라고 적힌 종이와, 문과 주위의 벽에 커다랗게 ×표를 그리듯이 붙인 검 테이프를 가리켰다.

"예. 무슨 걱정을 하시는지는 잘 압니다. 실제로 이걸 보면 억지로 문을 열었다가는 집이 무너지지 않을까 겁을 먹는 게 당연하겠죠."

문틀 위쪽에 수없이 많은 균열이 생겨서 보기만 해도 무서울 지경이었다.

"하지만 그만한 하중을 받고 있다면 제가 아무리 힘을 써봤자 문이 열릴 리 없어요. 실제로 문을 힘껏 잡아당기거나 부엌에서 쾅쾅 걷어차도 꿈쩍도 안 하더군요."

에노모토는 태연한 얼굴로 어이가 없어 기가 탁 막히는 소리를 했다.

"결론을 말하자면 범인이 이 문으로 탈출했을 가능성은 없습니다. 일단 문 자체를 여닫을 수 없는 데다 ×표 모양으로 붙인 이 검 테이프가 문을 완벽히 봉인했으니까요. 보세요. 주름이나 기포 하나 없이 테이프 가장자리까지 깔끔하게 붙어 있습니다."

에노모토는 웃음 지었다.

"스기사키 씨는 상당히 꼼꼼하신 분이군요. 보통은 결함 주택의 문을 막을 때 이렇게까지 공들여서 검 테이프를 붙이지는 않을 것 같은데요."

기습에 동요했지만 스기사키는 아무렇지도 않은 듯이 시치미를 딱 뗐다.

"성격입니다. 뭐든지 제대로 하지 않으면 기분이 찜찜하거든요."

"그렇군요……. 자, 다음은 창문입니다. 이 거실에는 남쪽과 서쪽에 창문이 있습니다. 전부 잠금장치가 달린 크레센트 자물쇠로 잠겨 있었어요. 그뿐만이 아닙니다."

에노모토는 창문을 덮은 투명한 비닐을 만졌다.

"창문은 전부 안에서 막혀 있었어요. 비닐시트로 창문을 덮고 검 테이프로 벽에다 붙였죠. 여기에서도 스기사키 씨의 꼼꼼한 성격이 드러납니다. 검 테이프끼리는 1센티미터의 틈도 없고 역시 주름 하나 잡히지 않았습니다."

"그럼 이것도 스기사키 씨가 직접 하신 건가요?"

아오토 변호사가 미심쩍다는 듯이 물었다.

"예. 제가 창문 위에 비닐을 붙였습니다."

"뭐 때문에요?"

아오토 변호사를 아군으로 만들려고 여기 데려왔으니 잘 둘러대야 한다.

"……실은 거실 마루청을 통째로 전부 뜯어낼 작정이었어요. 콘크리트에 간 금을 보고 바닥이 얼마나 기울었는지 가늠해보려고요."

스기사키는 방 한가운데의 마루청을 일부만 뜯어낸 곳을 가리켰다. 콘크리트가 고스란히 드러난 부분에 희미하게 배어 있는 검은 얼룩은 타케모토가 흘린 핏자국이었다. 이를테면, 이 비뚤어진 집 자체가 타케모토의 머리를 깨부수기 위한 둔기였던 셈이다.

"뜯어낼 때 콘크리트 조각이 튀어서 유리에 흠집이라도 나면 큰일이다 싶어서 붙였죠. 결국은 여기만 뜯어내고 단념했습니다만."

"그랬군요."

"하지만 타케모토 씨가 넘어졌을 때 마루청을 뜯어낸 부분에 머리를 부딪쳐서 돌아가셨으니 저도 책임을 느낍니다."

"그런 걸 예상할 수 있는 사람은 아무도 없어요."

아오토 변호사는 스기사키의 설명에 수긍한 것 같았다.

"······다만 벽 몇 군데에 뜯어진 테이프가 남아 있다니 꼼꼼하신 스기사키 씨 치고는 좀 이상하군요."

에노모토가 북쪽 벽의 서쪽 언저리를 가리켰다.

"그밖에도 몇 군데 더 있습니다. 전부 북쪽과 서쪽 벽에 집중되어 있더라고요."

"정말이네. 이건 무슨 자국인가요?"

아오토 변호사도 벽에 붙은 테이프 조각을 주시했다. 큰일이다.

"그게 뭐였더라. 분명 벽보 같은 거였을 겁니다. 나중에 마음이 변해서 떼어냈을 거예요. 집이 엉망진창이라 열 받아서 확 잡아 뜯고서는 그냥 놔둔 모양입니다."

스기사키는 밝은 목소리로 동요한 마음을 감추었다.

"벽보요? 그런 것 치고는 모양이 상당히 별나군요. 남아 있는 자국을 이으면 신기한 선이 생깁니다. 서쪽 벽에는 오른쪽 위로 올라가는 선이 있고, 그 선이 북쪽 벽에 다다르면 오른쪽 아래로 내려가는 선으로 변하죠······. 가령 여기에 시트 같은 걸 쳐둔다면 바닥 북서쪽 구석을 삼각형으로 잘라낸 듯한 모양이 될 거예요."

스기사키는 흠칫 놀랐지만 차분함을 되찾으려고 애썼다.

괜찮다. 우연히 그 모양을 알아차렸다고 해도 무슨 의미인지는 절대 모를 것이다.

"이야기를 원래대로 되돌릴까요. 비닐시트로 창문을 막았다, 이게 뭐 어쨌다는 거죠?"

아오토 변호사가 위기에서 구해 주었다.

"……요컨대, 거실 창문으로도 범인이 탈출할 가능성은 없다는 말입니다. 밖에서 크레센트 자물쇠와 잠금장치를 잠그고 안쪽에다 테이프로 비닐을 붙이다니 도저히 불가능하죠."

에노모토는 스기사키가 바라던 대로 설명해주었다.

"그렇다면 복도와 마주한 문만 남았군요."

아오토 변호사가 매서운 눈으로 문을 쳐다봤다.

"그 전에 확인해야 할 개구부가 하나 더 있습니다."

에노모토의 지적에 스기사키는 가슴이 철렁했다. 이 남자라면 놓치지 않을 것 같기는 했지만.

"개구부가 하나 더 있다고요?"

아오토 변호사는 상상도 못한 것 같았다.

"서쪽 벽이요. 여기를 보세요."

에노모토는 두 사람을 데리고 서남쪽 구석으로 다가가 높이 1.5미터쯤 되는 곳을 가리켰다. 벽에 둥그런 플라스틱 마개 같은 것이 끼워져 있었다.

"이건 에어컨 덕트용 구멍입니다. 안쪽과 바깥쪽에 각각 돌려서 여닫는 마개가 달려 있는데, 단열을 위해서인지 속에 신문지를 뭉쳐서 넣어뒀더군요."

"마개로 막혀 있는데 개구부라고는 할 수 없지 않겠어요?"
아오토 변호사가 의문을 제기했다.

"확실히 지금은 막혀 있지만, 만약 범인이 존재했다고 하
면 이 구멍을 손쉽게 이용했을 겁니다. 바깥쪽 마개는 간단
히 닫을 수 있고, 안쪽 마개도 집 밖에서 여닫을 수 있거든
요."

"안쪽 마개도요? 어떻게요?"

"해보면 알겠지만, 손을 집어넣어 마개 안쪽을 돌리면 간
단히 닫힙니다. 직경이 75밀리미터나 되는 큰 구멍이니까 조
금 오므리면 성인 남자의 손도 들어갈 걸요. 마개 뒷면에 테
이프로 끈 같은 걸 붙여두면 범인이 구멍을 이용하는 동안에
마개를 방 안에 늘어뜨려 놓을 수 있죠. 일을 끝내고 나서 끈
으로 마개를 끌어올려 구멍에 갖다 대고 돌려서 닫으면 됩니
다."

"잠깐만요. 구멍을 이용하는 동안이라니, 도대체 어떻게 이
용한다는 거죠?"

"그건 아직 잘 모르겠습니다. 지금부터 풀어야 할 숙제죠.
뱀이나 장어가 아닌 한 적어도 이 구멍으로 직접 탈출할 수
는 없을 테니까요."

에노모토는 아오토 변호사의 눈빛을 보고서도 아무렇지도

않게 눈을 돌렸다.

"자, 이제 마지막 개구부입니다. 우리가 아까 들어온 복도를 마주한 문을 봐주십시오."

일동은 반쯤 열린 나무문을 향해 돌아섰다.

"이 문은 여러 가지 의미에서 조건이 현관문과 흡사합니다. 비싼 푸조 나무이고 안쪽으로 열리죠. 그리고 집이 비뚤어지는 바람에 문이 문틀에 꼭 들어맞지 않습니다."

"이중 밀실에 완전히 똑같은 조건의 문이라……. 어쩐지 수상하네요."

아오토 변호사는 갑자기 헌터 같은 표정을 지었다. 당신은 변호사잖아, 하고 스기사키는 마음속으로 핀잔을 주었다.

"평소에 이 문은 꼭 닫아두지 않죠?"

에노모토가 갑자기 스기사키 쪽으로 돌아서서 질문했다.

"예. 그렇습니다. 닫을 방법이 없어서……."

"그런데 타케모토 케사오 씨가 발견됐을 때는 이 문도 현관문과 마찬가지로 굳게 닫힌 상태였습니다."

에노모토는 의미심장하게 아오토 변호사를 힐끗 쳐다봤다.

"그래서 도대체 어떻게 하면 닫힐까 싶어 이런저런 실험을 해봤죠. 결론은 현관문 때와 동일합니다. 문틀에 압력을 가하거나 천과 쐐기를 사용하거나 윤활제를 칠하는 등 떠오르

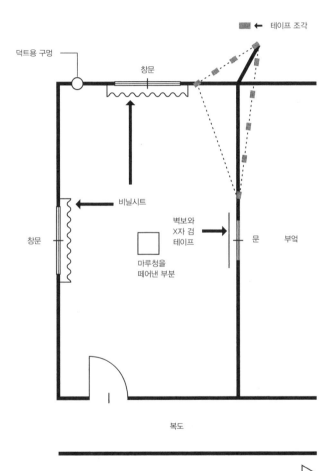

테이프 조각

덕트용 구멍

창문

창문

비닐시트

벽보와
X자 검
테이프

문

부엌

마루청을
떼어낸 부분

복도

는 방법은 모조리 시도해봤습니다만, 바깥에서 문손잡이를 당겨서 닫기는 불가능했어요. 하지만 방 안에서 이걸로 두드리자 이번에도 닫을 수 있었습니다."

에노모토는 또다시 자랑스레 소프트 해머를 내보였다.

"즉, 이 문은 안에서는 닫을 수 있지만 밖에서는 닫히지 않는다……. 한마디로 이 방은 완벽한 밀실이었다는 뜻이군요?"

아오토 변호사가 결국 결론 같은 말을 입에 담았다. 잘한다. 스기사키는 속으로 쾌재를 불렀다. 그 말이 맞다. 이 방은 밀실이었다. 그러므로 타케모토의 죽음은 사고가 분명하다.

"이 문 하나만 놓고 보면 분명 그렇죠. 하지만 아까 전에 이 방에서 범인이 써먹을 수 있는 개구부를 보여 드렸습니다. 에어컨의 덕트용 구멍 말이에요."

에노모토는 다시 언급하지 말았으면 하는 방향으로 이야기를 되돌렸다.

"무슨 뜻이죠? 그 구멍으로 뭔가를 하면 이 문을 닫을 수 있다는 말인가요?"

"그게 난제입니다. 그도 그럴 것이 이 문은……."

"알았다!"

갑자기 아무 맥락도 없이 아오토 변호사가 소리를 질렀다.

두 남자는 깜짝 놀라서 그녀를 쳐다봤다.

"알았다니……, 뭘요?"

이야기의 허리를 뚝 잘린 에노모토가 뚱한 얼굴로 물었다.

"이 방에는 아무도 몰랐던 개구부가 하나 더 있잖아요! 거기를 통과하면 이중 밀실과는 상관없이 직접 밖으로 나갈 수 있어요!"

스기사키는 도대체 무슨 이야기인지 의아했다. 범인인 자신조차 무슨 소리를 하려는지 짐작도 가지 않다니.

"개구부가 하나 더 있다니, 도대체 무슨 소리입니까?"

에노모토도 당혹스럽다는 표정이라서 묘한 친근감이 느껴졌다.

"이 방은 비가 새죠? 그래서 방 안에 타케모토 씨가 미끄러졌다는 물웅덩이가 생겼었고요."

아오토 변호사는 스기사키에게 물었다.

"……아, 예. 말씀대론대요."

"물은 어디로 들어왔죠? 천장에 개구부가 있었다는 뜻 아니겠어요?"

두 남자는 잠시 아무 말도 할 수 없었다.

"천장에 그렇게 큰 구멍이 없어도 비는 샙니다."

겨우 마음을 다잡았는지 에노모토가 설명했다.

"일반적으로 슬레이트 기와지붕은 기와와 기와의 이음매로 들어온 빗물이 아래 기와를 따라 밖으로 흘러나가는 구조로 만들어져 있습니다. 하지만 이 집은 조잡하게 시공한 탓인지 기와와 기와가 겹치는 부분에 도료가 들어가서 굳어버렸더군요. 그래서 갈 곳을 잃은 빗물이 고였고, 그 빗물이 모세관 현상에 의해 방수 시트와 지붕널의 미세한 구멍과 틈으로 배어 나와……."

"비가 새는 원인에 대해 자세하게 강의해달라고 부탁한 적 없는데요."

아오토 변호사가 조바심을 내며 말을 막았다.

"그러니까 에노모토 씨는 천장도 조사한 거죠?"

"예."

"그리고 밀실과는 관계가 없다고 단정했고요."

"그렇습니다. 개구부……라고 부를 만큼 큰 것도 아니에요. 1밀리미터 미만의 틈이 기와를 치워야 보이는 곳에 있습니다. 집 안에서는 보이지도 않고요. 밀실 트릭에 이용되었다고 보기는 힘듭니다."

"……그런가요."

아오토 변호사는 누가 봐도 한눈에 알 수 있게 낙담했다. 〈아름다운 천연|1902년에 완성된 일본 최초의 왈츠곡. 일본어의 '천연天然'은 어리바리한 사람을 가리키는 '텐넨보케天然ボケ'의 줄임말로도 쓰인다 - 옮긴이〉의 멜로디가 스기사키의 머릿속을 흘러갔다.

"저기, 잠깐 괜찮을까요?"

스기사키는 이 기회에 논의를 자신 위주로 끌고 나가야겠다 싶어 대화에 끼어들었다.

"말씀하시죠."

에노모토가 고개를 끄덕였다.

"듣자 하니 아까부터 마치 범죄가 있었다는 걸 전제로 이야기를 진행하는 것 같은데, 보시다시피 타케모토 씨가 돌아가신 현장은 밀실이었습니다."

스기사키는 숨을 크게 들이마시고 나서 이야기를 계속했다.

"사고사였다고 생각하는 게 제일 자연스러울 것 같은데요. 타케모토 씨는 집 안을 조사하다가 젖은 바닥에 발이 미끄러지는 바람에 넘어지면서 머리를 부딪친 겁니다……. 저는 왜 경찰이 이런 명백한 사실을 받아들이려 하지 않는지 모르겠어요. 어쩌면 섣부른 짐작만으로 저를 의심해서 수사하는 게 아닌가 싶기도 합니다."

다음 이야기는 특히 아오토 변호사가 잘 들어야 한다. 스기사키는 아오토 변호사 쪽으로 돌아섰다.

"옛날에, 그러니까 아직 고등학생일 때 저는 큰 잘못을 저질렀습니다. 그때 경찰이 엄하게 취조를 했는데, 진상은……."

"경찰이 왜 이 사안에 사건성이 있다고 보는지는 저도 설명할 수 있습니다."

모처럼 이야기가 잘 풀려나가는데 에노모토가 옆에서 끼어들었다.

"사건성이 있다고요? 경찰은 그렇게 단정한 건가요?"

아오토 변호사는 벌써 아까 전의 실패를 극복했나 보다.

"예. 안타깝지만 이 사건은 스기사키 씨의 말씀과는 달리 사고로 받아들일 수 없습니다."

에노모토는 전혀 안타깝지 않은 듯한 미소를 지으며 말했다.

3

"일단 누구라도 떠올릴 의문부터 먼저 생각해보죠. 타케모토 씨는 왜 현관문과 거실 문을 억지로 닫았을까요?"

이미 예상했던 질문이었다.

"뭐, 상상에 맡겨야겠습니다만."

스기사키는 수업할 때처럼 숨을 한 번 들이마시고 말을 이었다.

"타케모토 씨는 이 집이 어떤 상황인지 조사하러 왔으니 당연히 문의 상태도 확인했겠죠. 문이 닫히지 않는다는 항의를 했었으니까요. 문이 정말로 닫히지 않는지, 혹은 손을 보면 간단히 고칠 수 있는지 조사할 필요가 있었을 겁니다."

"하지만 이 문 두 개를 문틀에 끼워 넣기는 쉬운 일이 아닌데요."

에노모토가 먹잇감의 상태를 살피는 족제비 같은 눈빛으로 말했다.

"문이 닫히지 않는다는 건 척 보면 압니다. 그런데 왜 고생을 해가며 닫아야 했을까요? 그뿐만이 아니죠. 문 두 개를 억지로 닫으면 골치 아픈 상황에 빠질 가능성도 있었습니다."

"골치 아픈 상황이라뇨?"

아오토 변호사가 눈살을 찌푸리며 물었다.

"일단 문을 꼭 닫고 나면 나가지 못할 가능성이 있습니다."

"음, 그렇군요."

아오토 변호사는 에노모토의 의견에 반쯤 넘어간 것 같았다. 스기사키는 반박하기로 했다.

"만에 하나 문으로 나가지 못하면 비닐을 떼어내고 창문으로 나가면 그만입니다. 타케모토 씨는 그렇게 생각하고 일단 문을 닫아본 게 아닐까요?"

좋아, 궁지는 면했다. 스스로 생각하기에도 괜찮은 반격이다 싶었다.

"그렇다면 다음 질문입니다. 타케모토 씨는 어떻게 문 두 개를 닫았을까요?"

"어떻게라니요? 에노모토 씨가 안에서는 문이 닫힌다고 하셨을 텐데요?"

"예. 하지만 제게는 이게 있었으니까요."

에노모토가 소프트 해머를 들어 올려 보였다.

"경찰 조사에 따르면 타케모토 씨의 소지품 중에 소프트 해머를 대신할 만한 물건은 하나도 없었다고 합니다."

"그건……."

스기사키는 말문이 막혔다.

"별다른 도구가 없어도 손으로 두드리거나 발로 걷어차면……."

"예, 그렇게 생각하는 수밖에요. 하지만 그런 흔적은 전혀 없었어요."

에노모토는 커다란 눈으로 스기사키를 쳐다봤다.

"만약 손으로 두드렸다면 상당한 힘이 필요했을 겁니다. 가라테 선수도 아니니 정권지르기를 하지는 않았겠죠. 이른바 망치 부분, 그러니까 주먹을 쥔 상태에서 새끼손가락이 있는 면으로 두드렸을 겁니다. 당연히 문을 두 개나 두드려서 닫았으니 손이 새빨개졌겠죠. 그런데 타케모토 씨의 손에는 그런 흔적이 전혀 남아 있지 않았어요."

스기사키는 침묵했다. 거기까지 고려하지 않았다니 실수다. 그렇다기보다 이런 추궁을 당할 줄은 꿈에도 생각지 않았다.

"그리고 두드려서 닫은 문에는 타케모토 씨의 장문掌紋이 찍혀 있어야 할 텐데 그것도 발견되지 않았습니다."

"그렇다면 발로 걷어찬 게 아니겠습니까?"

"실제로 문을 두드려서 문틀에 끼워 넣어보니 문 위쪽의 두 구석을 제일 많이 두드려야 하더군요. 태권도의 달인이 아닌 이상 그렇게 높은 곳은 찰 수 없겠죠."

스기사키는 입술을 핥았다. 진정해라. 아직 아무것도 들통 나지 않았다.

"……음, 그런가요. 그렇다면 저는 잘 모르겠군요."

설명하지 못하겠거든 솔직하게 모른다고 인정하는 편이 상책이다. 사고설로 아오토 변호사를 설득하기는 어려워진 것 같지만, 일단 물러서서 상대가 어떻게 나오는지 보기로 하자.

"모르겠다고요? 정말입니까?"

에노모토는 마치 덩굴이 휘감기듯이 물고 늘어졌다. 스기사키는 불끈 화를 냈다.

"도대체 무슨 뜻입니까? 직접 본 것도 아닌데 타케모토 씨가 어떻게 행동했는지 내가 어떻게 알아요!"

"그렇단 말이죠. 그렇다면 스기사키 씨 본인의 행동에 대해

묻겠습니다."

에노모토는 재빨리 두 번째 화살을 메겼다.

"타케모토 씨의 시신을 발견한 건······."

"잠깐 기다려요! 이거 도대체 무슨 짓이죠? 취조라도 하는
건가요?"

이번에도 아오토 변호사가 구원의 손길을 내밀어주었다.

"어느 틈에 스기사키 씨가 이 사건의 피의자가 된 거죠? 방
심한 사이에 기습하다니 용서할 수 없어요! 게다가 경찰도 아
닌 에노모토 씨한테 이런 신문을 받을 이유는 없다고요."

아오토 변호사는 아까까지의 맹한 모습과는 180도 달라진
매서운 형사 변호사의 얼굴로 따지고 들었다.

"그럴 생각은 없었습니다."

에노모토는 아오토 변호사를 달래듯이 교활해 보이는 미
소를 지었다.

"스기사키 씨를 의심하는 것도 아닙니다. 다만 이 불가사의
한 상황을 어떻게든 합리적으로 설명하고자······."

"아니요. 당신의 꿍꿍이속은 잘 알아요."

아오토 변호사는 에노모토의 변명을 원천봉쇄했다.

"사건 현장에 이렇게 쉽게 들여보내주다니 이상하다 싶었
어요. 이거 전부 덫이죠? 취조가 아닌 형태로 스기사키 씨를
방심하게 해놓고 자백에 가까운 언질을 끌어낼 작정이었죠?

에노모토 씨는 경찰이랑 아주 사이가 좋은가 보네요. 이렇게 빚을 지워두면 나중에 콩고물이라도 좀 떨어지나요?"

"말도 안 됩니다. 그건 아오토 선생님의 오해예요."

에노모토는 아오토 변호사의 서슬에 쩔쩔맸다.

"이 집의 조사를 맡은 건 사실이지만 범인까지 찾아낼 생각은 없습니다. 저는 객관적인 입장에서 문제점을 정리했을 뿐이라고요. 경찰이 사건성이 있다고 보는 이유를 말씀드린 것도 스기사키 씨의 의문에 대답하려고 그런 것뿐이에요. 실은 경찰한테는 결정구가……."

"이제 됐어요. 스기사키 씨. 돌아가죠."

아오토 변호사는 스기사키를 재촉해 물러가려고 했다.

"아니, 잠깐만요."

스기사키는 허둥지둥 아오토 변호사를 말렸다. 이대로라면 자신이 범인일지도 모른다는 인상만이 남는다. 의혹은 가능한 한 씻어내고 아오토 변호사에게 자신은 무고하다는 심증을 심어주어야 한다. ……게다가 에노모토가 꺼내다 만 '결정구'라는 말도 묘하게 마음에 걸렸다.

"어떤 질문에든 대답하겠습니다. 저는 켕기는 구석 없이 떳떳하니까요. 어쨌거나 제가 왜 경찰한테 의심받는지 확실하게 알았으면 합니다."

"그런가요. 그럼 스기사키 씨 본인께 허락을 받았으니 묻겠습니다."

에노모토는 지체 없이 질문을 다시 시작했다.

"타케모토 씨의 시신을 발견하신 분은 스기사키 씨죠?"

"그렇습니다."

"지난주 토요일 오후 3시가 넘었을 때쯤이라고 들었는데요."

"예. 그날은 아침부터 학교에서 야구부를 지도했습니다. 연습을 마무리하고 뒷정리는 학생들에게 맡기고 귀가했죠. 그리고 집을 한번 봐둘까 싶어서 갔는데 설마 그런 사고가 일어났을 줄은 꿈에도 몰랐습니다."

스기사키는 입가를 누르는 연기를 했다.

"왜 여기 오자마자 거실 창문 바깥쪽으로 돌아가셨죠?"

"전부터 신경이 쓰였거든요. 밖에서도 건물 기초에 균열이 생겼는지 알아볼 방법이 없을까 싶어서요. 차 안에서 그 생각이 떠올라서 일단 밖을 돌아본 겁니다."

"그러다 밖에서 거실을 들여다보고 시신을 발견하셨고요."

"예."

"왜 창문으로 안을 들여다보셨죠?"

"그건…… 불이 켜져 있어서요."

"흠. 불이 켜 있기에 들여다보니 사람이 쓰러져 있어서 무슨 긴급사태가 발생했다고 판단하신 거군요?"

"예. 이거 큰일 났다 싶었죠."

"창문 안쪽에 비닐이 붙어 있었는데, 똑똑히 보였습니까?"

"엎드려 있어서 얼굴은 못 알아봤지만 누가 쓰러져 있다는 건 확실했습니다."

"방에 불이 켜 있어서 잘 보인 것 아닙니까? 만약 불이 켜 있지 않았다면 밝은 바깥에서 어두운 방 안을 들여다봐도 거의 보이지 않았을 것 같은데요."

"뭐…… 그럴지도 모르죠."

"제가 품은 첫 번째 의문은 왜 이 집에 전기가 들어오느냐는 거였습니다."

스기사키는 간이 덜컥 내려앉았다. 에노모토가 아픈 곳을 정확하게 찔렀다.

"집을 넘겨받았다고는 해도 아직 타케모토 씨와 결함 문제로 다투던 중이셨죠? 실제로 살 계획도 없는데 왜 전기 사용 신청을 하셨습니까?"

"뭐랄까, 여러 가지로 불편했거든요. 집 안을 조사하려 해도 조명도 안 들어오지 전동 공구도 못 쓰지, 아무래도 안 되겠다 싶어서요."

"그 조명 말인데, 제법 그럴싸한 걸 다셨더군요."

에노모토는 천장을 가리켰다. 도넛 모양 형광등을 끼우는 반구형 실링라이트로, 유백색 아크릴 커버가 달려 있다.

"임시 조명이라면 전구 하나만 있어도 될 것 같은데요."

스기사키는 어깨를 움츠렸다. 멍청아. 그럴 수야 없지. 알 전구면 계획을 실행하는 도중에 깨질 위험성이 있었으니까.

"성격이 그렇다고 할까요. ……설령 잠시만 쓴다고 해도 좀 제대로 된 걸 달아두고 싶었습니다."

"에노모토 씨. 도대체 뭘 물어보고 싶은 거예요? 저는 그림이 전혀 안 그려지는데요."

아오토 변호사가 참다 못한 듯이 끼어들었다.

"지금부터가 중요한 질문입니다. ……스기사키 씨. 당신은 창밖에서 쓰러진 타케모토 씨를 발견했습니다. 척 보기에도 분명히 큰일이다 싶었죠? 그렇다면 그 후에 당신이 왜 그런 행동을 취했는지 아무래도 이해가 안 가네요."

"무슨 뜻입니까?"

무슨 말을 하고 싶은지 알았지만 스기사키는 시치미를 뚝 떼고 물었다.

"당신은 거실로 가려고 일단 현관으로 돌아왔습니다. 그런데 문이 닫혀 있었죠. 그래서 휴대전화로 구급차를 불렀어요."

에노모토는 스기사키를 가만히 쳐다봤다.

"왜 문을 걷어차서 열려고 하지 않으셨나요?"

"문을 세게 밀어봐도 꿈쩍도 하지 않아서 영락없이 잠겼다고 생각했습니다."

"현관문이 한번 닫히면 쉽게 열리지 않는다는 건 알고 계셨죠?"

"뭐랄까, 너무 당황했어요. 현관문이 닫히지 않게 된 이후로 억지로 닫아본 적도 없고 해서요."

"그렇다면 왜 거실 창문을 깨고 안으로 들어가려고 하시지 않았죠?"

에노모토는 추궁의 고삐를 늦추지 않았다.

"일단 현관으로 와서 그런지 그런 방법은 머릿속에 떠오르지도 않았네요. 하여튼 구급차를 기다려야겠다고만 생각했습니다."

스스로도 민망하기 그지없는 설명이었다. 하지만 비상사태가 발생해서 정신이 없는 나머지 묘한 행동을 했다는 말에도 일리는 있다.

에노모토는 아오토 변호사를 향해 말했다.

"신고하고 나서 약 10분 후에 구급차가 도착했고, 구급대원이 현관문을 몇 번 세게 걷어차자 문이 열렸습니다. 구급대원들은 집으로 들어가 이번에는 거실 문을 발길질로 열었죠. 하지만 타케모토 씨는 이미 사망한 지 대여섯 시간이 지난 상태였어요. ……어떤가요? 예전에 아오토 선생님이 맡은 밀실 사건하고 어떤 공통점이 있는데, 아시겠습니까?"

아오토 변호사는 고개를 끄덕였다. 어째서인지 아주 심각한 표정이었다.

"……오쿠타마의 산장에서 자살로 위장해 어떤 회사의 사장을 살해한 사건이 있었는데, 그때랑 비슷한 것 같네요."

스기사키의 마음속에서 불안이 점점 커져갔다. 과거에 똑같은 사건과 맞닥뜨린 적이라도 있다는 말인가. 말도 안 된다. 그럴 리 없다.

"저도 그 사건이 떠올랐습니다. 첫 번째 발견자가 범인일 경우, 밀실을 억지로 열기를 주저하거나 최대한 손을 대지 않으려는 경향이 있죠. 뭐, 당연한 이야깁니다. 시체를 발견하는 척하며 스스로 밀실을 깨뜨리면 애써 만든 트릭이 무의미해지니까요."

스기사키의 머리에 피가 확 치밀었다. 분노라기보다는 공포 때문이었는지도 모른다.

"첫 번째 발견자가 범인이라니, 제가 범인이라고 딱 집어서 말씀하시는 건가요?"

"그렇습니다. 긴급한 상황을 인지했으면서 문을 걷어차서 열거나 유리창을 깨고 들어가지 않다니, 아무리 생각해도 부자연스럽죠. 저는 단 하나의 해석밖에 떠오르지 않더군요. 당신은 밀실을 온전히 보존한 채로 경찰에게 넘겨주고 싶었던 겁니다. 아닌가요?"

"무슨 당치도 않은 소리를!"

스기사키는 낭패한 기색이 얼굴에 떠오르지 않도록 큰 소리로 부정했다.

"예, 분명히 너무 당황한 나머지 적절한 조치를 취하지 못했는지도 모르죠. 하지만 인간이 언제든지 합리적으로만 행동할 수는 없지 않겠어요?"

"저는 당신이 항상 합리적으로 행동하는 사람처럼 보이는데요."

"이거야 원, 말이 통해야지! 주관적인 견해만으로 사람을 범죄자 취급하는 겁니까?"

스기사키는 아오토 변호사 쪽으로 돌아서서 하소연했다.

"저는 무고합니다. 이 사람, 역시 경찰의 끄나풀이에요. 아무 증거도 없이 저를 범인으로 몰 생각이라고요. 제발 좀 도와주십시오."

아오토 변호사는 여전히 심각한 표정으로 에노모토를 보고 말했다.

"경찰이 왜 스기사키 씨를 수상하게 여기는지 그 이유는 대충 알았어요. 하지만 스기사키 씨를 범인 취급하기 전에 어떻게 하면 범행이 가능한지, 적어도 그 방법 정도는 제시해야 할 것 같은데요."

"알겠습니다."

에노모토는 동요하지 않았다.

"그러면 순서대로 설명하겠습니다. 일단 현관문부터요."

에노모토는 거실을 나서서 현관으로 되돌아갔다. 두 사람은 뒤를 따라가지 않을 수 없었다.

"정말이지 묘한 밀실입니다. 현관문은 잠긴 것도, 그렇다고 체인이 걸려 있던 것도 아니에요. 그저 문틀에 꽉 끼어 있었을 뿐이죠. 하지만 이 현관문을 밖에서 닫는 방법은 결국 찾아내지 못했습니다."

"에노모토 씨 실력으로도 무리인가요? 별일이 다 있네요."

아오토 변호사가 비아냥거리듯이 말했다.

"예. 이건 이를테면 아날로그적인 밀실이니까요."

"무슨 뜻이죠?"

"열쇠만 있으면 만사 해결이라거나 개구부를 통해 자물쇠에 닿기만 하면 어떻게든 되는, 모 아니면 도의 디지털식 밀실이 아니라는 뜻입니다. 이 문을 틀에 끼워 넣으려면 안쪽에서 몇 번이나 강하게 그것도 필요한 부분을 골라서 두드려야 합니다. 밖에서 트릭을 써서 닫기는 불가능에 가까워요."

"그렇단 말이죠……."

아오토 변호사는 팔짱을 끼고 탄식하다가 정신을 차리고 에노모토를 노려봤다.

"그럼 안 된다는 거잖아요? 즉, 이 집은 틀림없이 밀실이었다는 거죠?"

"아니요, 그게 아니에요. 그저 범인이 현관문으로 달아나지 않았다는 이야깁니다."

에노모토는 대수롭지 않다는 듯이 말했다. 스기사키는 오한이 나는 듯했다. 설마 도달하지는 않겠지만, 이 기분 나쁜 남자는 진상에 한 걸음 한 걸음 다가오고 있다.

"그럼 어디로 도망쳤다는 거예요?"

"도주가 가능한 곳은 한 군데밖에 없었습니다. 그럼 다시 부엌으로 가보죠."

에노모토는 복도를 되짚어갔다. 제일 뒤에서 따라가면서 스기사키는 주먹을 꽉 움켜쥐었다. 이 남자가 모조리 간파하다니, 절대 그럴 리 없다. ……부탁이니까 제발 잘못 짚어라.

"아까 본 창문입니다. 사람이 빠져나갈 수 있을 만큼 크고 크레센트 자물쇠도 잠겨 있지 않습니다."

"하지만 에노모토 씨, 아까 이 창문은 아무리 밀고 당겨도 꿈쩍도 하지 않았다고 그랬잖아요?"

아오토 변호사가 입을 삐죽 내밀었다.

"예. 집이 비뚤어진 탓에 이 새시에 위아래로 강한 압력이 가해져서 이대로는 열리지 않습니다. 하지만 어떤 물건을 사용하면 간단히 열 수 있어요."

"어떤 물건?"

"이겁니다."

에노모토는 부엌 구석에 놓아두었던 잭[기어, 나사, 유압 등을 이용해서 무거운 것을 수직으로 들어 올리는 기구 – 옮긴이]을 꺼냈다. 스기사키는 입술을 깨물었다. 방금 전에는 그런 게 있는 줄도 몰랐다.

"이건 어디서든 흔히 볼 수 있는 나사식 팬터그래프 잭입니다. 자동차 타이어를 갈 때 요긴하게 쓰이죠."

"그 정도는 안다고요."

아오토 변호사는 어린아이 취급당해서 화내는 여고생 같은 표정을 지었다.

"덧붙여 제 차에도 하나 있어요. ⋯⋯스기사키 씨는 어떤가요?"

"⋯⋯있습니다. 분명 있을 겁니다. 써본 적은 없지만요."

스기사키는 잠긴 목소리로 말하다 헛기침을 했다.

"그런가요. 그럼 지금 당장 실제로 해보겠습니다."

에노모토는 새시의 앞쪽 레일 위에 미리 준비해둔 듯한 널빤지를 놓고 그 위에 잭을 얹었다.

"레일이 찌그러지거나 잭을 놓은 자국이 남으면 안 되므로 이 널빤지는 필수입니다. 게다가 창문 높이가 60센티미터나 되니까 위에도 뭔가를 물려야겠죠."

에노모토는 잭 위에 도마처럼 두꺼운 널빤지를 세웠다. 그러자 널빤지 윗부분이 새시 위쪽 레일에 닿을 것만 같았다.

"이걸로 준비 완료입니다. 자, 잭을 올려볼까요."

에노모토는 잭의 구멍에 걸쇠가 달린 쇠막대기를 끼우더니, 그 막대기 끝부분을 L자형 렌치 구멍에 넣었다. L자형 렌치를 돌리자 잭이 서서히 높아졌다. 물려둔 널빤지가 끼익 끽 하고 삐걱거렸다.

"이제 됐습니다."

에노모토는 마술사 같은 미소를 지었다. 창문에 손을 대자 아주 간단히 열렸다.

"보시다시피 창문 새시에 가해진 압력을 줄이기만 하면 창문은 쉽게 열리죠."

"하지만 그래 가지고는 못 나가잖아요."

아오토 변호사가 떽떽거렸다. 에노모토는 영문을 모르겠다는 표정을 지었다.

"못 나가다니요? ……어째서요?"

"그 잭이 창문을 막고 있으니까요!"

또다시 푼수 기질이 대폭발했다. 머리를 감싸 안은 에노모토를 대신해 어쩔 수 없이 스기사키가 설명했다.

"그게…… 창문을 열고 나서 잭을 치우면 될 것 같은데요. 계속 위아래로 떠받치고 있을 필요는 없을 테니까요."

아오토 변호사는 입을 벌린 채로 굳어버렸다.

"정리하자면 범인의 행동은 이렇습니다. (1) 현관으로 들어와 안에서 문을 닫는다. (2) 창문 안쪽에서 미닫이 창문 레일 위에 잭을 놓는다. (3) 잭을 올려서 창문을 열고 잭을 치운 다음 밖으로 나간다. (4) 밖에서 잭을 놓고 새시에 가해진 압력을 다시 한 번 줄여서 창문을 닫는다. (5) 잭을 치운다."

에노모토는 아주 참을성이 강한 교사처럼 차근차근 자상하게 설명했다.

"알았어요……."

아오토 변호사는 뚱한 얼굴로 대답했다.

"범인이 이 집에서 어떻게 밖으로 나갔는지는 이해가 가네요. 하지만 거실에서는 어떻게 나갔나요? 거실에는 이렇게 범인의 입맛에 딱 맞는 창문이 없잖아요?"

스기사키는 침을 꿀꺽 삼켰다. 부엌 창문을 연 방법 정도는 알아내도 큰 탈이 없다. 문제는 메인 트릭이다.

"그럼 다시 한 번 현장으로 갈까요."

세 사람은 부엌에서 복도로 나와 거실로 되돌아갔다.

"실은 거실에서 범인이 무슨 트릭을 사용한 듯한 증거가 발견됐습니다."

"증거요?"

"아까 좀 말하다 말았는데요. 경찰한테는 '결정구'가 있다고 그랬잖아요."

스기사키는 흠칫 놀랐다. 설마…….

"'결정구'라니, 도대체 뭐예요?"

"이 방 안에, 있었던 것 같습니다."

에노모토는 의미심장한 눈길로 스기사키를 쳐다봤다.

"뭐가요? 뜸 들이지 말고 빨리 가르쳐줘요."

"그러니까 '결정구'라고 했잖아요. 말 그대로…… 공입니다."

"공?"

아뿔싸. 스기사키는 입술을 깨물었다. 타케모토의 시체에
걸리기라도 한 걸까. 물론 그럴 위험성은 있었지만.

"현장에 왜 그런 게 있었을까요. 범인이 무슨 트릭에 사용
했다고 생각하지 않으면 설명이 안 됩니다. 바로 그게 경찰이
사건성이 있다고 단정한 가장 큰 근거예요."

아오토 변호사는 퍼뜩 놀란 듯했다.

"그렇구나. 그런 트릭을 사용한 거군요? 이제야 겨우 알아
냈어요!"

에노모토는 미심쩍다는 듯이 눈을 반쯤 오므렸다.

"정말로요? 지금 이야기만 듣고서?"

"예. 거실에는 에노모토 씨가 지적한 개구부가 있잖아요.
에어컨 덕트용 구멍. 그걸 사용한 거죠?"

"도대체 어떻게 사용했다고 생각하시는지?"

아오토 변호사는 자신만만하게 마개로 덮인 벽의 구멍과

타케모토가 죽은 위치를 가리켰다.

"그때 이 구멍은 열려 있었어요. 범인은 타케모토 씨가 방 안에 있는 걸 밖에서 확인했죠. 그리고 적당한 때를 노려 이 구멍으로 방 안에 공을 굴려 넣은 거예요."

두 남자는 다음 이야기를 기다렸지만, 아오토 변호사는 그 말을 끝으로 입을 다물고 에노모토의 반응을 살폈다.

"……그 다음에 어떻게 됐습니까?"

에노모토가 결국 기다리다 못해 물었다.

"그 다음요? 타케모토 씨는 뒤로 자빠져서 머리를 부딪쳐 돌아가셨죠."

"왜요?"

"그야 공을 밟아서 그랬겠죠."

에노모토는 현기증을 참는 것 같았다.

"그런 식으로 사람이 죽을 확률은…… 아주 낮을 것 같은데요. 안 그렇습니까?"

"아, 잠깐만요. '결정구'라기에 뭘까 싶었는데 그거였습니까?"

스기사키는 호탕한 웃음을 터뜨리려 했지만 딱딱한 미소 밖에 떠오르지 않았다.

"저한테 조금만 더 빨리 물어보지 그러셨어요. 그럼 그 공에 별 의미가 없다는 걸 아셨을 텐데요."

"무슨 뜻입니까?"

에노모토가 얼굴을 들었다.

"그러니까 이 방에 테니스공을 놔둔 건 바로 접니다. 바로 지금까지 까맣게 잊고 있었네요."

"놔뒀다……. 뭣 때문에요?"

"그야 물론 바닥이 얼마나 기울었는지 잘 알아볼 수 있도록요."

"공 같은 게 없어도 한눈에 알 수 있을 텐데요? 6도나 기울었으니까요."

"비디오로 촬영했을 때 눈에 확 띄었으면 했거든요. 타케모토 씨와 교섭을 하다가 말이 안 통할 경우에는 유튜브에 동영상을 올릴 작정이었습니다."

"그렇군요. ……그런데 지금 테니스공이라고 하셨죠?"

"예. 그게 왜요?"

"저는 공이라고만 했지 테니스공이라고 한 적은 한 번도 없는데요. 보통 공이라고 하면 일단 야구공을 생각하지 않습니까? 특히 스기사키 씨는 야구부를 담당하시고 계신 만큼 더 그럴 것 같은데요."

스기사키는 얼굴이 경련하는 것을 느꼈다. 감쪽같이 속았구나. ……아니다, 괜찮다.

"생각하고말고 실제로 제가 놓아둔 건 테니스공이었으니까

요."

여기까지 온 이상 이판사판이니까 그렇게 벋대는 수밖에 없었다.

"그런가요. 알겠습니다."

에노모토는 악마 같은 웃음을 지었다.

"그렇다면 실제로 어떤 트릭을 사용했는지 보여 드리죠."

4

세 사람은 다시 현관문을 통해 밖으로 나가서 거실 서쪽으로 돌아갔다. 건물과 높다란 벽돌담에 감싸인 공간은 안길이 |집터 따위의 맨 앞 가에서 직각 방향인 거리 – 옮긴이가 1미터 정도밖에 되지 않았지만, 수도꼭지와 옥외용 콘센트가 갖추어져 있었다.

밖에서 거실을 들여다보자 조명 덕분에 안쪽이 희미하게나마 보였다.

방 안에 사람 형체 두 개가 있었다. 한 명은 제복경관이고 다른 한 명은 요코타 형사인 듯했다. 역시 처음부터 에노모토와 짜고 자신을 함정에 빠뜨릴 계획을 세운 것이리라.

요코타 형사와 제복경관은 투명한 비닐시트 같은 것을 펼쳐서 남아 있던 자국 그대로 벽에 붙이고 있는 것 같았다.

설마……. 스기사키는 위장이 납처럼 무거워진 것 같았다. 정말로 트릭을 전부 다 꿰뚫어 본 걸까?

에노모토는 에어컨 덕트용 구멍을 막은 마개를 돌려서 벗겼다. 안쪽 마개는 벌써 벗겨둬서 건물 안팎은 직경 75밀리미터 구멍으로 연결되어 있었다.

"자, 이제 다 됐군요. 거실에서 탈출하기 위해 범인은 복도를 마주한 문으로 나가야 했습니다. 따라서 방을 밀실로 만들려면 무슨 수를 써서든지 문을 닫아야 하죠. 그러기 위해 범인이 쓸 수 있었던 것은 이 구멍뿐입니다."

"그 전에 한 가지만 확인하고 싶은데요."

아오토 변호사가 또다시 타임을 요청했다.

"뭡니까?"

"부엌 창문을 연 방법은 사용할 수 없나요? 잭으로 문틀에 가해진 압력을 줄이는 거죠."

"일단 그 방법도 고려는 했습니다만, 실제로 시도해보고 무리라는 걸 알았습니다."

에노모토는 안심한 것 같았다. 더 터무니없는 질문을 예상하고 있었으리라.

"그럴 경우, 잭을 놓아둔 채로 문을 닫아야 하는데 새시와 달리 문틀에는 잭을 계속 물려둘 만한 공간이 없습니다."

스기사키 자신도 계획 단계에서 이미 확인한 사실이다.

"게다가 미닫이 창문과 문의 차이도 있죠. 미닫이 창문은 애초에 틀 속에 끼워져 있으니까 위아래의 압력만 줄이면 움직이지만, 문틀은 비스듬히 비뚤어져서 단순히 위아래에만 힘을 가해봤자 문은 꼭 닫히지 않습니다. 안에서 두드려서 닫을 때도 여러 군데를 두드려야 해요."

"과연 정말로 아날로그식 작업이군요."

아오토 변호사는 고개를 끄덕였다.

"그렇다면 범인이 선택한 방법은 저절로 한정되겠군요."

"무슨 뜻이신지?"

"작업에는 미묘한 감각이 요구될 뿐 아니라 힘도 꽤 필요하니까 직접 손으로 하든지, 손으로 하는 것에 가까운 방법이어야겠죠?"

아오토 변호사는 덕트용 구멍을 가리켰다.

"문은 동쪽 벽에 있고 이쪽은 서쪽이니까 이 구멍으로 기다란 막대기 같은 걸 집어넣어서 문을 두드리는 수밖에 없지 않겠어요?"

"저도 처음에는 그렇게 생각했습니다."

에노모토는 씩 웃었다.

"하지만 그 방법에는 몇 가지 문제점이 있죠. 일단 거리입니다."

에노모토는 창밖에서 안을 들여다보았다.

"여기서 문까지는 10미터도 넘어요. 그만큼 긴 막대기로 문을 닫기 위해 필요한 곳을 정확하게 두드리다니 정말로 어렵기 짝이 없는 일입니다."

"하지만 불가능한 건 아니잖아요?"

"그뿐만이 아닙니다. 지금 서 있는 장소에도 제약이 있죠."

에노모토의 말을 듣고 아오토 변호사는 주변을 둘러보았다.

"1미터 뒤에 높은 벽돌담이 있는데 그렇게 긴 막대기를 어떻게 구멍에 넣느냐는 문제가 발생합니다. 막대기를 담 위에 얹고 비스듬히 쑤셔 넣어봤자 도중에 걸릴 테고요."

"그렇다면……."

아오토 변호사는 고심하는 듯했다.

"방에 막대기를 미리 준비해뒀다가 안에서 구멍에다 집어넣으면 되지 않을까요?"

"그러면 이번에는 범행을 마친 뒤에 막대기를 회수할 수가 없습니다."

에노모토는 매정하게 대답했다.

"뭐, 막대기 몇 개를 낚싯대처럼 연결하면 그 문제야 해결할 수 있겠지만, 정작 문제는 저 문이죠. 막대기로 저 문을 두드려서 문틀에 끼워 넣기는 힘들 겁니다. 절대 불가능하다는 증명은 못하지만 실제로 문을 두드려본 제 소견으로는 무리라고 봅니다. 그만큼 긴 막대기는 몹시 무거울 뿐더러 낭창낭창 휘어서 힘을 주기도 어렵고, 두드릴 때 끝부분이 흔들려서 필요한 곳을 제대로 두드리지도 못할 테니까요."

에노모토의 말에는 설득력이 있었다. 그 누구보다도 스기사키 자신이 잘 아는 사실이다. 실제로 안에서 봉을 넣어서 실험해봤으니까. 덕트용 구멍을 받침점으로 했을 때 자기 쪽이 1미터, 안쪽이 10미터의 비율로는 지렛대의 원리가 불리하게 작용한다. 막대기 끝을 조금만 들어 올리려고 해도 무지막지하게 힘이 들어서 문을 두드리기도 전에 진이 다 빠질 지경이었다.

문제는 그 다음이다. 그 문에 강한 타격을 주기 위해 도대체 뭘 사용했는가. 그걸 알아내지 못하면 진상에는 도달하지 않는다.

"그런데 스기사키 선생님은 무슨 과목을 가르치십니까?" 에노모토가 느닷없이 이쪽을 보고 물었다.

"……수학인데요."

"그것 참 유감이네요. 물리였다면 이 문제를 생각하는데 안성맞춤이다 싶었는데요. 덧붙여 스기사키 씨는 야구부도 담당하고 계신다고 들었는데, 이게 뭔지는 잘 아시죠?"

에노모토가 신호하자 제복경관이 뭔가를 밀고 왔다. 힐끗 쳐다본 순간 스기사키는 눈앞이 캄캄해지는 것을 느꼈다.

"이게 뭐예요?"

아오토 변호사는 경관이 밀고 온 물체를 수상하다는 눈으로 뜯어보았다. 정체를 모르면 하얀 바퀴 두 개가 세로로 나란히 달린 짐받이 없는 손수레로밖에 보이지 않으리라.

"이건 피칭 머신입니다. 아니, 배팅 머신인가? 뭐가 올바른 명칭일까요……. 실은 스기사키 선생님의 학교에서 빌려왔습니다."

스기사키는 혀가 뻣뻣해져서 아무 말도 할 수 없었다.

"그럼 세팅해봅시다. 요즘 피칭 머신은 발전에 발전을 거듭해서 이렇게 작아졌죠. 덕분에 자동차 트렁크에 넣어서 옮길 수도 있습니다."

에노모토는 경관에게서 피칭 머신을 받아들고 삼각대를 아래에 받쳐서 세웠다. 하얀 공기 타이어 두 개가 고속 회전해서 공을 쏘아내는 방식이다.

"AC100볼트의 가정용 전류로 작동하는데 마침 여기 콘센트가 있군요. ……다행히 전기도 들어오고요."

에노모토는 플러그를 콘센트에 꽂고 삼각대 높이를 조절해 하얀 타이어를 에어컨 덕트용 구멍 바로 앞에 갖다 댔다.

"이 머신은 경식, 연식, 소프트볼에 쓰는 공은 물론 테니스 공까지 발사할 수 있습니다. 게다가 최고 시속이 167킬로미터니까 프로야구 투수가 던지는 공보다 빠르죠. 머리에 맞으면 죽을 만큼 위력적이라고 생각하시면 됩니다."

신중하게 위치를 정하고 나서 에노모토는 노란 테니스공을 넣었다.

"별 연습 없이 하는 거라 잘될지 모르겠지만, 일단 한번 보세요."

테니스공의 지름은 6.6센티미터니까 7.5센티미터의 구멍에 통과시키려면 신경을 집중해야 한다. 처음에는 최저시속인 32킬로미터로 시험하다가 서서히 속도를 올렸다. 최고시속에 도달하자 거실 안에 배팅 센터에서 나는 소리가 울려 퍼졌다.

"자, 이제 한번 노려서 쏴봅시다. 과연 문을 닫을 수 있을까요?"

나무문에 테니스공이 세게 부딪치는 소리가 울려 퍼졌다. 에노모토는 창문 너머로 상태를 확인하면서 피칭 머신을 세심하게 조정해 나무문을 문틀에 끼워 넣었다.

"타이어의 각도를 바꾸면 커브나 변화구도 자유자재로 나가니까 이렇게 맞는 부분을 바꿀 수 있습니다. ……문이 꽤 많이 닫혔네요. 이제 얼마 안 남았어요. 공을 백 개 준비했는데 아마 다 안 써도 될 것 같군요."

"에노모토 씨."

아오토 변호사가 지금까지보다 한 옥타브 낮은 목소리로

말했다.

"용케도 피칭 머신을 준비하셨군요. 오늘 저희가 올 줄 알고 미리 준비하신 건가요?"

"설마요. 오늘은 일단 실험을 해볼 예정이었습니다."

"아, 그러세요."

아오토 변호사는 여전히 믿지 못하겠다는 표정이었다.

"……분명 이렇게까지 희한한 방법을 쓰면 문이 닫히기는 닫히겠네요. 하지만 뒤처리는 어떻게 하죠?"

에노모토는 고개를 끄덕이고 피칭 머신을 멈췄다.

"보통 이런 방법을 쓰면 방 안에 어지러이 널린 공을 회수할 방법이 없어서 골치가 아플 겁니다. 하지만 이 방에는 마법이 걸려 있거든요."

"마법?"

에노모토는 창문 너머로 거실 바닥을 가리켰다. 동쪽 문을 노리고 발사된 테니스공이 모조리 이쪽을 향해 데굴데굴 굴러왔다.

"바닥이 6도나 기울었으니 당연하죠. 타케모토 씨의 시체 말고 방 안에 걸리적거리는 것도 없으니 공은 저절로 서쪽에 모입니다. 그리고 이쪽에 비닐시트를 붙여서 각도를 조정했죠. 왼쪽으로 구르던 공까지 오른쪽으로 방향을 바꾸어서 모든 공은 저절로 이 구멍 아래에 모입니다."

아오토 변호사는 그저 어안이 벙벙한 것 같았다.

"그다음에는 공을 회수하기만 하면 됩니다. 옥외용 청소기에 덕트용 호스를 연결하면 순식간에 테니스공을 전부 빨아들일 수 있을 테고, 그렇게까지 하지 않더라도 하나하나 끌어당겨서 꺼내든가 간단하게 끈끈이 같은 물건을 써도 시간은 그렇게 많이 걸리지 않겠죠. 마지막으로 벽에 붙인 비닐시트를 끈 같은 걸로 잡아당겨서 떼어내면 뒤처리는 끝납니다."

이 자식, 도대체 뭐야. 어떻게 그걸 모조리 꿰뚫어 본 거지.

스기사키는 충격을 받아 그 자리에 주저앉을 뻔했지만, 다리에 힘을 주어 겨우 버텼다.

"……제가 그런 짓을 했다는 증거가 있습니까?"

"결정적인 증거는 아직 없습니다. 하지만 정황상 증거는 죄다 당신이 범인이라고 지적하고 있어요."

에노모토는 조용하게 말했다.

"당신은 거실에 테니스공이 있었다고 말했지만, 현장에 그런 건 없었습니다. 즉, 당신의 발언은 거짓말일 가능성이 높으며, 범행에 테니스공이 사용되었음을 알았기에 자칫 잘못해서 비밀을 입 밖에 냈다고도 추정할 수 있습니다."

"없었다고? ……날 속였나?"

스기사키는 에노모토를 노려봤다.

"저는 뭔가가 방 안에 있었던 것 같다고 했을 뿐입니다. 공 그 자체가 발견됐다고는 한 마디도 안 했어요."

"무슨 소리야."

"야구공은 지름이 이 구멍과 거의 똑같아서 쓸 수 없었겠죠. 그건 알겠습니다. 하지만 테니스공에는 노란 펠트 천의 털이 붙어 있죠. 방에 때를 묻히지 않으려고 새 공을 쓴 것 같은데, 공의 털이 방 안에 흩날릴 줄은 몰랐습니까? 경찰의 미세증거물 분석에서 그 털이 발견됐습니다. 충격이 강했는지 일부는 문의 나무 섬유에까지 부착되어 있더군요. 덕분에 겨우 어떤 트릭을 썼는지 큰 그림이 보였어요."

스기사키는 고개를 반쯤 떨어트리다 말고 필사적인 항변을 시도했다.

"저는 정말로 테니스공 하나를 놔두었을 뿐입니다. 범인이 우연히 테니스공을 사용했다면 제 공도 같이 회수했겠죠. 전부 단순한 우연이라고요."

"그럼 피칭 머신은요?"

에노모토는 마지막으로 쐐기를 박았다.

"경찰은 야구부원들도 조사했습니다. 그들의 이야기에 따르면, 달리기를 하러 가는데 스기사키 선생님의 차가 나가는 모습이 보여서 이거 잘됐다 싶어 학교로 돌아와 배팅 연습을 하려고 했답니다. 그런데 어쩐 일인지 피칭 머신만 아무 데도 없었다고 하더군요."

"스기사키 씨. 더 이상 아무 말도 하지 마세요."

아오토 변호사가 입을 열려던 스기사키를 제지했다.

"내친걸음이니 제가 변호를 담당하겠어요. 스기사키 씨만 좋으시다면요."

스기사키는 힘없이 고개를 끄덕였다.

결함 주택 문제로 얼마나 정상참작을 받을 수 있을지 생각해 봤다.

하지만 정상참작이고 뭐고 이제 아무래도 상관없다는 기분이 들었다.

이걸로 카나를 영원히 잃었으니까.

그뿐이랴, 인생 그 자체를 망치고 말았다.

이 비뚤어진 상자, 일그러진 복수심에 사로잡혀서.

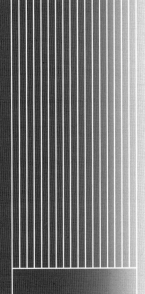

貴 志 祐 介

鍵のかかった部屋

밀실극장

1

"단장 헥터 카마치요가 비명횡사하고 간판배우인 아스카데라 호야가 체포돼 저희 극단 '도쇼보네'는 말 그대로 존망의 위기에 처했어요."

전속 작가 히다리 쿠리치코가 엄숙한 말투로 말했다. 소극장 안은 연극이 상연되기를 기다리는 백 명 가까운 관객의 웅성거림으로 술렁였다. 유별나게 키가 큰 쿠리치코는 앉아 있어도 올려다보아야 할 만큼 머리가 높이 솟아 있어서 주변 사람들의 호기심 어린 시선을 받았다.

"그때까지는 신작을 내놓을 때마다 미디어에 안내장을 부지런히 돌려도 거의 무시당했는데, 상황이 180도 바뀌어서 폭풍 같은 취재 공세에 시달렸죠. 그것도 연극을 담당하는 문화부 기자가 아니라 흉악 엽기 범죄를 다루는 사회부 녀석들이랑 가십이라는 시럽을 빨아먹으려고 앵앵거리며 몰려든 예능 기자들한테요."

쿠리치코는 마음속으로 담당에 따라 기자들에게 몹시 차별적인 서열을 매겨둔 듯하다.

"그것 참 힘드셨겠네요."

아오토 준코는 동정심을 가득 담아 고개를 끄덕였다. 헥터 카마치요 살해 사건 때는 극단 여배우 마츠모토 사야카가 용의자로 몰릴 것 같다며 의뢰를 해서 해결에 한몫했다. 범행 때 왜 헥터가 기르던 경비견이 짖지 않았는가라는 수수께끼의 어처구니없는 답을 알아낸 사람은 자칭 방범 컨설턴트 에노모토였다. 에노모토는 지금 자못 불편한 듯이 준코의 옆자리에 앉아 있다. 오늘은 사건 해결에 도움을 주셨으니 뒤늦게나마 감사를 드리겠다는 명목으로 신작 상연에 초대받았다. 극장에 사람이 꽉 들어차서 만원이 된 건 무료입장권을 마구 뿌린 덕분인 듯하지만.

"힘들었다는 한 마디로 마무리 짓기에는 너무 지독한 일이었어요. 그때까지 미디어에 내성이 없었던 순진한 젊은이들이, 사랑해 마지않는 우직한 배우들이 느닷없이 하이에나 같은 최악의 예능 파파라치와 맞서야 했다고요. 어떻게 됐는지는 상상이 가시겠죠."

준코는 불쌍한 배우들을 진심으로 동정했다. 변호사로서

박해당하는 쪽에 감정이입하는 버릇이 몸에 배어버렸다.

"어떻게 됐는데요?"

쿠리치코는 침통한 표정으로 고개를 저었다.

"극단 배우들과 스태프들은 어떤 취재에서든 질문은 일절 무시하고 오로지 연극 홍보만 해댔어요. 스토리와 볼 만한 장면을 몇 시간 내내 유창하게 설명하는 사람, 부서진 장난감처럼 집요하게 단발성 개그를 되풀이하는 사람, 연극에서 사용하는 격투기 기술을 해설하기 위해 기자를 덮쳐 의식을 잃게 해 하마터면 두 번째 살인 사건을 일으킬 뻔한 사람 등 여러 일이 있었죠. 그 결과 모든 미디어가 정이 뚝 떨어졌는지 결국 쇠똥구리 마냥 똥 같은 기사에 환장하는 쓰레기 미디어조차 오지 않게 됐어요."

쿠리치코는 한숨을 푹 쉬었다.

"믿기세요? 죽은 동물의 고기에 입맛을 다시는 대머리독수리처럼 우르르 몰려든 예능 리포터들은 배우들이 몸을 바쳐 홍보한 새로운 연극에 대한 기사를 단 한 줄도 쓰지 않았고, 1초도 방송하지 않았어요."

준코는 내심 당연하다고 생각했다.

"그렇다고는 하나 이쪽의 미디어 대책에도 부족한 점이 있었다는 건 부정할 수 없죠. 질문에 적당히 대답하는 척하면서 편집으로 잘라낼 수 없도록 교묘하게 연극을 홍보해야 했는데. 그런 일이 한 번 더 생기면 이번에는 더 잘할 자신이 있다고요. ⋯⋯아아, 쳇. 살인 사건 같은 거 또 안 일어나나. 배우가 이렇게 많으니 누구 하나쯤 살해당해도 될 텐데."

기분 탓이겠지만 농담처럼은 들리지 않았다.

"⋯⋯저기, 극단 이름을 바꾸셨죠? '도쇼보네'에서 'ES&B'로."

준코는 화제를 바꿨다.

"그래요, 그래. 맞아요."

쿠리치코의 태도와 말투가 갑자기 친근하게 변했다.

"기분 더럽잖아요. 심기일전해서 극단 이름을 바꾸기로 했어요. 역시 영어가 멋있으니까. '도쇼보네土性骨'를 직역해서 '어스Earth, 섹스Sex&본Bone'으로 한 거죠. 'ES&B'는 약칭이에요."

쿠리치코는 준코 쪽으로 몸을 내밀고 귀에 숨을 불어넣으면서 말했다. 그 번역은 좀 이상하다 싶었지만 괜히 이야기를 키우기 싫어서 준코는 입을 다물었다.

"극단은 둘째 치고 이 극장의 이름은 어떻게 된 겁니까?"

준코 옆에 앉은 에노모토 케이가 참지 못하겠다는 듯이 끼어들었다.

"어스홀Iearth hall. 일본어 발음은 아스호루로 비속어인 애스홀asshole의 일본어 발음과 같다 – 옮긴이이라니, 아무리 그래도⋯⋯."

"무슨 문제라도?"

쿠리치코는 슈퍼맨처럼 골격이 뚜렷해 도저히 여자로는 느껴지지 않는 얼굴로 한쪽 눈썹을 치켜 올렸다.

"아니, 문제라는 건 아니지만 들었을 때 인상이."

평소에는 화가 치밀 정도로 제멋대로인 에노모토도 쿠리치코를 대할 때만은 사정이 다른 모양이다.

"어스홀⋯⋯. 정말로 좋은 이름이잖아요. 웅대하고 환경에 대한 마음도 느껴지고요. 예전에는 찻줄기 극장이라는 맥 빠지는 이름이었지만, 뭐 아무리 그래도 그 쩨쩨한 카마치요가 극단에 남겨준 유일한 유산인걸요. 무대 바닥재는 노송나무 천연목이에요."

에노모토는 뭐라고 말을 하려다가 포기하고 입을 다물었다.

"그러고 보니 옛날에 칸사이의 이타미 공항 근처에 AAS(아사히 에어포트 서비스)홀이라는 게 있었죠. 좀 아쉽다 싶었는데 그건 어떻게 됐을까?"

쿠리치코는 눈을 가늘게 뜨며 중얼거렸다. 역시 확신범 같은 인상.

"그건 그렇고 극장 하나를 통째로 유증하다니 대단한데요. 역시 극단의 장래를 생각해서 그런 유언을 남기셨군요."

준코는 지금까지 누구 하나 칭찬하는 소리를 들은 적 없는 고故 헥터 카마치요 씨를 조금은 다시 봐야겠다고 생각했다.

"그래요, 그래. 맞아요! 쩝, 굳이 따지자면 사후 유언이지만요."

"예?"

"그 녀석은 생전에 유언장을 제대로 써둘 정도로 기특한 인간이 아니었어요. 우리 극단에 무녀 아르바이트를 하는 애가 있어서 카마치요의 영혼을 불러다가 뜻을 확인했더니 웬걸 '찻줄기 극장을 꼭 내가 사랑하는 극단에 남겨주고 싶다.' 이러는 거 아니겠어요! 눈물 나는 이야기죠? 일이 잘 풀리려는지 녀석은 아무도 못 알아볼 정도로 악필이라서 생전에 편지고 서류고 전부 제가 대필했거든요. 덕분에 유언장 필적 감정도 아주 간단히 통과했죠."

준코는 웃는 얼굴 그대로 굳어버렸다. 이건 농담이다. 농담이 틀림없다. 못 들은 걸로 하자. 세상 그 누구도 따라갈 수 없을 만큼 별난 사람이 하는 말을 일일이 진심으로 받아들일 필요 없다.

장내에 공연 시작을 알리는 버저 소리가 울려 퍼졌다.

양복을 단정히 차려입고 머리카락을 깔끔하게 다듬은 남자가 마이크를 들고 무대에 나타났다. 그 순간 커다란 박수가 터져 나왔다.

"저 사람이 진행을 맡은 조크 이즈미泉예요. 아무튼 농담이 샘처럼 솟아나는 남자죠."

쿠리치코가 속삭였다. 조크 이즈미는 즐거운 표정을 지으며 한바탕 크게 웃었다.

"어, 여러분. 잘 오셨습니다. 제가 바로 조크 이즈미입니다."

다시 박수갈채. 준코는 샘처럼 솟아난다는 농담을 기대하며 기다렸다.

"그럼 오늘의 메인이벤트 〈욘더 버드—저편의 새〉의 상연에 앞서 우리 극단의 자랑인 황금의 콰르텟quartette이 선사하는……"

조크 이즈미는 말을 잠시 끊고 생각에 잠겼다.

"그러니까, 그게, 묘기죠……. 여러 가지 묘기를 선보이겠습니다. 옙!"

그렇게 적당하게 넘어가도 될까 싶었지만 조크 이즈미는 그대로 무대에서 물러났다.

대신에 척 보기에도 험상궂은 남자 네 명이 등장했다.

첫 번째 남자가 고개를 숙여 인사하고 앞으로 나섰다. 고수머리에 눈썹이 짙고 고지식한 얼굴의 남자였다.

"저 사람은 스가 레이. 일본에서 제일 빠른 마술사로 일컬어지는 남자죠."

쿠리치코가 해설했다. 제일 빠른 마술사라니 무슨 뜻인지 몰랐지만, 믿을 수 없을 만큼 빠르게 스텝을 밟으며 무대를 종횡무진 돌아다니기 시작한 스가 레이의 모습을 보자 이해가 됐다.

"대단하네요."

준코는 몹시 감탄했다. 이렇게 빠르게 움직이는 사람은 지금까지 본 적이 없다. 뭣 때문에 계속 움직이는지는 알 수 없지만.

"손을 움직이는 속도랄까, 손놀림은 더 굉장해요."

쿠리치코의 말 그대로였다. 스가 레이는 스틱을 손수건으로 바꾸거나 아무것도 없는 곳에서 카드를 꺼내서 순식간에 태워버린 모양이었지만, 너무 빨라서 도대체 뭘 하는지 알아볼 수 없었다.

분명 레퍼토리를 한 차례 선보였을 텐데, 전부 끝나고 물러날 때까지 2~3분밖에 걸리지 않았다. 이어서 머리를 반들반들하게 깎고 근육이 울퉁불퉁 솟은 남자가 나왔다.

"차력사 마빈 하구라. 본명은 하구라 마사토시고요."

마빈 하구라는 겉모습에서 기대한 대로 괴력을 선보였다. 도우미 역할로 무대에 올라온 바니 걸 차림의 미녀들을 공기알처럼 공중에 던져 올리기 시작한 것이다.

"우와, 끝내주네요. 저런 재주를 가지고 있는데 어째서 방송국의 섭외가 들어오지 않았을까요?"

준코가 물었다.

"한 번 출연할 뻔하기는 했어요."

쿠리치코는 탄식했다.

"커다란 대기실에 그날 출연자 모두가 먹을 스키야키 도시락을 쌓아뒀나 봐요. 그런데 마빈 하구라가 '마이 베스트!'라고 외치며 도시락을 전부 열어서 고기만 몽땅 먹어치웠죠. 그래서 AD가 뭐라고 한소리 했더니 적반하장으로 '파괴하고 짓밟는다!' 이딴 소리를 지르면서 스튜디오를 엉망진창으로 만들었어요. 그날 이후로 아무 데서도 섭외가 들어오지 않아요."

세 번째는 비쩍 마르고 눈망울을 뒤룩거리는 남자였다. 190센티미터도 넘을 만큼 키가 컸다. 쿠리치코와 비교해보고 싶었다.

"팬터마이머 토마스 한조. 디트로이트 스타일의 본격파예요."

팬터마임은 디트로이트가 본고장인가. 자동차 산업이 불황이라 신음하는 도시 정도의 이미지밖에 없는데.

토마스 한조는 앞선 두 사람과는 대조적으로 조용한 퍼포먼스를 보여주었다. 팬터마임의 단골 연기인 보이지 않는 벽을 미는 동작부터 문워크, 칸막이 맞은편에서 에스컬레이터와 계단을 내려가는 연기 등등 아마추어가 보기에도 수준이 아주 높은 기술이었다. 너무 잘하는 나머지 오히려 공을 별로 들이지 않는 것처럼 보였는지 관객 중 몇 명이 야유를 퍼부었다. 그러자 토마스 한조는 몹시 속상한 듯한 표정으로 무대에서 물러갔다. 박력이 넘치는 특이한 인상과는 달리 정신적인 맷집은 약한 타입인지도 모르겠다.

네 번째는 체 게바라를 연상시키는 털보 남자로, 하얀 도복을 입고 나왔다.

"마지막은 로베르트 주란. 일본계 파나마 인인데, 원래는 극한회관의 가라테 유단자였어요."

일본계 파나마 인이라는 홍보 문구부터 아무래도 거짓말 같다는 느낌을 지울 수 없었다. 파나마는 중남미에서 유일하게 일본계 교포가 거의 없는 나라 아닌가. 이래서야 가라테 유단자라는 말도 곧이곧대로 들어서는 안 되겠다.

하지만 로베르트 주란의 기량은 확실했다. 기왓장 깨기부터 시작해 손날로 목을 날린 맥주병을 높이 들고 입 속으로 맥주를 들이붓자 관객들 사이에서 탄성이 터져 나왔다. 거기에다 몇 장이나 되는 판자와 벽돌을 정권 지르기로 깨부쉈다. 처음 한동안은 돌처럼 단련된 주먹을 그야말로 폼 나게 휘둘렀지만, 점점 동작이 어지러워지더니 마지막에는 그저 마구잡이로 두드리는 듯이 보였다. 그러자 마빈 하구라가 나와서 적당히 좀 하라는 듯이 맥주병으로 로베르트 주란의 머리를 후려갈겼다. 관객들 모두 숨을 삼켰지만, 맥주병이 산산조각으로 흩어지자 무대용 소품임을 알고 안심했다. 로베르트 주조는 갈지자걸음으로 무대를 가로질러가다가 마지막에 푹 쓰러지는 풋내 나는 촌극을 선보였다. 안타깝게도 관객들은 거의 웃지 않았다.

"어, 여러분. 네 사람에게 큰 박수를!"

네 사람이 둘씩 무대 좌우로 사라지자 다시 조크 이즈미가 등장해서 손뼉을 짝짝 쳤다. 그 소리에 이끌린 듯이 객석에서도 몇 명이 박수를 쳤지만 다른 사람이 박수를 치지 않자 겸연쩍은 듯이 그만두고 말았다.

"자, 그럼, 드디어 기다리시고 기다리신 〈욘더 버드〉를 시작하겠습니다. ……때는 가까운 미래. 장소는 모하베 사막. 이야기는 여기에 비행기 한 대가 불시착하면서부터 시작됩니다."

변사가 상황을 자세하게 설명하다니 상당히 고전적인 수법이다. 연극과 뮤지컬을 좋아하는 준코는 쿠르트 바일의 〈서푼짜리 오페라〉와 앤드류 로이드 웨버의 환상적인 처녀작 〈더 라이크스 오브 어스〉의 특별 상연이 떠올랐다.

막이 오르자 뜻밖일 만큼 안길이가 긴 무대 위에 단순한 사막 풍경이 나타났다. 객석에서 보았을 때 무대 오른쪽에는 비행기의 잔해 세트가 있고, 뒤쪽에는 베니어판이나 두꺼운 종이로 만든 듯한 다양한 크기의 선인장이 점점이 늘어서 있었다.

조종사 복장을 한 남자가 비행기 문을 열고 나왔다. 인기 배우인 듯 박수가 터져 나왔다. 준코 역시 혈색 좋고 호감이 가는 얼굴을 본 기억이 있었다. 헥터 카마치요 살해 사건 때 만난 리키 핫톤이라는 배우다.

"아. 오늘로 벌써 불시착한 지 사흘째인가. 구조대는 좀처럼 안 오고……. 물도 식량도 점점 줄어드는데 앞으로 어찌 될지 정말 걱정이다."

충격적일 정도로 설명 조의 대사였다. 이래서야 변사가 왜 있는지 모를 지경이다.

"그러고 보니, 여러분, 제가 최근에 분재에 심취해서 말이 죠……."

그리고 당치 않게도 변사 조크 이즈미는 연극과 전혀 상관 없는 이야기를 하기 시작했다.

"아무 데도 물이 없어! 우리는 죽을 거야……. 모두 죽을 거라고!"

객석에서 보아 무대 왼쪽에서 사파리 재킷으로 몸을 감싼 마츠모토 사야카가 비틀거리며 나타났다. 이제는 간판 여배우가 된 듯 관객들은 박수와 휘파람으로 맞이했다. 실감나고 비장감이 감도는 연기는 아무리 봐도 이 연극에 전혀 어울리지 않지만.

"어이, 어떻게 됐어? 물은 있었어?"

리키 핫톤이 명랑하게 물었다. 마츠모토 사야카가 방금 "아무 데도 물이 없어!"라고 하지 않았던가. 준코는 보다 말고 짜증이 치밀었다.

"그러니까 아무 데도 없다고 했잖아!"

사야카가 느닷없이 래리어트|상대의 가슴이나 목을 자신의 팔 안쪽으로 타격하는 프로레슬링 기술 - 옮긴이|를 먹여 리키 핫톤을 날려버렸다. 준코는 간이 철렁 내려앉을 정도로 깜짝 놀랐다. 마츠모토 사야카는 여배우로서 순조롭게 새로운 경지를 개척해나가고 있는 모양이다. 명백하게 잘못된 방향이기는 하지만.

"……그래서 생각해봤는데, 분재에는 복싱과 일맥상통하는 부분이 있습니다."

조크 이즈미는 연극은 제쳐두고 상관없는 이야기를 계속했다.

"어이, 모두들! 무전기를 고쳤어!"

비행기 잔해에서 남자가 무전기 같은 물건을 들고 나왔다. 말상에 머리를 아주 짧게 잘랐다. 처음 보는 얼굴이라 들고 있던 팸플릿을 훑어보자 안토니오 마루가리토라는 배우인 듯했다.

"빨리 구조를 요청하자!"

래리어트를 맞고 죽은 듯이 뻗어 있던 리키 핫톤이 벌떡 일어났다. 그러자 여기저기서 몇 명이 슬금슬금 나타나서 무전기 주변을 에워쌌다.

"메이데이. 메이데이. 여기는 J(줄리엣)와 H(호텔), D(델타)에 69, B(브라보)!"

쓸데없는 조사를 넣어서 콜사인이 외설적으로 들리게 만든 개그였지만, 이런 식으로 성적인 개그를 늘어놓으면 공공연하게 웃을 수 없어서 관객들은 속으로 끙끙댈 뿐이다. 준코는 양손을 깍지 끼고 이 거북한 순간이 빨리 지나가기를 바랐다.

무전기의 응답이 극장 스피커에서 흘러나왔다.

[여기는 국제 찬조대|1965년에 영국에서 제작된 SF인형극 '썬더 버드'에 등장하는 '국제 구조대'의 패러디 – 옮긴이|…….]

안토니오 마루가리토는 채널을 휙 바꿨다.

"다른 주파수를 시험해보자."

[국제 찬조대다.]

"안 되겠군. 다른 주파수는……."

[국제 찬조대라고 했잖아.]

우와, 그만 좀 해라. 준코는 뺨이 확 달아올랐다. 쿠리치코의 얼빠진 대본 탓에 어째서 자신이 얼굴을 붉혀야 한다는 말인가.

"젠장. 전부 글렀군."

"그 소나무의 가지 모양이 딱 왼손잡이 복서가 레프트어퍼

컷을 몸통에 찔러 넣을 때의 각도와……."

저 녀석은 아까부터 도대체 무슨 소리를 하는 거람.

[여기는 국제 찬조대.], [국제 찬조대.], [국제 찬조대.], [무슨 일입니까? 여보세요? 괜찮습니까?]

"어쩔 수 없나……."

안토니오 마루가리토는 암담한 눈으로 동료들을 쳐다봤다.

"별수 없지."

"주파수를 전부 장악했나 봐."

조난자들은 부자연스러운 한숨을 내쉬었다.

"실은 비행기가 사막에 추락했거든. 번거롭지 않거들랑 알맞은 공적 기관에 통보해주면 고맙겠는데."

[알겠습니다! 우리 국제 찬조대가 즉시 그쪽으로 가겠습니다!]

들어본 적 있는 전주에 이어 남자 합창단의 노랫소리가 흘러나왔다.

불렀니? 새야?[원문은 '呼んだ? 鳥?'. 부르다의 과거형 '呼んだ'의 발음인 '욘다'는 욘더의 일본식 영어 발음이며 '鳥'는 영어로 '버드', 합쳐서 연극 제목인 욘더 버드가 된다. 덧붙여 원곡에서 이 부분은 썬더 버드다 - 옮긴이] 이 세상의 행복, 기원하기 위해 가라, 바다로 땅으로!

준코는 등줄기에 소름이 끼쳤다. 멜로디와 가사 모두 왕년의 인기 인형극 〈썬더 버드〉를 완전히 표절한데다, 그나마

바꾼 가사도 썰렁했다. 너무 썰렁했다.

"저기…… 이거 저작권 같은 거 괜찮을까요?"

준코는 마음을 다잡으려고 쿠리치코에게 물어보았다.

"괜찮아요. 이 연극에 대해서 관계자 모두에게 제대로 전달해뒀거든요."

쿠리치코는 자신만만하게 대답했다.

"그런가요."

"이심전심으로요."

"예?"

"여기서만 하는 이야기인데, 우리 극단원 중에 텔레파시를 쓸 줄 아는 녀석이 있거든요. 메일보다 훨씬 편리하다고요."

쿠리치코는 목소리를 죽여서 말했다. 애초에 물어본 게 잘못이다.

"……음, 분재 이야기는 이 정도로 하고 연극에 집중합시다. 자!"

조크 이즈미가 드디어 잡담을 끝냈다.

"어디 보자, 스토리가 꽤 진행된 듯하군요. 잠시 이대로 지켜보겠습니다."

이런 변사가 어디 있어. 준코는 눈을 감았다. 휴식 없이 120분 동안 계속되는 연극이다. 조난당한 쪽은 어쩌면 관객일지도 모르겠다.

스토리는 겨우 알아먹을 수 있었다. 국제 찬조대는 부르면 달려오지만, 구조 비슷한 활동이나 실제로 도움이 될 만한 일은 아무것도 하지 않는다. 오로지 곁에서 열렬하게 응원할 뿐이다. 답답하고 열 받는 서바이벌 물을 공연해보고 싶었던 걸까.

잠시 후에 겨우 연극의 흐름을 따라잡았는지 조크 이즈미가 자랑거리인 농담을 연발하기 시작했다.

"사막에서 새로운 식량을 찾다 보니 눈에 띄는 누네띠네.", "수리수리 마하수리, 비행기도 수리돼라.", "자살자는 문방구로.", "못사는 사람은 망치도 사라.", "히다리 쿠리치코는 술만 마시면 왜 사람을 그리 칠꼬?"

도대체 이건 뭐야. 조크 이즈미가 한 마디 할 때마다 객석에서 웃음이 터져 나왔지만, 준코에게는 어디가 웃음의 포인트인지 감도 오지 않았다.

마츠모토 사야카의 열연도 다른 배우들의 연기하고 물과 기름처럼 섞이지 않아 붕 떠 있었다. 이건 이것대로 연극에 대한 책임감을 내팽개친 연극이라고 해야 할지도 모르겠다. 아니, 그렇게 따지면 온갖 시답지 않은 것들이 몽땅 연극이 되고 말잖아.

"나도…… 나도 지금의 마이크 타이슨이라면 케이오시킬 수 있어!"

사야카가 무대 한가운데서 비통하게 절규했다.

"멍청아! 괜한 허세 부리는 거 아냐!"

이건 확실히 개그일지도 모르지만 너무 미묘해서 개그인 줄도 모르고 끝날 위험성이 높았다. 실제로 아무도 웃지 않았다.

"당신은 모두의 식량을 미끼[원문 쿠이모노食い物에는 미끼 말고 식량이라는 뜻도 있다 – 옮긴이]로 삼았다고!"라는 대사도 같은 운명에 처했다.

후반부는 극단원 모두가 오로지 무대 위를 날뛰며 돌아다니기만 했다. 조금이라도 눈에 띄려고 자꾸 앞으로 나오는 통에 무대에서 떨어지지 않을까 싶어 준코는 가슴이 조마조마했다. 요컨대 답답하고, 울컥하고, 당황스럽고, 걱정되는 등 갖가지 감정을 몰고 오기만 할 뿐 이 연극에는 순수하게 즐길 만한 부분이 전혀 없었다.

그런 사상 최악의 난장판 같은 연극도 드디어 끝이 가까워졌다. "무선이 연결됐어!"라고 외치며 비행기에서 뛰쳐나온 리키 핫톤이 방향을 바꿔 무대 안쪽으로 돌진하자마자 대도구로 쓰이는 선인장에 얼굴을 세게 부딪치며 정면충돌해 뒤로 벌렁 나자빠졌다. 아무리 뭐래도 그걸로 웃음을 자아내기는 불가능하다. 준코는 그저 싸늘한 눈으로 쳐다봤다. 하지만 예상과 달리 객석은 폭소에 휩싸였다. 리키 핫톤은 벌떡 일어나더니 어째서 이런 곳에 선인장이 있느냐는 듯이 쓰러진 선인장을 일으키며 억울하다는 듯한 표정으로 바라봤다. 웃음소리가 점점 더 커졌다. 준코는 왜 이렇게 반응이 좋은지 이해가 가지 않았다. 연극 내내 낮은 수준의 개그를 계속 본 탓에 감각이 마비되어 웃음의 역치가 낮아진 걸까?

"……어라, 이상한데."

쿠리치코가 의아하다는 듯이 목소리를 높였다.

"지금 한 행동은 대본과 다른가요?"

준코가 눈을 돌리자 쿠리치코는 인상을 쓰고 있었다.

"아니요, 저런 건 전부 애드리브니까 상관없어요. 관객도 웃었으니 그럭저럭 괜찮은 편이죠."

쿠리치코는 팔짱을 꼈다. 듬직한 두 팔은 준코의 넓적다리만큼 굵어 보였다.

"그런데 로베르트 주란이 코빼기도 안 내비치네요. 알아서 나오라고는 했지만 이제 곧 막이 내리는데."

"아까 전에 가라테 하시던 그분 말인가요?"

"맞아요. 로베르트의 그 타고난 캐릭터로 바람잡이 공연만 하기는 아깝잖아요. 별다른 이유도 없이 사막에 나타난 가라테 유단자라는 설정으로 하고 싶은 걸 마음대로 하라고 시켰는데……."

그거, 설정이고 뭐고 변한 게 없는 것 아닌가?

"이봐, 핫톤! 잠깐 주란 좀 보고 와! 깜빡 잠들었는지도 모르겠어."

쿠리치코는 한창 연극이 진행 중인 무대를 향해 아무 거리낌 없이 큰 소리를 질렀다. 준코는 기가 탁 막혔다.

"예, 예. 잠깐만 기다리세요."

리키 핫톤은 쿠리치코가 시킨 대로 일단 무대 오른쪽으로 퇴장했다가 되돌아와서 무대 왼쪽 끝부분으로 내려갔다. 그 사이 연극은 그대로 멈춘 상태였다. 연극을 이어가야겠다는 의식을 지닌 사람이 아무도 없는 모양이다.

객석이 웅성거리기 시작했을 때, 갑자기 리키 핫톤이 총알처럼 무대로 뛰어 올라왔다.

"주. 주, 주, 주. 죽, 죽, 죽!"

리키 핫톤은 마치 닭을 흉내 내듯이 필사적으로 양팔을 위아래로 펄럭거렸다.

"사. 사, 사, 사. 살, 살, 살……!"

그러더니 묘한 동작으로 자기 머리를 탁탁 두드렸다. 객석 여기저기에서 물결처럼 웃음이 번져나갔다.

"아. 아, 아, 아. 아니, 아니, 아니야! 이, 이건 웃을 부분이 아니라고! 저, 저, 정말로. 주, 주, 주. 죽, 죽, 죽……!"

리키 핫톤은 새빨개진 얼굴로 계속 소리를 질렀다. 목소리는 듣기 싫게 뒤집어졌고, 두 손을 버둥버둥하면서 발을 동

동 굴렀다. 댐이 무너진 것처럼 웃음이 빵 터져 나왔다. 준코
도 피식대다가 소리를 내어 웃었다. 뭔지 모르지만 이 연극이
시작되고 나서 가장 재미있는 장면이었다. 그야말로 '개그의
신이 강림한 순간'. 웃음의 커다란 물결은 밀려왔다가 빠져나
갔다가 하면서 넉넉히 3분은 지속됐다.

문득 에노모토도 웃고 있나 싶어 준코는 옆자리로 눈을 돌
렸다.

눈물을 흘리며 포복절도하고 있었다.

2

결국 연극은 애매모호하게 막을 내렸지만, 마지막에 웃음
의 빅웨이브가 밀려왔으니 그만하면 괜찮았다고 평가해도 되
리라.

극장을 나선 관객들은 로비를 통과해 줄지어 돌아가기 시
작했다. "걸작이었어.", "리키 핫톤, 한 꺼풀 벗은 것 같지 않
아?", "하지만 영문을 모르겠네.", "억지로 웃음을 쥐어짜냈
다고나 할까?", "그 웃음은 정말로 폭력적이었어." 등등 사람
들이 저마다 주고받는 이야기가 들려왔다.

에노모토는 웬일인지 매점 앞에서 멈춰 섰다.

"왜 그래요?"

준코가 묻자 에노모토는 맥주를 주문했다.

"목이 좀 말라서요. 쉬었다 갑시다."

극장에서 나가 좀 더 그럴싸한 곳에 들어가면 되겠다 싶었지만 준코도 어쩔 수 없이 에노모토와 함께 하기로 했다.

"에노모토 씨, 마지막에는 아주 극장이 떠나가라고 웃었으니까요. 목이 마를 만도 하죠."

"저는 안 웃었습니다."

에노모토가 아주 진지한 얼굴로 대꾸했다.

"웃었잖아요."

"아오토 선생님의 기분 탓이겠죠."

말단 극단원인지 매점에서 일하던 남자는 마루를 닦는 솔처럼 뻣뻣한 모히칸 머리를 녹색으로 물들이고 얼굴에 피어스를 잔뜩 달고 있었다. 맥주 서버 같은 그럴듯한 물건은 없는지 병따개로 작은 맥주병의 마개를 따고 맥주를 종이컵에 따라서 내밀었다. 에노모토는 맥주를 한 모금 마셨지만 그렇게 목이 말라 보이지는 않았다.

얼마 지나지 않아 다른 관객들은 자취를 감추었다. 모히칸 청년은 왜 에노모토가 들러붙어 있는지 모르겠다는 표정을 짓고 있었다. 준코도 완전히 동감이었다.

"아까 전 리키 핫톤 씨의 모습, 어쩐지 예사롭지 않았어요.

어떻게 생각하세요?"

에노모토는 뭔가를 골똘히 생각하며 말했다.

"아오토 선생님은 깔깔 웃고 계셨지만 저는 도저히 웃음이 나오지 않았습니다."

"아니요, 에노모토 씨도 미친 듯이 웃었다니까요."

"역시 살펴보는 편이 나을 것 같네요."

에노모토는 준코의 말을 무시하고 결연하게 말했다. 모히칸 청년에게 묻자, 이 극장에는 대기실이 두 개 있는데, 한쪽은 매점 옆의 문으로 들어갈 수 있다고 했다.

에노모토가 문손잡이를 돌려보았지만 잠겨 있는 것 같았다.

"그렇지. 맥주 한 잔 더 주세요."

에노모토는 수상하다는 눈으로 이쪽을 주시하는 모히칸 청년에게 말했다. 준코가 허리를 구부려 맥주병을 집는 모히칸 청년을 쳐다본 찰나의 순간에 자물쇠가 열리는 소리가 났다.

퍼뜩 놀라 눈을 들자 에노모토는 이미 문을 열고 있었다. 그리고 안에 있는 누군가에게 "아아, 안녕하세요."라고 인사를 하면서 들어갔다. 준코는 모히칸 청년에게 맥주가 든 컵을 받아들고 계산을 한 뒤에 에노모토의 뒤를 따라갔다.

아니나 다를까 안에는 아무도 없었다.

"매점 직원이 눈을 돌린 사이에 불법적인 방법으로 자물쇠를 연 것 아닌가요?"

준코가 따지고 들어도 에노모토는 전혀 개의치 않았다.

"아마도 이제 곧 그런 일에 신경 쓸 여유는 없어질 겁니다."

좁은 복도를 나아가자 출연자 대기실 같은 방의 문이 왼쪽에 있었다. 거기서 똑바로 더 나아가면 무대 왼쪽 끝부분이 나오는 듯했다.

문은 잠겨 있는 듯이 보였다. 아무래도 상관없는 외부인이 접근하지 말았으면 하는 눈치다. 에노모토는 노크하려던 손을 멈추고 귀를 기울였다. 남의 이야기를 훔쳐듣다니 까딱 잘못하면 큰일 나겠다 싶었지만, 그때 안에서 들려온 이야기 소리에 정신이 팔려 준코는 자신도 모르게 들고 있던 맥주를 한 모금 마셨다.

"선생님, 역시 이런 짓은 하면 안 될 것 같은데요."

"하지만 천재일우라는 말도 있잖아! 이럴 때 시끌벅적하게 분위기를 띄워야지."

"······하지만 이건 살인 사건이잖아요!"

긴박한 분위기 속에서 서로 속삭이는 목소리를 듣고 준코는 가슴이 섬뜩했다.

"그러니까 원한 살인이나 강도 살인처럼 짤막한 한 단짜리 기사로 묻히고 말 수수한 사건으로는 안 된다고. 변태 연쇄

살인범 '파티푸퍼partypooper'의 쾌락 엽기 살인으로 밀고 나갈 수 있을 때까지 밀어보고 싶어."

에노모토가 문손잡이를 왼손으로 잡고 오른손을 꼼지락거리자 자물쇠가 열리는 소리와 함께 문이 휙 열렸다.

안에 있던 십수 명의 극단원이 얼어붙은 듯이 굳어버렸다. 대부분은 어찌해야 할지 모르겠다는 듯이 우두커니 서 있을 뿐이었지만, 의자 위에 올라가서 분홍색 몰|금실, 은실 등 색색의 실을 꼬아서 만든 장식용 끈 – 옮긴이|을 매달려던 쿠리치코는 깜짝 놀라서 하마터면 굴러떨어질 뻔했다.

방 안은 생일과 크리스마스, 정월과 칠석을 동시에 축하하는 것처럼 분위기가 요란했다. 천장에는 번쩍번쩍 빛나는 미러볼부터 시작해 색색의 몰과 풍선, 'HAPPY BIRTHDAY'라고 쓴 플래카드와 만국기, 날개가 달린 닭 통구이까지 매달려 있었고 벽에 설치된 화장용 카운터에는 곰 봉제인형과 소리를 내면 흔들흔들 움직이는 꽃 장난감 따위가 진열되어 있었다. 방 한가운데에는 크리스마스트리와 사사카자리|바람이 불 때 보기 좋도록 색색의 종이를 오려서 대나무 가지에 거는 칠석날 장식 – 옮긴이|가 세워져 있었고, 들어오는 문 뒤쪽에는 크리스마스 화환과 새해맞이용 소나무 장식이 한 자리에 있었다.

"여러분, 여기서 뭐 하시는 거죠?"

준코가 그렇게 물었을 때, 가라테 도복을 입고 바닥에 누워 있는 사람의 모습이 눈에 들어왔다. 로베르트 주란이다. 아무래도 죽은 듯했다.

"아하. 상황은 대충 알았어요."

준코는 두근거리는 가슴을 진정시키려고 애썼다.

"리키 핫톤 씨. 당신이 이 시신을 발견했죠? 아까 전에 연극을 하다가요."

"그런데요……."

리키 핫톤은 순순히 인정했다.

"어떻게 아셨나요?"

"간단한 추리예요. 연극을 하다가 로베르트 주란 씨가 뭘 하는지 살피러 간 당신은 무대로 돌아와서 '죽, 죽, 죽', '살, 살, 살'이라고 외쳤어요. '죽었다', '살해당했다'라는 의미가 아니면 뭐겠어요."

"역시 대단해……. 보통은 주란이 '죽일 듯한 눈으로 쳐다보며 살코기를 달라고 외쳤다'라고 생각할 텐데."

쿠리치코가 신음했다.

"제대로 된 인간이라면 누구라도 상상할 수 있어요! 저는 핫톤 씨의 말을 듣자마자 이런 비극이 일어났을 줄 알았다고요."

"음……. 그런데 그렇게 깔깔 웃었습니까?"

에노모토가 쓸데없는 트집을 잡았지만 준코는 무시했다.

"그나저나 당신이 도대체 뭘 하려는지 도저히 이해가 안 가네요."

준코는 쿠리치코 쪽으로 공격의 방향을 돌렸다.

"당신, 극단 ES&B와 새로운 연극을 홍보하기 위해 이 사건을 최대한 이용하려고 한 거죠? 그래서 이 방에 파티 같은 장식을 해서 정말로 이상한 범행이 일어난 것처럼 꾸미려고 했어요."

"100퍼센트 이해했네요, 뭐."

두 손에 둥글게 뭉친 분홍색 몰을 든 쿠리치코는 마치 거대한 치어걸 같았다.

"그건 논리적으로는 그런 가설이 성립한다는 얘기예요. 심적으로는 전혀 이해가 안 된다고요. 로베르트 주란 씨가 사망한 곳을 파티장처럼 꾸미다니, 죽은 사람을 모독한다는 생각은 안 들어요?"

"핫핫하. 뭐, 맥주를 한 손에 들고 거나한 기분으로 들이닥치는 것도 비슷하지 않겠어요?"

"이건…… 여기 들어오기 위해 어쩔 수 없이 샀을 뿐이에요."

그렇게 말하고 나자 흥분해서인지 목이 말라서 준코는 맥주를 한 모금 꿀꺽 마셨다.

"하여튼 빨리 정리하세요! 시신을 발견했을 때 이 방에 없었던 물건은 모조리 치우라고요!"

준코가 무서운 목소리로 일갈하자 극단원들은 마지못해 장식을 떼어내기 시작했다. 이 과정에서 미세한 증거들이 사라질 가능성도 있기에 원래는 크게 혼날 각오를 하고 장식과 함께 통째로 경찰에 넘겨줘야 하지만.

"그런데 로베르트 주란 씨의 사인은 뭐죠? 리키 핫톤 씨는 어떻게 척 보기만 했는데 살해당했다고 판단하셨나요?"

"그야 머리에서 피가 흐르고 있었고 시신 옆에 저게 있었으니까요."

리키 핫톤이 손가락질했다. 거기에는 피가 묻은 커다란 맥주병이 놓여 있었다. 준코는 또 이거냐 싶었다. 헥터 카마치요 살해 사건 때는 일본주 됫병이 흉기였다. 그 전에 아스카데라 호야가 일으켰다는 미확인 살인 사건에서도 건달을 됫병으로 때려죽였다고 그랬고.

이 극단의 단원들에게 술병은 금물일지도 모르겠다.

"분명 맥주병으로 정수리를 세게 내리친 것 같습니다. 두개골이 박살날 만큼 엄청난 힘으로요."

시신 곁에 쪼그리고 앉아 있던 에노모토가 말했다.

"그리고 이마에 찰과상이 남았으니 뒤가 아니라 정면에서 때린 모양인데요."

"알았어요. 하여튼 바로 경찰에 신고해서 출동하라고 하죠."

휴대전화를 꺼낸 준코를 말린 사람은 뜻밖에도 에노모토였다.

"아오토 선생님. 신고를 조금만 늦추어주시면 안 되겠습니까?"

"예? 어째서요?"

"이 사건은 지금까지 보아온 밀실 살인과는 명백하게 이질적인 느낌이 듭니다. 무엇보다도 계획성이 전혀 없어요."

"어째서 그렇게 단정할 수 있죠?"

"삼류 미스터리 소설이라면 모를까, 하필이면 연극을 상연하는 무대 바로 옆 대기실에서 살인을 저지를 필요가 있었을까요? ……뭐, 연극을 홍보할 목적으로 살인을 저질렀다면 이야기는 별개입니다만."

설마……. 준코는 눈살을 찌푸리고 쿠리치코를 힐끗 쳐다봤다. 쿠리치코도 미간에 주름을 잡고 자기 뒤를 돌아보았지만 거기에는 아무도 없었다.

"아직 증거는 없습니다만, 이건 굳이 따지자면 우발적인 사건이 아닐까요? 어쩌면 살인이 아닐지도 모르고요."

"살인이 아니라고요?"

준코는 입이 떡 벌어졌다.

"하지만 누가 그랬든지 간에 살의가 없었다고 보기는 힘들어요. 그도 그런 게 맥주병으로 정수리를 힘껏 때렸잖아요?"

"저한테 30분만 주십시오. 그 사이에 범인을 알아내 자수하도록 설득할 테니까."

에노모토의 말에 준코는 마음이 움직였다. 신고를 늦추려니 망설여지기도 했지만, 경찰들의 횡포에는 평소부터 분노를 느끼고 있었다. 증거 제시 거부. 접견 방해. 자백 강요. 경찰이 사건이 일어난 줄도 모르는 사이에 진상을 규명하고 자신이 함께 가서 범인을 자수시키면 속이 얼마나 후련할까.

"하지만 30분 만에 범인을 찾아내다니, 무슨 텔레비전 드라마도 아니고. 아무래도 그건 어려울 것 같은데요."

쿠리치코가 진지한 표정으로 말했다.

"어째서요? 여기에 드나들 수 있는 사람은 제한되어 있을 텐데요."

준코의 질문에 쿠리치코는 눈썹을 치켜 올렸다.

"그래요. 이 방에 들어와서 범행이 가능했던 사람은 세 명으로 압축할 수 있지만, 범행을 저지르고 여기서 달아날 수 있었던 사람은 아무도 없어요. 이 대기실은 완벽한 밀실이었거든요."

"그러니까 정리하자면, 일단 이 극장에는 무대 오른쪽과 왼쪽에 각각 하나씩, 두 개의 대기실이 있군요."

로비 벽에 붙은 극장 겨냥도를 보면서 준코가 말했다.

"그렇습니다. 원래는 남녀 대기실을 따로 둔 모양인데, 우리 극단의 배우들은 달팽이나 마찬가지로 남녀의 차이에 둔감하거든요. 옙!"

마치 해설자라는 듯이 대답한 사람은 조크 이즈미였다. 극단의 대변인 같은 역할도 도맡고 있는 듯하다.

"객석에서 봐서 무대 오른쪽에 있는 대기실에서는 뒷문을 통해 직접 건물 밖으로 나갈 수 있네요. 한편 무대 왼쪽 대기실은 로비의 매점 옆에 있는 문이 유일한 출구고요."

준코와 에노모토가 들어온 문이다.

"말씀대롭니다. 로베르트 주란이 살해당한 왼쪽 대기실에서 밖으로 나가려면 유일한 출구를 지나가든지, 무대를 가로지르든지 둘 중 하나를 선택해야 합니다."

조크 이즈미는 고개를 끄덕였다.

"하지만 범인은 어느 쪽으로도 지나갈 수 없었을 거예요. ……처음부터 따져보죠. 무대에서 마술과 팬터마임 등을 선보인 뒤, 네 사람은 둘씩 짝지어 무대 오른쪽과 왼쪽으로 물러났어요. 이때 피해자 로베르트 주란 씨와 같이 왼쪽으로 간 사람이 범인일 가능성이 높다는 말인가요?"

"가능성이 높다기보다 틀림없이 범인이겠죠. 그 뒤로 무대 왼쪽 대기실에 갈 수 있었던 사람은 없을 테니까요."

조크 이즈미는 딱 잘라 말했다. 만약 정말 그렇다면 범인은 놀랄 만큼 쉽게 나오지 않는가. 로베르트 주란과 함께 왼쪽으로 물러간 사람이 누구였는지 떠올리기만 하면 된다. 하지만 아무리 기억을 더듬어도 아무 얼굴도 떠오르지 않았다.

"……극단원 중에 누가 왼쪽으로 갔는지 기억하는 사람은 아무도 없나요?"

"일단 모두에게 물어봤습니다만, 둘씩 짝지어 좌우로 퇴장했다는 건 기억해도 그게 누구와 누구였는지는 아무도 모르더군요. 본인들, 그러니까 스가 레이, 마빈 하구라, 토마스 한조는 저마다 자기는 오른쪽으로 퇴장했다고 주장하는데 그들도 자신과 함께 오른쪽으로 간 사람이 누군지는 모르겠답니다."

미스터리 소설에서는 항상 상세한 목격 증언을 얻을 수 있지만 현실은 이런 법이다. 관객 모두를 붙잡아놓고 조사하면 기억하는 사람이 한 명 정도는 나올지도 모르지만. 하지만 이러니 만큼 적어도 계획성 없는 범죄라는 에노모토의 말은 입증된 셈인지도 모른다. 기억하는 사람이 하나라도 있으면 바로 들통 나니까 위험한 다리는 고사하고 반쯤 끊어진 밧줄로 골짜기를 건너가는 것이나 마찬가지다.

"그렇지! 보통 공연을 할 때는 극단에서 비디오 촬영을 하지 않나요? 영상을 보면 대번에 알아낼 수 있잖아요."

"그게, 마치 노린 듯이 그들의 퇴장 장면만 찍히지 않았습니다."

조크 이즈미가 유감스럽다는 듯이 대답했다.

"비디오카메라가 한 대밖에 없어서 무대를 촬영하는 사이사이에 객석의 표정을 찍고는 하는데, 그들이 퇴장하는 순간에는 마침 아오토 선생님의 얼굴을 클로즈업한 상태였어요."

"제 얼굴을……?"

그렇다면 어쩔 수 없지 않겠는가.

"알겠어요. 로베르트 주란 씨는 그대로 대기실을 지나쳐 로비로 나가 매점에서 큰 병맥주를 샀죠?"

"샀다기보다 강탈했다는 표현이 정확할 겁니다. 늘 외상이었던 모양인데 정산했다는 얘기는 들은 적이 없거든요."

"그리고 로베르트 주란 씨는 맥주를 들고 대기실로 돌아왔어요. 이때 매점에 있던 카를로스…… 씨가 귀 기울여 들어야 할 증언을 했다면서요?"

"수습 극단원 카를로스 킨타마입니다."

준코가 말을 얼버무리자 조크 이즈미가 기어이 보충했다. 아무리 그래도 그 예명은 너무 심한 것 같은데|킨타마金玉에는 '고환'이란 뜻이 있음 - 옮긴이|.

"그러니까, 그 카를로스 씨가……."

"카를로스 킨타마입니다."

"예, 그······."

"카를로스 킨타마! 아아, 거기 있었군. 카를로스 킨타마. 다시 한 번 그 이야기를 해주지 않겠어요, 카를로스 킨타마."

조크 이즈미가 큰 소리로 불렀다. 준코는 화가 치밀어 올랐다. 그렇게까지 집요하게 되풀이하다니 성희롱 아닌가. 본인도 거듭해서 부르자 아무래도 겸연쩍어하는 것 같았다. 녹색으로 물들여 힘을 준 모히칸 머리도 숨이 죽어 시들시들해진 것처럼 보였다.

"하아······. 뭐, 늘 그랬지만 주란 씨가 돈도 안 내고 병맥주를 가지고 갔어요. 병에 '소도구'라는 스티커를 척 붙이고, 이건 무대에서 쓸 소도구니까 돈은 극단에서 받으라면서요. 저는 따라가서 저쪽 문을 열고 '이제 주란 씨가 나갈 일은 없잖아요. 나중에 확실히 계산하세요.'라고 말했죠. 그때 주란 씨가 대기실 문을 열었는데 안에 들어가서 문을 닫자마자 시끄럽게 말다툼하는 듯한 소리가 들렸어요."

"상대방이 누구였는지는 모르겠어요? 목소리에 무슨 특징이 있었다거나."

준코의 질문에 카를로스······, 모히칸 청년은 고개를 저었다.

"글쎄요, 문 너머로 들어서 누군지는 모르겠네요. 특징이라고 해봤자 남자였다는 것밖에는······. 어쨌든 화가 잔뜩 나서 마구 떠드는 느낌이었어요."

로베르트가 대기실에 들어가자마자 말다툼이 시작되었다면 우연히 분위기가 험악해졌다기보다 범인이 로베르트 주란에게 처음부터 무슨 불평을 늘어놓으려 했을 가능성이 높다.

"말다툼이라면 로베르트 주란 씨의 반응도 만만치 않았다는 거죠?"

"예. 상대편이 뭐라고 하면 말을 덮어씌우듯이 큰 소리로 대꾸했다고 할까. 분위기가 엄청 험악해서 좀 무섭더라고요. 그래서 그대로 저쪽 문을 가만히 닫았습니다."

이 극단에서 싸움과 말다툼은 일상다반사인가 보다. 때때로 그러한 싸움과 말다툼이 살인 사건으로까지 발전한다는 것은 전 단장 헥터 카마치요 살해 사건으로 확실히 입증되었다.

"〈욘더 버드〉는 정확하게 몇 시에 시작했죠?"

준코는 조크 이즈미에게 물었다.

"어디 보자, 관객 입장이 오후 1시 30분, 상연은 오후 정각 2시. 바람잡이 공연 시간이 30분 정도니까 오후 2시 30분 전후일 겁니다."

휴식 없이 계속되는 120분짜리 단막극이니까 오후 4시 30분 전후에 끝났을 것이다. 리키 핫톤이 시신을 발견한 시각은 오후 4시 25분 정도일까. 준코는 시계를 쳐다봤다. 지금은 오후 5시 32분. 에노모토가 달라고 말한 30분이 거의 다 지나갔다.

"카를로스 킨타마의 증언에 따르면 범인과 로베르트 주란이 말다툼을 시작한 것도 오후 2시 30분 전후인 셈이군요. 언제 살해됐는지는 모르지만 아마 말다툼이 시작된 지 얼마 지나지 않아서겠죠. 그 후에 범인은 대기실에서 탈출해야 했는데……."

미간에 주름을 잡고 집게손가락을 세운 조크 이즈미는 어딘가에 나오는 명탐정처럼 보였다.

"잠깐만요. 처음 이야기로 돌아갈게요. 로베르트 주란 씨가 퇴장한 뒤에 누가 왼쪽 대기실을 찾았을 가능성은 없을까요?"

"없습니다. ……제가 업어 드리겠다는 게 아니고 아무도 안 갔다고요."

조크 이즈미는 썰렁한 농담과는 반대로 복잡한 표정을 지으며 고개를 저었다.

"〈욘더 버드〉는 극단원이 모두 출연하는 작품이라 전원이 오른쪽 대기실에 머물렀습니다. 따라서 등장할 때는 오른쪽에서 무대로 올라갔고 퇴장할 때도 오른쪽으로 물러났어요. 도중에 로베르트 주란을 빼고 무대에 나타나지 않은 배우는 없고, 왼쪽으로 사라진 배우도 없습니다."

"아무도 왼쪽 대기실로 가지 않은 건 확실한가요?"

"확실합니다. 제가 무대 왼쪽 아래에 서서 등장하는 배우와 퇴장하는 배우를 꼼꼼하게 살펴보고 있었거든요. 옙!"

조크 이즈미는 꿋꿋한 태도로 대답했다. 그렇게 기억력이 좋다면 바람잡이 공연을 하는 배우도 차별하지 말고 제대로 좀 봤으면 좋았을 텐데.

"하지만 왼쪽 대기실에서 로비를 통해서도 갈 수 있죠? 아까는 문이 잠겨 있었지만."

"수상한 사람이 무대로 난입하지 못하도록 상연 중에는 문을 잠가놓습니다. 로비에서는 카를로스 킨타마가 계속 매점에 있었고, 대도구 담당과 소도구 담당도 담배를 피우고 있었어요. 세 사람 다 입을 모아 바람잡이 공연이 시작되고 나서 연극이 끝날 때까지 로비에서 대기실로 들어간 사람은 아무도 없다고 증언했습니다. 물론 나온 사람도요."

"그 이전에 외부인이 침입했을 가능성은 없을까요?"

"없고말고요. 아침에 스태프들이 극장에 오자마자 일단 안을 둘러봅니다. 그 후로는 로비와 무대에 반드시 누가 있었으니 극단 관계자 말고 다른 사람이 있었다면 바로 들통 나죠."

이리하여 용의자가 스가 레이, 마빈 하구라, 토마스 한조 세 사람으로 압축되기는 했다.

"알겠어요. 범인은 로베르트 주란 씨와 함께 무대 왼쪽으로 퇴장해 대기실에서 말다툼을 한 인물이라고 봐야겠죠. 말다툼 끝에 로베르트 주란 씨를 때려죽이고……."

준코는 여기서 어렴풋한 위화감을 느꼈지만 그 정체가 무엇인지는 알 수 없었다.

"……그 후에 범인은 대기실에서 달아났을 거예요. 하지만 로비에는 남의 눈이 있었고, 실제로 로비에 있던 세 사람은 아무도 나오지 않았다고 증언했어요. 그렇다면 무대를 통해 달아나는 방법밖에 없는데요."

준코는 머리를 감싸 안고 싶어졌다.

"그건 도저히 불가능하죠. 공연 중이라 수많은 사람들이 무대에 시선을 집중하고 있었어요. 누가 나타나면 모를 리 없습니다. 게다가 아까 전에 말씀드렸다시피 무대 왼쪽에서 등장한 배우는 아무도 없었고요."

"하지만 조크 이즈미 씨는 무대 왼쪽 아래에 계셨죠. 무대 왼쪽의 끝부분은 사각 아닌가요?"

"분명 사각이 되는 부분도 약간은 있습니다만, 무대를 통과해 오른쪽으로 가는 사이에 반드시 들킵니다. 게다가 범인이 스가 레이, 마빈 하구라, 토마스 한조 중 하나라면 무대 위에 있던 배우들이 당연히 수상하게 여겼겠죠. 이 세 사람은 애초에 연극에 등장할 예정이 없었으니까요."

안타깝지만 끽 소리도 나오지 않았다. 마치 에노모토와 추리 대결을 펼치고 있는 것 같았지만, 썰렁한 말장난이나 늘 어놓는 아저씨에게 논파당한다고 생각하자 더 화가 났다.

그때 대기실에서 로비로 통하는 문이 열리더니 "그럼 죽이지 않으셨다는 거죠?"라는 에노모토의 목소리가 들렸다. 준코는 저도 모르게 귀를 기울였다.

"예. 하나도 죽이지 않았습니다."

들어본 적 없는 남자의 목소리가 여유롭게 대답했다.

"나중에 처리하기도 귀찮고 바닥이 상하니까요."

도대체 누구지? 준코는 숨을 삼키고 지켜보았다. 열린 문 뒤에서 에노모토에 이어 수염을 기른 수수한 느낌의 남자가 나타났다. 얼핏 보기에 중년이라는 인상이지만 실제로는 젊으리라. 무늬 없는 티셔츠에 작업복 바지. 머리에는 수건을 감고 있었다.

"옛날에는 죽이신 거죠?"

"아아. 그렇죠. 옛날에는 대개 죽였습니다. 쇠망치로요."

에노모토와 남자의 대화는 느긋한 말투와는 어울리지 않게 몹시 흉흉했다.

"에노모토 씨……?"

준코가 부르자 에노모토는 남자를 소개했다.

"아오토 선생님. 이쪽은 대도구大道具 담당인 오미치大道 씨입니다."

작명 센스가 어쩜 이리 유치찬란할까. 무대 뒤에서 일하는 사람이니 예명도 아닐 텐데.

"설마 소도구小道具 담당이 코미치小道 씨인 건 아니겠죠?"

"소도구 담당은 코마이駒♯입니다만, 왜 그러시죠?"

오미치는 눈을 끔뻑끔뻑하며 대답했다. 분명 미녀의 질문에 긴장한 것이리라.

"아니요, 아무것도……. 에노모토 씨. 그럼 이 분이……?"

용의자냐는 질문은 시선에 담았다.

"그렇습니다. 이번 사건의 열쇠를 쥐고 계신 분이라고 생각합니다."

에노모토는 고개를 끄덕였다. 그때 준코는 약속이 떠올랐다.

"벌써 30분 넘었죠? 범인이 누군지 규명해서 자수하도록 설득하겠다고 그랬잖아요."

에노모토는 교활한 미소를 지었다.

"역시 30분은 너무 짧은 것 같지 않습니까? 텔레비전 드라마도 아닌걸요."

"하지만 당신이 직접 시간을 제한했잖아요. 그 말을 믿고 경찰에 신고도 안 하고 기다린 건데."

"그러게 말입니다. 하지만 시간을 조금만 더 늘려주시면 안 될까요? 지금부터 설득을 해야 하거든요."

"너무 뻔뻔스러운······."

말하다 말고 준코는 깨달았다.

"그럼 범인이 누군지는 짐작이 가는 건가요?"

"짐작이라기보다 확신합니다. 재판에서 유죄 판정을 받을 정도인지는 의문이지만, 상황증거는 전부 한 사람을 가리키고 있습니다."

에노모토는 자신만만하게 말했다.

준코는 자신도 모르게 오미치의 얼굴을 빤히 쳐다봤다. 오미치는 뜨거운 시선을 받고 쑥스러워졌는지 얼굴을 찡그리며 수건 위로 머리를 벅벅 긁었다.

3

선입견 탓인지 한 자리에 모인 세 명의 용의자—스가 레이, 마빈 하구라, 토마스 한조의 얼굴은 하나같이 흉악해 보였다.

"이 세 사람 말고 범행을 저지를 기회가 있었던 사람은 없습니다. 이제 와서 굳이 설명할 필요는 없겠죠?"

여느 때와 마찬가지로 에노모토가 이야기의 주도권을 쥐려고 했다.

"자, 그렇다면."

"잠깐만요!" 준코가 외쳤다.

"……으음, 또 뭡니까?"

에노모토는 언짢은 듯이 얼굴을 찌푸렸다.

"또라니 무슨 말이 그래요?"

준코는 여유만만하게 웃음을 지었다. 자신의 머릿속에서 번뜩인 생각에 소름이 돋을 것 같았다. 지금까지 계속 헛소리 취급 당해온 자신의 추리. 하지만 이제야 겨우 에노모토에게 한 방 먹여줄 수 있다.

"이 세 사람 말고 범인이 없다고 믿는 바람에 밀실의 수수께끼에 휘둘린 거라고요. 범행이 가능했던 사람이 한 명 더 있잖아요? 게다가 그 사람이 범인이라고 가정하면 어떻게 대기실에서 탈출했는지 고민할 필요도 없어요!"

"누구를 말하는 건지 대충 상상이 갑니다. 하지만 다시 한번 잘 생각해보시는 편이 좋지 않을까요?"

에노모토는 한숨 섞인 목소리로 말했다.

"범인은 당신이에요!"

준코는 극단원들 앞에 집게손가락을 들이대면서 팔을 크게 휘둘러 한 배우를 지목했다.

"리키 핫톤 씨……. 정말 유감입니다."

"유감인 건 리키 핫톤 씨가 아니라 아오토 선생님인데요."

에노모토가 실례천만인 소리를 했다.

"엥? 저라고요?"

리키 핫톤이 어리둥절한 표정을 지었다.

"그래요. 무대와 왼쪽 대기실을 왕복한 사람은 당신 한 명 뿐이니까요. 당신은 무대에서 소리를 질렀죠. '죽, 죽, 죽', '살, 살, 살'이라고요. 그건 '죽었다', '살해하고 말았다'라는 의미였어요. 범인이 아니라면 이상할 만큼 당황한 당신의 그 모습은 설명이 안 돼요!"

"그건 아닌 것 같은데요."

에노모토는 고양이 가필드처럼 눈을 능글맞게 뜨고 말했다.

"시체를 발견하면 누구든 당황할 겁니다. 하물며 그게 동료 극단원이고 연극을 상연하던 중이었다면 더하겠죠."

"게다가 핫톤이 범인이라면, 왜 주란이 연극이 끝날 무렵까지 나오지 않았는지 설명이 안 되는 것 아닌가요?"

쿠리치코가 캐릭터에 어울리지 않게 지극히 정상적으로 반론했다.

"리키 핫톤이 대기실에 갔다가 돌아올 때까지 고작 2분도 안 걸렸죠? 아무리 뭐래도 범행을 저지르기에는 너무 짧은 시간입니다. 옙!"

조크 이즈미도 준코의 추리를 분쇄하는 것을 도우려고 나섰다.

"게다가 만약 리키 씨가 범인이라면 제가 들은 말다툼의 상대는 어디로 간 걸까요?"

카를로스 킨타마까지 덩달아 적들에게 가세했다. 예명도 바보 같은 주제에, 하고 준코는 마음속으로 내뱉듯이 중얼거렸다.

"그렇습니다. 이 세 사람 중 한 명이 로베르트 주란 씨와 같이 무대 왼쪽으로 퇴장했다는 것은 틀림없는 사실입니다. 그걸 잊어서는 안 되죠. 발견자가 범인이라면 그 부분을 설명할 수 없다고 할까, 이야기 자체가 엉망진창이 되거든요."

쐐기를 박은 사람은 역시 에노모토였다. 완전히 사면초가 상태에 빠진 준코는 반쯤 가라앉은 배에서 탈출하듯이 리키 핫톤 범인설을 가차 없이 내다버렸다.

"훌륭해요!"

그리고 싱긋 웃었다.

"여러분, 과연 대단해요. 리키 핫톤 씨가 범인이라니 물론 말도 안 되죠. 상황을 정리해서 여러분이 과연 이 사태를 얼마나 이해하는지 확인하려고 일부러 바보 같은 지적을 해본 거예요."

어라, 에노모토를 포함한 극단원들은 저마다 다른 곳을 보면서 하품을 하거나 턱을 긁적였다. 이 모습은 아까 전에 터무늬없는 연극을 볼 때 자신이 취했던 태도와 어딘가 비슷하다.

"……자, 이야기를 되돌리겠습니다. 어쨌든 범행의 기회가 있었던 건 이 세 사람뿐입니다."

에노모토는 헛기침을 하고 준코의 말끝을 이어받아 말했다.

"그중 한 사람이 로베르트 주란 씨와 같이 무대 왼쪽으로 물러갔습니다. 로비로 나간 로베르트 주란 씨는 매점에서 병맥주를 가지고 대기실로 돌아갔죠. 결국 이 큰 맥주병이 흉기로 쓰였는데……. 문제의 인물은 먼저 대기실로 들어가 기다리고 있었다고 추정됩니다. 여기서 첫 번째 의문입니다. 왜 그들 두 사람만 왼쪽으로 퇴장했을까요? 다른 바람잡이 배우들과 연극배우들은 모두 오른쪽 대기실에서 나와서 오른쪽 대기실로 돌아갔는데 말이죠."

"두 사람씩 좌우로 갈라지는 편이 멋있어서 그런 것 아닐까요?"

마츠모토 사야카가 대답했다.

"결국 아무도 못 봤지만요. 쿠리치코 씨, 그렇게 연출하셨습니까?"

"아니요, 모르겠는데요. 연극 말고는 각자 알아서 결정했거든요."

"여러분은 좌우로 두 명씩 갈라져서 퇴장하기로 계획하셨습니까?"

에노모토가 용의자 세 명에게 물었다. 스가 레이가 대답했다.

"특별히 그렇게 하자고 정하지는 않았습니다. 그렇다기보다 모두 오른쪽 대기실로 돌아올 줄 알았는데요. 두 사람이 왼쪽 대기실로 간 이유는 지금도 잘 모르겠네요."

비즈니스맨처럼 조리 있고 잘 정돈된 대답이었다.

"그렇구나! 맥주가 마시고 싶었던 것 아닐까요? 매점에 가려면 무대 왼쪽으로 내려가는 편이 편하잖아요. 아니면 멀리 돌아가야 하니까." 사야카가 불쑥 끼어들었다.

"그것도 아닌 것 같은데." 안토니오 마루가리토가 응수했다.

"오른쪽 대기실에는 초밥을 비롯해 음식이 잔뜩 있었으니까. 맥주도 아주 많았다고."

"원래 오른쪽 대기실이 훨씬 넓습니다. 이번에 왼쪽 대기실은 거의 사용하지 않았어요."

조크 이즈미가 보충 설명했다.

"거드름피우지 말고 결론을 알려줘요."

분하지만 준코는 에노모토에게 정답을 물었다.

"두 사람이 미리 무슨 약속을 했겠죠. 로베르트 주란 씨는 바람잡이 공연 후의 연극에도 출연할 예정이었습니다. 저는 그때 둘이서 등장할 작정이었다고 추측합니다."

"둘이서요?"

만담이라도 할 생각이었을까?

"아까 전에 〈욘더 버드〉를 봤는데, 연극을 질서형과 무질서형으로 나누자면 명백히 무질서형의 전형인 것 같더군요."

"마치 연쇄살인범을 분류하듯이 구분하다니, 섭섭한데요."

쿠리치코가 에노모토에게 항의했다.

"제 말이 부적절했다면 사과드리겠습니다. 요컨대 도중에 뭘 하든 흐름상으로는 문제없다는 뜻입니다. 로베르트 주란 씨는 하고 싶은 걸 마음대로 하라는 주문을 받은 모양이더군요. 처음에는 가라테 유단자라는 설정으로 1인 콩트 같은 걸 하려고 했는지도 모르겠지만, 솔직히 말해 격파 퍼포먼스도 전혀 먹히지 않았으니 연극 도중에 등장했을 때 관객들의 반응이 싸늘해서 이러지도 저러지도 못하게 될까 봐 걱정했다고 봐도 이상할 것 없습니다."

"그래서요? 주란은 누군가를 끌어들여서 뭘 하려고 했을까요?"

쿠리치코가 물었다.

"만담입니다."

맞혔다. 해냈다. ……하지만 그런 엉뚱한 짓을.

"어떻게 그걸 아시죠?" 조크 이즈미가 이상하다는 듯이 질문했다.

"로베르트 주란 씨의 유품을 조사하다가 노트를 발견했습니다. 노트에 자잘한 글씨로 만담 소재를 빼곡하게 적어뒀더군요."

"그럼 혹시 파트너의 이름도?"

에노모토는 고개를 저었다.

"안타깝게도 파트너의 이름은 없었습니다."

"앗. 혹시⋯⋯!"

카를로스 킨타마가 소리를 질렀다.

"그렇습니다. 당신이 들은 건 말다툼하는 소리가 아니었어요. 무대에 올라가기 전에 만담 연습을 하던 거였죠. 칸사이 풍 만담은 템포가 빠르죠. 윽박지르고 받아치는 콤비의 응수를 문 너머로 들었으니 말다툼하는 것처럼 들렸어도 이상할 것 없습니다."

모두가 잠시 침묵했다. 만담 대본이 나왔다면 에노모토의 말이 맞을 것이다. 그렇다면 대체 어찌 된 일일까.

"두 사람이 만담 연습을 했는데 어쩌다 말다툼으로 번져서 로베르트 씨가 맞아 죽었을까요?"

에노모토는 준코의 질문에 직접 대답하려고 하지 않았다.

"그 의문에 대답하려면 한 가지 다른 의문을 따져볼 필요가 있습니다. 로베르트 주란 씨는 진짜 가라테 유단자로, 극한회관에서 2단을 따셨다더군요. 완력이 센 분들이 즐비한 극단 ES&B에서도 약한 축은 아니었을 겁니다. 그런데 어쩌다가 맥주병으로 머리를 때리는 간단한 방법으로 살해당했을까요? 그것도 정면에서요."

그렇다. 아까 느낀 위화감은 바로 이것이었다.

"마이 베스트!"

그때까지 으스스하게 침묵을 지키던 마빈 하구라가 갑자기 고함을 질렀다.

"그렇게 할 수 있는 놈은 이놈밖에 없어! 스가 레이! 네 무지막지하게 현란한 손놀림이라면 주란을 죽일 수 있었을 테지? 냉큼 자백해라!"

"얼레? 느낌이 제법 괜찮은데. 다음에는 '하구라 형사 순정파'로 가볼까?"

쿠리치코가 중얼거렸다.

"그건 누명입니다. 저는 아무 짓도 안 했어요. 로베르트 주란을 죽일 동기도 없고요."

스가 레이는 아주 침착하게 대응했다.

"참고삼아 묻겠는데, 스가 레이 씨는 무대에서 퇴장하고 나서 뭘 하셨습니까?"

스가 레이는 에노모토의 질문에도 막힘없이 대답했다.

"신선한 공기를 마시고 싶어서 뒷문을 통해 밖으로 나갔습니다. 그리고 단골 가게인 '엘 알마 알 아이레'라는 카페에 가서 갓 볶아낸 원두로 내린 토아르코 토라자 커피의 그윽한 향기를 즐기면서 『동양 경제』의 「위안화 절상 압력은 국제통화의 하락세를 더욱 조장하는가」라는 기사를 숙독하고 돌아왔더니 이 난리가 벌어져서 깜짝 놀랐죠."

"뭔 말인지도 모를 소리만 지껄이고 앉았네!"

마빈 하구라가 야수처럼 으르렁댔다.

"넌 주란을 죽이고 나서 마술로 빠져나간 거야! 맞지?"

"아니요, 마술은 마법이 아니니까요."

스가 레이는 쓴웃음을 지었다.

"마술……? 잠깐만요. 알았어요! 그랬던 거구나!"

준코의 머릿속에서 순식간에 뭔가가 이어졌다. 마술. 클로즈업 매직. 그리고 압도적인 속도.

"스가 레이 씨. 역시 당신이었어요. 유감이네요."

"아오토 선생님께는 다음에 꼭 유감상을 드리고 싶네요."

에노모토가 이죽거렸다.

"자, 잠깐 기다려주십시오. 도대체, 제가 왜……?"

지명당한 스가 레이는 어이가 없는 듯했다.

"마이 베스트! 역시 네 놈이었구나!"

마빈 하구라는 기쁜 듯이 두 손을 마주 잡았다. 범행이 증명되면 즉시 목을 비틀어버릴 듯한 기세였다.

"아오토 선생님. 일단 한번 물어나 봅시다. 스가 레이 씨가 범인이라면 밀실 수수께끼 역시 푸셨다는 거겠죠?"

에노모토의 질문에 준코는 자신 있게 고개를 끄덕였다.

"예. 과거에 맞닥뜨린 냉혹한 살인범이 떠올랐어요. 그 남자는 목격자 앞에서 마치 클로즈업 매직처럼 밀실을 완성했죠. 눈앞이라는 아주 가까운 거리에서 벌어진다 해도 인간의 눈이 항상 모든 사실을 올바르게 파악한다고는 할 수 없다. 그게 그 사건의 교훈이었죠."

"그건 정말로 참혹하고 무시무시한 사건이었습니다. ……하지만 그게 이번 사건과 무슨 관계가 있다는 건지?"

에노모토가 이상하다는 듯이 물었다.

"클로즈업 매직이라는 말이 떠오르자마자 알아차렸어요. 좌우 어느 손으로 동전을 순간 이동시키는 기술이 있죠? 고속 카메라로 촬영하면 한쪽 손의 손가락으로 동전을 튕겨내서 반대쪽 손으로 잡는 모습이 보여요. 하지만 인간의 눈이 파악할 수 있는 속도에는 한계가 있어서 너무 빠른 물체는 인식조차 하지 못하죠."

"이론적으로는 그렇습니다. 하지만 그걸 밀실 트릭에 이용하기는 무리일 것 같은데요."

"분명하게 말씀해주십시오. 제가 구체적으로 어떻게 범행 현장에서 탈출했다는 겁니까?

스가 레이가 진지한 얼굴로 물었다.

"당신은 범행 후에 수많은 사람이 지켜보고 있는 무대를 달려서 지나간 거예요."

"예에……?"

"하지만 너무나 빨라서 아무도 알아차리지 못했죠."

무거운 침묵이 사방을 내리눌렀다.

"……깜짝 놀랐습니다. 저는 하구라 씨보다 엉뚱한 소리를 하는 사람은 태어나서 처음 봤어요."

스가 레이가 한숨과 함께 말을 툭 내뱉었다.

"확실히 엉뚱함의 한계치를 넘었어요. 갈 데까지 간 것 같네요. 예전에는 이렇게까지 심하지 않았는데. 역시 휴양이 필요한지도 모르겠습니다."

에노모토가 침통한 말투로 동의했다.

"마이……." 하고 마빈 하구라가 말을 하다가 말았다. 베스트라고 마무리 지을 기력을 잃은 모양이다.

"음, 저기요."

준코는 일말의 희망을 담아 스가 레이를 쳐다봤다.

"못하세요?"

"그런 걸 할 줄 알면 이런 삼류 극단에서 바람잡이 공연이나 하고 있겠냐!"

스가 레이는 결국 폭발했다.

"그것보다 제가 의심받아서 묻는 건 아닙니다만, 하구라 씨는 알리바이가 있습니까? 저랑 같이 무대 오른쪽으로 퇴장했다는데, 그 다음에는 뭘 하셨습니까?"

"내내 오른쪽 대기실에 있었어."

마빈 하구라는 가슴을 쭉 펴고 대답했다.

"오른쪽 대기실에서 내내 뭘 하고 계셨는데요?"

마빈 하구라의 표정이 변했다. 아무래도 아픈 곳을 찌른 모양이다. 동요를 억누르듯이 희미한 미소를 지으며 딴청을 피웠다.

"……마빈 하구라 씨의 알리바이는 입증되었습니다."

에노모토가 끼어들었다.

"로베르트 주란 씨를 죽음으로 몰아넣은 일격 말입니다. 보통 사람은 그렇게 세게 때릴 수 없을 것 같아서 처음에는 마빈 하구라 씨를 의심했어요. 하지만 계속 오른쪽 대기실에 계셨다는 걸 확인했습니다."

"아까 전 제 질문에 대한 대답은 아니군요. 이 사람은 거기서 뭘 했습니까?"

스가 레이는 기회가 왔다는 듯이 호랑이 검사처럼 무섭게 추궁했다.

"마빈 하구라 씨가 '마이 베스트!'라고 외치면서 준비해둔 초밥을 먹어치우는 모습을 본 사람이 있습니다."

에노모토는 어쩔 수 없다는 듯이 대답했다.

"그리고 본인의 진술과 부자연스럽게 줄어든 초밥의 형태가 일치했고요."

"그건 알리바이치고는 너무 안이한 것 같은데요. 뭘 몇 개먹었는지 전부 기억하고 있었다는 겁니까?"

스가 레이는 계속해서 물고 늘어졌다.

"아주 기억하기 쉽게 드셨더군요. 모든 통에서 참치 중뱃살, 연어알, 성게 초밥만 전부 드셨거든요."

사람들이 웅성거렸다.

"전부? 말도 안 돼. 도대체 그게 몇 인분인데."

"제기랄. 주연급만 몽땅 처먹었구나……."

"그럼 남은 건 시원찮은 것들뿐이잖아!"

"이 자식, 죽여버리겠어!"

극단원 몇 명이 별안간 살기등등해져서 마빈 가까이로 다가섰다. 그들에게는 살인보다 용서하기 어려운 폭거인 듯했다.

마빈 하구라는 태연하게 "뭐야, 해볼 테냐?" 하고 중얼거렸다.

"파괴하고 짓밟는다."

"다음 살인은 이번 사건을 해결하고 난 다음으로 미루세요!"

준코는 참다 못해 소리를 질렀다.

"지금 두 분의 알리바이에 대해 들었는데, 지장이 없으시면 토마스 한조 씨도 들려주시지 않겠습니까?"

에노모토가 유도하자 토마스 한조는 나지막한 목소리로 조용히 대답했다.

"저요? 저는 저기 화장실에서 계속 담배를 피우고 있었는데요."

칸사이 사투리인 듯했지만 어쩐지 억양이 이상했다.

"토마스 씨는 칸사이 출신이신가요?" 준코가 물어보았다.

"아니에요, 아닙니다. 카스카베예요."

그러니까 그 대답은 이상하다고.

"사이타마 칸토 지방에 위치한 도시 — 옮긴이 현 출생인데 어째서 칸사이 사투리를 쓰세요?"

"그게요, 이유가 있어서 연습했더니만 영 떨어질 생각을 않네요."

수상하다.

"에노모토 씨. 이야기를 원점으로 되돌립시다! 로베르트 주란은 왜 어이없이 살해당한 겁니까?"

조크 이즈미가 궤도 수정을 꾀했다.

"처음에 말씀드렸다시피 이건 우발적인 사건입니다. 다양한 상황증거를 고려할 때 무슨 일이 있었는지는 명백하죠. 하지만 진상은 역시 본인의 입으로 말씀하시는 편이 좋을 듯싶습니다."

주변이 조용해졌다.

"본인이라니, 누군데요?"

준코가 모두를 대표해서 물었다. 에노모토는 한 단원을 향해 말했다.

"당신이 잘못해서 로베르트 주란 씨를 죽였죠?"

4

"뭐, 뭐라고요? 저는 모릅니다."

에노모토와 눈이 마주친 토마스 한조는 눈동자를 사방으로 굴리며 자못 동요한 기색을 감추지 못했다.

"알겠습니다. 그럼 여기서 열쇠를 쥔 증인을 모시도록 하죠."

대도구 담당인 오미치인가. 준코는 두리번거리며 눈으로 그를 찾았다.

"소도구 담당 코마이 씨입니다."

에노모토가 이름을 말하자 작업복 차림의 아주 덩치가 작은 남자가 나타났다.

"코마이 씨. 아까 이야기에 나온 물건을 보여주시겠습니까?"

"아아……. 뭐, 이런 것밖에 안 남았는데. 좀 실패한 놈이야."

한순간 시무라 켄[일본의 유명 개그맨 – 옮긴이]의 목소리를 흉내 낸 줄 알았는데 자기 목소리인 모양이다. 코마이가 보여준 것은 맥주병 같은 물건으로, 약간 일그러져서 만듦새가 별로라고 느껴졌다. 라벨 대신에 붓글씨로 '소도구'라고 쓴 스티커를 붙여놓았다.

코마이가 가져온 물건을 보자 토마스 한조의 안색이 싹 변했다.

"이건 코마이 씨가 설탕유리로 만든 병입니다."

에노모토는 귀에 익지 않은 재질의 이름을 댔다

"겉보기는 유리와 똑같습니다만, 설탕이나 녹말을 가공한 것으로 상당히 무른 것이 특징입니다. 주로 무대 연극이나 영화의 특수효과에 사용되지요. 오늘도 마빈 하구라 씨가 로베르트 주란 씨의 머리를 때릴 때 사용했습니다."

에노모토는 맥주병처럼 보이는 물체를 거꾸로 들고 휘둘러보였다.

"뭐, 진짜 병과는 무게가 전혀 다르니까 보통이라면 들어

올린 순간에 알아차릴 테지만, 토마스 한조 씨는 차이를 몰랐던 모양이에요. 아마 지금까지 한 번도 사용해본 적이 없지 않을까 합니다."

어. 설마, 그런……. 준코는 드디어 뭔가가 이해되기 시작했다.

마빈 하구라가 에노모토에게서 설탕유리로 만든 병을 받아드는가 싶더니 느닷없이 스가 레이의 머리를 내리쳤다. 병은 순식간에 산산조각 나서 흩어졌다. 스가 레이는 화가 울컥 치밀어 오른 모습으로 고수머리 사이로 들어간 자잘한 파편을 털어냈다.

"토마스 한조 씨. 로베르트 주란 씨가 남긴 소재 노트에 파트너의 이름은 없었지만, 콤비명은 확실하게 적혀 있었습니다. 어떠세요? 직접 설명해주시지 않겠습니까?"

토마스 한조가 머리를 푹 숙였다.

"전부 다 에노모토 씨의 말씀대롭니다! 주란의 머리를 후려갈긴 건 저예요! 죄송합니다! 용서해주십시오……. 이렇게 빕니다!"

이건 뭐냐. 준코는 어안이 벙벙했다. 마치 관서풍의 우여곡절 많고 인간미 넘치는 희극의 비극적 장면 같지 않은가. 어째서 토마스 한조가 갑자기 자백하는지도 전혀 이해가 가지 않았다. '이렇게 빈다'고 해놓고 별달리 하는 것도 없고.

"이왕 이렇게 되었으니 숨김없이 이야기하겠습니다. 사실 사건의 전말은 이러합니다."

토마스 한조의 이야기를 들어보니, 에노모토가 말한 대로 둘이서 무대 왼쪽으로 퇴장해 아무도 없는 대기실에서 호흡을 맞추고 있었다고 한다.

로베르트 주란이 로비로 맥주를 가지러 가느라 늦게 대기실로 들어와서 문을 닫자마자 기다렸다는 듯이 만담 연습을 시작했다. 둘이서 엉터리 칸사이 사투리로 떠드는 것이 만담의 주축 소재로, 칸사이 사람이 들으면 아마도 불같이 화를 내겠지만 거기까지 원정을 갈 일은 없으니 문제없었다. 그리고 애드리브를 섞어 재치 있게 빠른 속도로 주고받는 대화로 승부할 작정이었다. 로베르트 주란은 항상 "만담은 반사 신경이다."라고 했다고 한다.

그 로베르트 주란이 커다란 병맥주를 단숨에 비우고 거울 앞에 있는 화장용 카운터에 빈 병을 내려놓았다.

"그리고 잠시 후에 마침 연습이 일단락됐습니다. 그런데 주란이 고개를 숙이더니 갑자기 대본에 없는 개그를 하면서 도발하더라고요."

로베르트 주란의 정수리는 때려달라는 듯이 바로 눈앞에 있었다. 틀림없이 개그 반사 신경을 시험당하고 있는 것이다. 위에서 손바닥으로 내리치려던 토마스 한조의 눈에 로베르트 주란이 아까 내려놓았던 빈 병이 들어왔다. 자세히 살펴보자 앞에는 진짜 맥주 라벨이 붙어 있었지만, 거울에 비친 뒤쪽에는 '소도구'라는 스티커가 붙어 있는 것 아닌가. 하하아, 알았다……. 마빈 하구라가 로베르트 주란의 머리를 후려갈기던 장면이 머릿속에 되살아났다. 남자라면 이걸로 한 방 먹여서 시원스럽게 개그를 받아쳐줘야지……. 그런 뜻인가. 전부터 내가 개그를 받아치는 솜씨가 미적지근하다고 했겠다.

"그래서 저는 병을 잡고 '그게 뭔 소리래!' 하고 머리를 힘껏 내리쳤습니다."

로베르트 주란이 고개를 숙였다면 키가 큰 토마스 한조가 휘두르는 병은 완전히 사각에 있었을 것이다. 아무리 가라테의 달인이라도 어쩔 수 없었으리라. 준코는 벌어진 입이 다물어지지 않았다. 사건의 진상이 이렇게까지 어처구니없을 줄이야…….

"'대본에 없는 개그'라니, 도대체 어떤 개그를 했는데요?"

마츠모토 사야카가 물었다.

"그게 말이죠! 그 망할 놈이 '한조, 어떠냐. 나랑 진짜로 M1 그랑프리|신인의 등용문으로 각광을 받은 만담 콘테스트. 2001년부터 2010년까지 개최됨 – 옮긴이|를 노려보지 않을래?' 이딴 개그를 하더라고요. 이 정도면 한 방 먹여줘야 하지 않겠어요?"

"그, 그건 개그를 하려고 그런 게 아니라……."

준코는 현기증이 났다.

"어? 그러고 보니 M1 그랑프리는 벌써 끝나지 않았습니까?"

토마스 한조가 묻자 스가 레이가 탄식하며 대답했다.

"로베르트 주란은 분명 교다 시 출신이지만 파나마 사람인가 싶을 정도로 일본 사정에 어두운 사람이었으니까요. 로베르트 주란이 지금의 총리라고 인식하는 사람은 대개 2, 3대 전의 사람이었죠."

"저기요, 궁금한 게 하나 있는데요. 개그를 받아칠 때는 두개골이 박살날 정도로 힘을 써야 하는 건가요?"

준코의 질문에 토마스 한조는 면목 없다는 듯이 대답했다.

"빨리 휘둘러야 병이 산산조각 나서 오히려 덜 아프지 않을까 하는 생각에……."

결과적으로 산산조각 난 것은 병이 아니라 머리였지만. 에노모토도 보충 설명했다.

"유별나게 키가 큰 사람은 힘도 상당히 센 경우가 많습니다. 힘은 흔히 말하듯이 근육의 단면적에 비례할 뿐 아니라, 길이와도 관계가 있으니까요."

이제 물어보아야 할 것은 하나도 남지 않았다. 하여튼 토마스 한조를 자수시켜서 조금이라도 죄를 가볍게 만들어줘야 한다. 이건 살인이나 과실치사가 아니라 착오 때문에 일어난 사고니까……. 그러고 나서 준코는 깨달았다. 물어보아야 할 것이 아직 남아 있었다. 그것도 가장 신경 쓰이는 것이.

"에노모토 씨. 로베르트 주란 씨가 사망한 경위는 알겠는데, 그 후에는 어떻게 한 건가요? 토마스 한조 씨는 어떻게 밀실 상태인 대기실에서 탈출했죠?"

"알겠습니다. 마지막으로 남은 수수께끼를 풀기 위해 열쇠를 쥔 증인에게 이야기를 듣도록 하죠."

토마스 한조는 이미 자백했으니 본인에게 묻는 게 제일 빠르다. 사실 에노모토는 자신이 멋지게 수수께끼를 풀어내는 모습을 자랑하고 싶은 게 아닐까. '열쇠를 쥔 증인'이라는 말도 허풍이리라. 소도구 담당 코마이도 그리 중요한 증언은 하지 않았으니.

"……대도구 담당 오미치 씨입니다. 물론 극단원 여러분은 잘 아시겠죠."

오미치는 선인장 모양의 커다란 베니어판을 들고 등장했다.

"그게 방금 전 연극에서 사용한 '평면 대도구'입니까?"

"그렇습니다. '평면 대도구'란 원래 가부키에서 사용된 물건인데요."

오미치는 해맑게 웃으며 설명했다. 이 시점에서 그런 지식은 전혀 필요하지 않을 것 같은데.

"두꺼운 종이나 베니어판에 이런 식으로 그림을 그려서 무대에 세웁니다. 이번에는 비행기 세트 외에도 선인장만 스무 개 정도 만들었습니다."

"이건 제법 큰 편인가요?"

"그렇죠. 높이가 2미터하고 조금 더 되니까요. 작은 건 50센티미터 정도 됩니다."

"거의 마지막 부분에서 리키 핫톤 씨가 부딪친 게 이거죠?"

"맞습니다. 보세요. 그래서 여기 코피가 약간 묻었습니다."

오미치는 기쁜 듯이 손가락으로 가리켰다.

준코는 도대체 뭔 소리냐고 칸사이 사투리로 핀잔을 주고 싶어졌다.

"그리고 이게 중요한 점인데, 이번에는 죽이지 않으셨죠?"

"예, 하나도 죽이지 않았습니다."

오미치는 싱글벙글 웃는 표정으로 대답했다.

"옛날에는 쇠망치로 쾅쾅 두드려서 죽였지만, 지금은 거의 안 하죠."

그제야 준코도 알아차렸다. 아무래도 두 사람의 대화에서 '죽인다'는 말은 살해한다는 의미로 사용되지 않는 듯하다.

"이제 아실 것 같은데, '죽인다'는 말은 바닥에 고정한다는 의미입니다."

준코의 마음을 읽은 것처럼 에노모토가 설명했다.

"원래 '평면 대도구'는 '지목'이나 '쇠지목'이라고 불리는 버팀목으로 세웁니다. 둘 다 달려 있는 꺽쇠를 바닥에 쇠망치로 박아서 고정하는데, 바닥이 상하기 때문에 요즘은 거의 그렇게 하지 않습니다."

준코는 무대 바닥이 노송나무 천연목이라고 자랑하던 쿠리치코의 모습이 떠올랐다.

"대신에 지금은 '시즈'라는 균형추로 안정시킨다는군요. 이 '평면 대도구'의 밑동에 달린 시즈의 무게는 10킬로그램이죠."

"음, 무슨 이야기인지 짐작도 안 가는데요."

조크 이즈미가 난감하다는 듯한 목소리로 말했다.

"이제 와서 굳이 설명해주지 않아도 '평면 대도구'가 뭔지는 대강 압니다. 그거랑 밀실의 수수께끼에 어떤 연관성이 있다는 겁니까?"

에노모토는 오미치가 들고 온 선인장 모양 '평면 대도구' 앞에 섰다.

"선인장은 전부 폭이 얼마 되지 않습니다만, 이 '평면 대도구'는 좌우로 팔처럼 가지가 뻗어 있어서 인체의 실루엣에 가깝기 때문에 숨기에 제격입니다. 높이가 2미터도 넘으니까 저보다 훨씬 키가 큰 토마스 한조 씨도 몸을 완전히 숨길 수 있죠."

"잠깐만요. 설마 범인, 그러니까 토마스 한조 씨가 선인장 모양 '평면 대도구' 뒤에 숨어서 무대를 통과해 달아났다는 거예요?"

준코는 반신반의하는 심정으로 물었다.

"그렇습니다."

"저기요……!"

진심으로 성질을 부리려다가 간신히 자제했다.

"에노모토 씨, 아까 제 추리를 듣고 마구 헐뜯지 않았나요? 엉뚱함의 한계치를 넘었다느니, 갈 데까지 갔다느니, 휴양이 필요하다느니……. 그런데 에노모토 씨의 추리 역시 거의 만화 수준이랄까, 제 추리와 똑같은 수준인 것 같은데요."

"똑같은 수준이라. 과연 사람에 따라서는 그렇게 받아들일지도 모르겠네요."

에노모토는 감탄한 듯이 말했다.

"넓게 생각하면 같은 종류의 트릭이라고 말할 수 있을지도 모르겠습니다. 양극단은 상통한다고나 할까요."

"무엇보다 무대에 있던 배우들이 바로 눈치채지 않았겠어요? 뒤에 있으면 훤히 다 보이니까요."

"그럴 가능성은 있었지만, 실제로는 아무도 알아차리지 못했죠. 선인장 모양 '평면 대도구'는 무대의 제일 깊은 곳에 위치해 있었고, 배우들은 무대에서 떨어질까 걱정될 만큼 앞으로 나와 있었습니다. 모두 객석을 향해 자신을 필사적으로 어필하고 있었으니까요."

에노모토는 씩 웃었다.

"……저기, 제가 보기에는 아직 몇 가지 문제점이 더 있는 것 같습니다만."

눈빛이 아주 진지해진 조크 이즈미가 농담을 하는 것도 잊고 냉정하게 지적했다.

"일단 처음에 그 선인장 뒤로 숨을 때 객석에서는 모습이 보이지 않았을까요?"

"확실히 그 부분은 난관이라고 할 수 있었죠. 하지만 범인에게 행운의 여신이 미소 지었는지 이 선인장은 무대 왼쪽 가장자리 근처, 그러니까 객석에서 사각인 공간에 반쯤 가려져 있었습니다. 덕분에 토마스 한조 씨는 아무에게도 들키지 않고 선인장 뒤에 몸을 숨길 수 있었습니다."

"그렇다고 해도 그 선인장과 다음 선인장 사이에 몸을 감출만한 물건이 전혀 없었으니까 범인은 그 선인장을 방패삼아 움직였어야겠죠?"

"그렇습니다."

"무대 위를 어정어정 돌아다니는 선인장이라. 아무리 생각해도 눈에 띌 것 같은데요."

그 말이 옳다며 대번에 사람들이 술렁이기 시작했다.

"하지만 전혀 눈에 띄지 않았습니다. 설령 관객 모두에게 물어봐도 모두 몰랐다고 대답할 걸요."

"어떻게 그런 불가능해 보이는 일을 해냈을까요?"

"속도의 문제입니다."

에노모토는 로비 벽에 붙여둔 극장 겨냥도를 가리켰다.

"이 무대는 지름이 13미터 정도 됩니다. 무대 오른쪽의 비행기 세트까지 가서 그 뒤를 지나가면 객석에서는 보이지 않을 테니 실제로 이동해야 할 거리는 최대로 잡아도 10미터 정도겠죠."

속도의 문제……. 그렇다면 자신의 추리와 본질적으로는 똑같지 않느냐고 준코는 생각했다.

"연극은 휴식 없이 120분 동안 계속됐죠. 정말이지 고문을 받는 것처럼 긴 시간이었습니다. 아마도 연극이 막 시작된 무렵에 토마스 한조 씨와 로베르트 주란 씨 사이에 불상사가 일어났을 겁니다. 리키 핫톤 씨가 시신을 발견한, 아니죠, 막이 내리기 얼마 전에 '평면 대도구'에 먼저 부딪쳤으니 범인이 쓸 수 있었던 시간은 100분 전후, 적게 잡아도 80분은 됐습니다. 10미터를 이동하는 데 80분이 걸렸다면 시속 7.5미터, 초속으로 따지면 0.2센티미터죠. 실제로는 조금 더 빨랐을지도 모르겠습니다만, 어쨌거나 그렇게 천천히 움직이는 물체를 객석에서 식별하기는 불가능합니다."

"확실히 움직임 그 자체는 보고도 몰랐을 수도 있습니다."

조크 이즈미는 수긍이 가지 않는 모양이었다.

"하지만 이동한 결과는 일목요연하겠죠? 에노모토 씨의 계산에 따르면 30분 뒤에는 3.75미터 움직인 셈입니다. 어, 아까 전이랑 선인장 위치가 다르지 않느냐고 누가 알아차리지 않을까요?"

"그것도 알아차릴 가능성은 거의 없어요."

에노모토는 자신만만하게 대답했다.

"관객의 주의는 배우에게 쏠려 있었습니다. 연극으로서의 완성도는 둘째 치고 끊임없이 자극적인 액션이 일어나는 무대에서 배경에 있는 수많은 선인장 가운데 단 하나의 위치를 신경 쓰는 사람은 거의 없겠죠."

"그건 에노모토 씨의 입맛에 맞는 해석 아닙니까?"

조크 이즈미도 꼬치꼬치 따지고 드는 부류의 사람인지 좀처럼 물러서지 않았다.

"관객 중에 문득 뒤편에 눈길을 주는 사람도 있었을 겁니다. 인간은 패턴 의식이라는 걸 지니고 있어요. 설령 선인장 하나하나의 위치는 기억하지 못하더라고 전체적으로 언뜻 보았을 때 이상하다고 느끼지 않을까요?"

"얼마 전에 아하 무비|천천히 변화하는 화면에서 어디가 변했는지 알아맞히는 두뇌 트레이닝의 일종 - 옮긴이|라는 게 유행했죠. 인간의 눈은 너무 빠른 움직임도 파악하지 못하지만, 너무 느린 움직임도 간과하

고 맙니다. 아하 무비에서는 고작 2~3분 정도의 시간에 뭔가가 극적으로 변했다고 일러주는데도 뭐가 변했는지 좀처럼 알아내지 못하죠. 이번에는 한 시간도 넘게 걸렸을 뿐더러 관객들은 뭔가 묘한 일이 벌어지고 있는 줄도 몰랐습니다. 가령 선인장 위치에 위화감을 느낀 사람이 있었다고 해도 기분 탓으로 돌렸을 겁니다."

"음……, 그렇군요. 확실히 그럴지도 모르겠네요."

조크 이즈미는 끙끙거리며 고민에 빠졌다. 에노모토가 말을 이었다.

"실제로 리키 핫톤 씨는 비행기 세트에서 나와 무대 안쪽으로 가려다가 거기에 없었을 선인장 모양 '평면 대도구'에 정면충돌했습니다. 하지만 처음부터 거기 선인장이 있었는데 깜빡 잊어버렸을 뿐이라고 생각지 않으셨나요?"

"예. 처음에는 왜 이런 곳에 선인장이 있나 싶었지만요. 설마 슬금슬금 움직여서 거기까지 왔을 줄은 상상도 못했습니다."

리키 핫톤은 팔짱을 꼈다. 그때 토마스 한조가 아직 '평면 대도구' 뒤에 있었다면 사건은 간단히 해결되었으리라. 하지만 실제로는 이미 비행기 세트 뒤를 통과해 무대에서 사라진 뒤였다.

"이 가설은 극단이 촬영한 비디오 영상으로도 뒷받침할 수 있습니다. 가만히 보고 있으면 오히려 알아차리기 힘들지만, 연극 처음 부분과 마지막 부분의 영상을 비교해보니 선인장 모양 '평면 대도구' 하나가 무대를 가로지른 게 분명히 보였어요."

에노모토는 '평면 대도구'를 천천히 움직여보였다.

"뭐, 말로 설명하기는 간단하지만 실제로 실행하려면 큰일이죠. 아주 천천히, 그것도 일정한 속도로 '평면 대도구'를 움직여야 하니까요. 10킬로그램짜리 균형추까지 달렸으니 팬터마이머로서 수련을 거듭해온 토마스 한조 씨가 아니라면 불가능한 트릭이었을지도 모르겠습니다."

"……지금 에노모토 씨가 한 이야기가 사실인가요?"

준코는 토마스 한조에게 물었다.

"맞습니다. 틀림없어요."

토마스 한조는 고개를 끄덕였다. 이 남자는 앞으로도 계속 이 엉터리 칸사이 사투리로 밀고 나갈 작정일까.

"마지막으로 질문이 하나 더 있는데요."

"뭔데요?"

"어째서 이렇게 선선히 사실을 인정하는 거죠? 물론 로베르트 주란 씨에게 미안해서 그러기도 하겠지만……."

"주란의 노트에 우리 콤비의 이름이 적혀 있었다는 에노모토 씨의 말을 듣고 더 이상 발뺌할 수 없겠다 싶었습니다."

토마스 한조는 얌전한 태도로 대답했다.

"콤비의 이름이 뭐길래요?"

"'반광란半狂蘭'⋯⋯. 운 나쁘게도 한조의 '한半'과 주란의 '란蘭'이 들어 있거든요."

토마스 한조는 아련한 기억을 더듬는 듯한 눈으로 천장을 올려다보며 중얼거렸다.

"⋯⋯그렇다면 혹시 그 말은 진심이었을까?"

로베르트 주란이 마지막으로 한 말을 떠올리는 것이라고 준코는 생각했다.

—한조, 어떠냐. 나랑 진짜로 M1 그랑프리를 노려보지 않을래?

역자 후기

2012년 8월 18일 토요일 『다크 존』(씨엘북스)의 출간을 기념하여 저자 기시 유스케 사인회가 광화문 교보문고에서 열렸습니다.

자신이 번역한 책의 저자를 만날 수 있다니, 정말 꿈만 같은 일이지요. 저는 『다크 존』과 『자물쇠가 잠긴 방』 원서(일본에서 발간되자마자 샀습니다, 에헴)를 싸들고 부랴부랴 광화문 교보문고로 향했습니다.

날씨도 궂고 하여 혹시나 사람이 별로 없으면 어쩌나 걱정했지만 기우였습니다. 오후 2시 예정인 사인회에 1시 40분에 도착했는데 벌써 사람들이 길게 줄을 서 있더군요. 기시 유스케의 인기를 실감할 수 있었습니다.

점점 줄이 줄어들어 사인 받을 차례가 다가오자 어찌나 떨리던지. 사진으로는 몇 번 뵌 적이 있지만 직접 보니까 후광이 반짝반짝하는 것 같았습니다.

"이 책은 제가 번역한 책입니다. 북홀릭이라는 출판사에서 나올 예정입니다."

이 말을 얼마나 연습했는지 모릅니다. 다행히 잘 알아들으시고 "아, 그런가요. 감사합니다."라고 대답해주셔서 하늘로 붕붕 날아갈 것 같았습니다.

사인회가 끝나고 인사동의 한 음식점으로 자리를 옮겨 작가와의 대화 시간을 가졌습니다. 거기도 독자들이 얼마나 많이 오셨는지 자리가 모자랄 지경이었습니다.

수줍음이 많아 많은 사람 앞에서는 말을 잘 못하지만, 후기를 쓰겠다는 사명감을 가지고 이것저것 질문을 던졌습니다.

Q 1. 기시 유스케의 작품에서 유일한 본격 미스터리라고 할 수 있는 '에노모토 케이 & 아오토 준코' 시리즈에서는 왜 밀실이라는 트릭만 고집하는지?

: 밀실이라는 트릭의 다양한 가능성을 보여주고 싶었습니다. 그리고 일단 상황을 설정해두면 트릭은 어떻게든 나옵니다.

Q 2. 지금까지 쓴 작품을 보면 다양한 분야의 전문 지식이 나오는데, 공부는 얼마나 하시는지?

: 아는 건 그냥 쓰고 모르는 분야에 대해서는 공부를 많이 합니다. 책만 보고는 모르는 점이 많아서 답사를 가거나 남의 이야기를 듣기도 하죠. 『자물쇠가 잠긴 방』을 쓸 때는 집의 방범 대책에 도움을 준 열쇠집 주인의 이야기를 많이 참고했습니다.

Q 3. '에노모토 케이 & 아오토 준코' 시리즈의 후속작 계획은 있는지?

: 아이디어는 있습니다. 작품이 드라마화되면서 의욕이 좀 더 샘솟더군요. 글 쓰는 속도가 느려서 그렇지, 작품에 대한 아이디어는 아주 많습니다.

Q 4. 전작 『도깨비불의 집』과 『자물쇠가 잠긴 방』을 보면 '복싱'에 관련된 이야기가 나오는데, 복싱을 좋아하시는지?

: 직접 해본 적은 없지만 관전은 즐깁니다.│각 작품의 마지막 단편 「개는 알고 있다」와 「밀실극장」에는 유명한 복싱 선수의 이름을 패러디한 인물이 다수 등장함 - 옮긴이│.

이것 말고도 독자들이 다른 질문을 많이 했지만 이쯤에서 줄이도록 하겠습니다.

앞에서 밝혔듯이 이 작품은 '밀실'을 주제로 한 본격 미스터리입니다.

본격 미스터리 하면 밀실이 떠오를 만큼 '밀실'은 수없이 많이 다루어진 주제입니다.

많이 다루어진 만큼 이제 트릭은 다 소진되고 변형만이 남았다는 말도 있지만, 번역하는 동안 기시 유스케가 참신한 트릭을 쓰기 위해 애썼고 결과도 좋다는 느낌을 받았습니다.

언젠가 기시 유스케가 이 시리즈를 꼭 다시 써주기를 바라며 후기를 빙자한 자랑질(?)을 마칩니다.

김은모

자물쇠가 잠긴 방

2012년 10월 15일 초판 발행
2017년 6월 20일 4쇄 발행
2019년 4월 20일 신판 2쇄 발행

저자 기시 유스케
역자 김은모

발행인 정동훈
편집전무 여영아
편집부 국장 최유성
편집 김은실 김혜정
제작부 국장 김장호
제작 김종훈 정은교 박재림
국제부 국장 손지연
국제부 최재호 김미희 김형빈 천효은 박민희
마케팅 국장 최낙준
마케팅 김관동 이경진 심동수 고정아 고혜민 서행민
디자인 형태와내용사이

발행처 (주)학산문화사
등록 1995년 7월 1일
등록번호 제3-632호
주소 서울특별시 동작구 상도1동 777-1
편집부 02-828-8836
마케팅 02-828-8962~5

ISBN 979-11-348-1671-1 03830
값 12,800원

북홀릭은 (주)학산문화사에서 발행하는 일반 소설 브랜드입니다.